纸糊的经典

程飞 著

水浒佐传

水浒佐传

经济管理出版社
SCONOMY & MANAGEMENT PUBLISHING HOUSE

《水浒》悠久 当有《佐传》

　　老话说：少不读《水浒》。此外，历朝历代对于这部流传悠久的小说都会出现一些不同的声音。无外乎是说该书充斥着暴力，对于人们尤其是年轻人会有不良导向。更有甚者，清朝人俞万春还专门耗尽心思，写了《荡寇志》一书，书中以一对懂点道术的父女为主角，就将所有梁山好汉该抓的抓、该杀的杀了。可见，这本书完全就是为《水浒》而生。俞万春先生还给自己的著作起了另外一个名字，叫做《结水浒传》，其中用意，不言而喻，就是为了从精神上彻底清除人们对于《水浒》的记忆。当然，这注定是一厢情愿的。

　　就人性来说，事情并不复杂。

　　完全可以把《水浒》看成是人们精神盛宴中的一道大菜，这道大菜给予了很多代人以营养。本书就是给这道大菜添加点佐餐之物，好让更多文化盛宴的饕餮之徒更加开胃。

　　也可以把《水浒》看成是一壶珍藏多年的绝品佳酿，本书就是这壶好酒的下酒小菜。

　　还可以把《水浒》当成一杯滋味不错、颇具意境的下午茶，本书就是配茶的小点心。

　　更可以将《水浒》当成是大家喜闻乐见的一台大戏，那么，本书就是跟着起哄、喝彩、叫好的戏迷。

　　《水浒》的出现，是历代多少志趣高雅之人、品味上佳之辈的努力与付出，亦是一种人本主义的体现。其之所以经久不衰，除了作为一部经典小说所具备的条件之外，也离不开后世人们对它的再度加工和创造。比如，说书人的尽职尽责，戏曲家的慧眼独具，评论者的真知灼见，更重要的，就是受众们的最终选择。

这种受众的最终选择就如同进化论中的自然选择理论一般，一些物种能够生存到现在，不是以某个人或者某些言论、思想的统治者的意志为转移，而是客观规律使然。

自古流传下来的小说可谓汗牛充栋，但能够如此恁地讨人喜欢的著作的确是凤毛麟角。无疑，《水浒》是其中的一部。

因此，本书命名为《水浒佐传》。在这里，"佐"有佐餐、佐酒、佐茶的意思，更有辅助、帮助、解读的想法。

不自量力之作，或许难入方家法眼；然秉笔直书之意，可堪解读微言大义。上古有《春秋》，寓褒贬于一字，故能保全简牍；后世出《水浒》，寄人性于小说，方可不致焚书。浏览《春秋》，若非左丘明之注解，只恐失色不少；细品《水浒》，仅凭施耐庵之笔头，实乃若隐若现。翻看《左传》，更领略《春秋》之要旨，故此突发奇想，为《水浒》作《佐传》，权当东施效颦耳！

是为序。

2013 年 6 月　于　御风台

目　　录

类，大多与音乐无干。可是，如果仔细品读，不难发现，可从梁山好汉中遴选出几位，倒是能组建一支微型的乐队，姑且称之为梁山爱乐乐团……

俗话说："人在江湖，身不由己。"这话用在《水浒》中的好汉们身上，恐怕是最贴切的。众位江湖人物要么刀尖上舔血，要么为朋友两肋插刀，基本上做不了自己的主。可是，在一百单八将中，偏偏就有一位还算做得了自己主的人，此人就是燕青……

八十万禁军教头的名头听起来很唬人，可实际上，在北宋王朝，教头的军衔连中下级军官都算不上。而林冲绰号豹子头，自然具备豹子的凶猛与敏捷。可是，纵观整个《水浒传》，总觉得林冲的某些行为很不正常……

《水浒传》里有一段关于八位好汉智取"生辰纲"的精彩描写，算得上用来把一百单八将串起来的第一根线索，尤为重要。而且，"生辰纲"至少在《水浒传》里被打劫两次，"生辰纲"为何总被抢劫，这里面确实有点玄机……

一般来说，大凡正常男人，都接受不了自己的妻子是野蛮型老婆。估计没有男人不喜欢自己的老婆温柔体贴，可是，如果真正很爱自己的老婆，老婆野蛮一点，也可以接受。空谈无益，下面就找三个非常爱自己野蛮老婆的典型……

"智取生辰纲"事件导致晁盖兄弟七人被迫上梁山。但是，如果分析一下参与这个事件的八位好汉的投入产出比，不难发现，晁盖的"违法成本"是最高的。或者说，晁盖的"收益"与"投入"的比例是最低的……

跑江湖混社会，要想混出个名堂、混出点知名度，一定要有一个好绰号，以弥补名字的不够气派（如果名字本来不错那就更是如虎添翼）。有鉴于一百单八将外加晁盖及王伦（也算名义上的梁山好汉吧）的绰号各有风格，所以分类探讨一下……

青面兽的悲惨世界 …………………………………………… 133

就是在黄泥冈，七个卖枣的和一个卖酒的用江湖上下三滥的勾当——蒙汗药，把一向警觉的杨志一行撂倒，在三十只无可奈何的眼睛的注视之下，七位贩枣客人将生辰纲运走。杨志这一次死的心都有……

水浒座次之谜 …………………………………………… 143

位置决定了一个人在社会的生活品质，就是拥有和所能支配的权力与利益，合称权利。可究竟什么决定人的位置呢？无意从《水浒传》里面梁山的几任掌门如何排座次得到点启发，下面就按时间顺序说起……

饭馆？拍板！ …………………………………………… 155

《水浒传》里，饭馆的叫法不尽相同，有酒肆、酒楼、酒馆、村醪等，可无论怎么称呼，都算是饭馆。而饭馆可是好汉们以及其他各色人等进行社会活动不可或缺的场所……

宋江对扈三娘的那点企图 ………………………………… 161

扈三娘，绰号一丈青，应该说在梁山三位女头领中算是最出众的，身材不错，日月双刀耍得也精熟。在男人占绝大多数的梁山英雄里面，扈三娘真是万绿丛中一点红。甚至宋江都曾经对扈三娘有过一些不可告人的企图……

荣耀 …………………………………………………………… 167

宋江有点黯然，说道："大官人乃大周皇族后裔，龙姿凤表，浑然天成。宋江出身不过庄户人家，经纶也不过刀笔小吏，身量不高，面色黝黑。再说，目下宋江流落江湖，不论威仪、出身、地位，怎能和大官人相提并论？"

目录

假如宋江不上梁山

宋江上了梁山后的个人发展，众所周知，走的是当官的路子，不再多言。问题是宋江如果不上梁山，会如何发展呢？姑且根据书中的蛛丝马迹，推断一下。

首先看看宋江的家庭情况，他排行老三，还有一个弟弟宋清，老母亲故去，老父亲健在。弟弟和父亲守着田庄过日子，而宋江自己在当时的县政府部门上班，职务叫作"押司"，属于"吏"的阶层，大概相当于现在的县办公室的一名普通秘书。

单从这些情况看，宋江的出身很一般。指望自家的田庄，不会有太大的出息；单单靠着文员的正当收入，也就仅够糊口。

于是，不甘于平庸下去的宋江开始了一个复杂的系统工程，他的最终目标还是和上了梁山后一样，脱"吏"入"官"。因为《水浒传》里已经明讲："原来故宋时，为官容易，做吏最难。"什么原因呢？书中说得有点顾左右而言他，其实就是当官可以有大头的好处捞着而不担什么风险；而做吏却是风险担着而得小头的实惠。

自然，宋江要坚定不移地当官。可他的文才的确一般，所以科举的路子走不通，就应聘加花钱当了"押司"。就是这个小小的押司，显示了宋江过人的政治天赋。

在当时的北宋政府，想真正当官，缺不了两样：一是钱；二是关系。同时，关系也得靠钱来维持。还有，即使有了这两样，也不够，还需要有一个精明的脑袋。宋江就具备这个脑袋，钱和关系的问题都迎刃而解。

第一步：以权换钱，以钱买权。

宋江可是"刀笔精通，吏道纯熟"，自身的业务很好，公文写得一级棒，善于把上级伺候得舒舒服服。既然上级喜欢他，一些事情也就乐意交给他办理。宋江就开始"且好做方便，每每排忧解难，只是周全人性命"，也就是说能把该判死罪的给活动成不死的罪过，整个儿就是贪赃枉法。

　　当然，他没有这个权力，充其量也就是在有权力的人和有需求的人之间当个守规矩的中介而已。长此以往，他的能耐强过其他小吏，他的买卖也就多了起来，行情自然水涨船高，资金已经不是什么问题。

　　第二步：小恩小惠，沽名钓誉。

　　这一步开始时，第一步还是不放松，要不，哪里来的金银让他"端的是挥金如土"、"人问他求财物，亦不推脱"、"时常散施棺材药饵，济人贫苦，周人之急，扶人之困"，直至在"山东、河北闻名，都称他做及时雨"？看来，"及时雨"这个绰号，起得十分贴切，直到你行至水穷处，他宋江的"及时雨"才坐看云起时。

　　第三步：未雨绸缪，结交"黑道"。

　　宋江对自己所从事的事情的风险准备很充分，知道万一上面的头头脑脑们需要拿他当"替罪羊"时，他也逃不掉。所以，他早就未雨绸缪。

　　先是伪造文件，早就让他父亲告他"忤逆"而和他断绝法律上的父子关系，这样，即使自己出什么事情，不至于连累家人。还有，宋江就可以把大量的"灰色收入"藏在父亲的田庄里。这一点在宋江后来请朱仝帮忙时说得很明白，原话是"上下官司之事，全望兄长维持，金帛使用，只顾来取"。遇到事情，宋江可谓财大气粗。

　　宋江还"平生只好结识江湖好汉"，对好汉们，按贵宾待遇招待，好吃好喝加不菲的路费，甚至他自己"更兼爱习枪棒，学得武艺多般"，想来不仅仅是用来健身的吧？应该是关键时做困兽犹斗之用。此外，"道上"的朋友用处之广，他宋江自己再清楚不过。

　　第四步：广交朋友，笼络同事。

宋江和同事们的关系处得都很不错，想来平时总请客吃饭。即使是因为"阎婆惜之案"一度对宋江不依不饶的张文远，也经不住一大帮平日受过宋江好处的同事们的压力，只好不再替自己死去的情人出头，再说，张文远都"平常亦受宋江好处"。

　　至于宋江的朋友之广，也令人咂舌。宋江曾告诉朱仝都头，说自己有三个投靠的去处：柴进的庄子、清风寨、孔太公的庄子，这三处要么是前朝贵胄，要么是官府中人、土豪之家。一个犯了人命官司的人，竟然还有这么多大户人家敢收留。宋江的交际手腕，的确一流。

　　总之，若不是因为一宗偶然发生的命案，宋江有可能会官运亨通，左右逢源。他之所以蛰伏在郓城县，一来是积攒钱财，二来是等待机会。一旦时机成熟，就要青云直上。

　　不过，即使成了贼寇，他也有办法。要知道，宋江的"招安"路线，在他犯了事而没上梁山之前就在其脑海里有成熟计划。比如，他在瑞龙镇和武松再次分手时就劝诫武松要找机会接受"招安"。

　　所以，不论宋江上不上梁山，他当官的理想从未改变。为了"招安"，虽百折而不挠；面见皇帝，求娼妓而不嫌；结交高俅，伤兄弟而无怨；成全虚名，鸩李逵而无悔。

　　宋江，官场祭坛上的优良祭品。

鲁达出逃记

鲁达，也叫鲁智深，绰号花和尚，是水泊梁山一百单八将里面的天孤星。本是一名军官，只因侠义心肠为解救弱势群体愤而失手，赤手空拳打杀人命，从此不得不亡命天涯。就整部《水浒传》来看，鲁达的出逃可归结为五个阶段，这里简要分析一下，合称《鲁达出逃记》。

第一次　亡命渭州城

鲁达在渭州城，也就是自己就职的地方一处经常光顾的茶馆和天微星九纹龙史进偶遇，原来史进是来找寻自己最仰慕的师傅王进的。虽说王进没寻着，但二人意气相投，就一起去喝两杯。可巧的是，在从茶馆到酒楼的路上，又巧遇史进的拳脚启蒙师傅地僻星打虎将李忠，虽说李忠还想卖点大力丸，但架不住鲁达近乎鲁莽的热情，三人很快就一同坐在潘家酒楼济楚阁的雅间里吃喝上了。

缘起一阵烦心的啼哭声，鲁达了解了受人欺负以致卖唱为生的金家父女的情况。鲁达的侠义本性被激发，若非史进、李忠二人拦住，当时就要去打抱不平。

冷静下来的鲁达很周详地安排好金家父女的出路后，就在第二日上演了至今还让人津津乐道的"三拳打死镇关西"的好戏，当然，鲁达自然明白打死人应该承担的法律后果。所以，粗中有细的鲁达在指责郑屠靠装死来掩人耳目之后，飞也似的跑回住处，几下子收拾完"衣服盘缠、细软银两……奔出南门，一道烟走了"。鲁达可真是好汉，绝不吃眼前亏。就这样，鲁达的第一次出逃记成行了。

作为一个军官，鲁达应该知道大宋的律法。可是，当他得知世上还有如此不公平的压迫时，还是挺身而出，要为弱者出头，这无疑是其优良品质。当然，按现今的法律和伦理道德，以暴力来解决纠纷甚至犯罪后流亡，都是不对的。但在当时的情况下，这个选择亦是无奈。

第二次　智出文殊院

所谓"种瓜得瓜，种豆得豆"，一时走投无路的鲁达逃亡到了雁门关。侠义心肠很快就得到了不错的报答，鲁达在金家父女的间接帮助下，成了五台山文殊院里的一个和尚。鲁达也就成了鲁智深，这个和尚才叫"闲时不烧香，急时抱佛脚"，吃了人命官司才跑到寺院，纯粹是为了逃避法律制裁才出家。

按书中所写，好像是鲁达因为偶然两次吃酒而耍酒疯才被请出五台山文殊院，其实，鲁达是早有预谋并且有一套完整的"出五台山记"的计划。

因为五台山上实在没有酒馆，而和尚又吃不得酒肉，这两点注定会逼得鲁达出现其他想法。也许通过与其他和尚沟通，鲁达得知本院住持智真长老有一个智清师弟在开封大相国寺当住持，就有了换个寺庙的想法了。想想看，开封在那时可是京都，一定很热闹，出去搞点酒肉也容易。

可是，要去那里必须得有本院长老的介绍，也就是说，鲁达得拿着推荐信才行。要是直说，成功率恐怕不是太高，因为你鲁达本来就是个半路出家的，要求太多，恐怕不好。但是，鲁达心思并不粗，于是，鲁达开始想办法迫使智真长老主动为自己写推荐信。

根据书中描写，鲁达"起来净手，大惊小怪，只在佛殿后撒尿撒屎，遍地都是"。这其实就是鲁达有意为之。想想看，鲁达怎么说是个当过军官的人，方便要找茅房这个体统应该晓得。之所以如此，就是好让一些人打小报告到住持那里。当然，仅凭这些是不够的，还要搞点大的。

于是，后面的喝酒、吃狗肉、毁坏公物、斗殴等事端层出不穷，随地大小便同时继续。智真长老实在忍无可忍，还真的给鲁达写了一封去往首都寺庙的推荐信。还有一点，就是鲁达在下山之前就找好铁匠，给自己打造混江湖用的家伙，一根62斤重的禅杖以及一口上好的戒刀。这足以说明鲁达的计划在按部就班地进行，一切的确是鲁达精密筹划的。

鲁达这个人，做人挺讲究。即使是为躲官司而当和尚，也要尽可能当得舒心、当得自在一点。既然不好向原来的住持明言，就以行动来促使人家主动说。可真不是一般的小聪明。

第三次　巧离桃花山

真是"江山易改，本性难移"，在去往开封的路上，鲁达还不忘替别人出头。鲁达路过一个叫桃花村的地方，因为临近桃花山，山上的强盗头子就是后来同为梁山好汉的地空星小霸王周通，这周通非要强娶人家刘太公的女儿。

鲁达亲自策划加实施，把周通骗到洞房一顿暴打，待引来大寨主一看，竟然是打虎将李忠。真是无巧不成书，李忠居然成了这山寨的大寨主，周通是二寨主。

三人在桃花山相聚数日后，李忠和周通很想邀请鲁达加盟。但鲁达觉得二人都太小气，执意要走，理由是当了和尚不能再落草为寇。瞧这佛脚，抱得还真够紧。

比较小气的李忠和周通也不再强留，为鲁达凑路费竟然扬言去下山抢劫。这下子，鲁达更不满意，嫌二人"把官路当人情"，就趁着二人下山，把陪着自己的两个小喽啰打翻、捆好并在嘴里塞上麻核，手法很老练。然后，又把人家山上的金银酒器用脚踩扁、打了包。最后，为避免和有可能正回山的李忠、周通碰头而尴尬，鲁达结合桃花山独特的地形，竟然从没有路的后山滚了下去，很有闯荡的经验。难怪事后周通大叫："这秃驴倒是个老贼!"鲁达的第三次出逃大获成功。

鲁达，毕竟有多年当军官的经验，看来是参加过剿匪行动。

因为他很了解贼的秉性，因此有与贼打交道的经验，更有一双识"贼"之术。所以，对于他看不上的人，一走了之。从他绑小喽啰、滚下后山等行为来看，此人做事很细致，那时的江湖，也的确是"物竞天择，适者生存"。

第四次　避难相国寺

到了开封大相国寺的鲁达果然如鱼得水，管理菜园子上任之初，就收服了一大帮偷菜为生的泼皮，从此日子倒也过得自在。鲁达还结交了一位好汉，就是天雄星豹子头林冲。因为林冲被高俅陷害而刺配沧州，鲁达凸显了自己的仗义，暗中保护加明里相救，让高俅在半道害死林冲的计划完全泡汤。

这样一来，鲁达也不好在相国寺里继续生活，因为高俅已经开始准备对付鲁达了。鲁达自然是个机警识相之人，又一次打起包袱，开始混迹四海。虽说辛苦，但为了义气，他无怨无悔。

鲁达是那种可以为朋友而放弃很多的人，哪怕以后要为此负责。因为前面他为素不相识乃至萍水相逢的人都那么出头，对于朋友，更是古道热肠。当然，鲁达在帮朋友的同时，也很注意保护自己。

第五次　圆寂钱江潮

鲁达经历了二龙山、梁山聚义，又跟着宋江接受朝廷招安转而东征西讨、南征北战，最后剿灭方腊后，随大军进驻杭州地界，他和一向要好的天伤星行者武松在六合寺驻扎。而那段日子正好赶上钱塘江有潮信。开始鲁达还不明白，经寺里的其他和尚解释才明白什么是潮信。这时，据书上说，他蓦然明白了一件事，原来，智真长老曾经给出过很玄的预言，大概意思是遇着潮信就该圆寂。鲁达开始还不明白何为圆寂，还是经其他和尚解答，才知道圆寂就是离开人间，是出家人的说法。就这样，鲁达也算最后一次出逃。这次，他躲开了宋江的固执和未来极有可能出现的朝廷奸臣的迫害。

其实，也许鲁达并没有死。所谓圆寂，很有可能又是他一个离开宋江的借口。因为在鲁达刚擒获方腊、宋江祝贺他时，他却说"洒家心已成灰"，当宋江继续忽悠时，鲁达又说"只得个囫囵尸首，便是强了"。这一点说明鲁达对于宋江带着大家替朝廷做鹰犬已经很厌烦。至于后面发生的一切，不能排除是鲁达布的局。鲁达有可能是假死，再说后来武松也执意留在六和塔，也很可疑。要知道，在二龙山时，鲁达和武松就是老伙计了。

反正，无论怎样，鲁达不再听命于宋江。也许，在宋江大队人马走后，鲁达和武松饮酒于西湖之上，长谈在雷峰塔之巅，习武在武林之顶，小憩于吴山之边。醋鱼和龙井会好好疗养他们，菊花和丝绸也会细心善待他们。再也许，后来北宋南渡，建都于临安，鲁达这个和尚没准和同样是酒肉和尚的济公时常小酌豪饮并惩恶扬善，也未可知。

鲁达，天孤星花和尚鲁智深，一个侠义、细致、负责、豁达的男人，永远活在人们心里。

武大死于谁人之手？

武大，应该说是《水浒传》里的一个草根人物。论自身条件，又矮小（不满五尺，也就大概一米五上下）又丑陋（"面目生得狰狞，头脑可笑"）；论事业，搁现在就是一个总是遭遇城管查抄的小商贩，沿街叫卖炊饼而已。也就是说，作为男人，武大是又没财又没貌，应当不会有什么美貌女子看得上。可是，就是这样一个"三寸丁谷树皮"，却阴差阳错地娶了潘金莲，一个"颇有些颜色"但品行不端而"为头的爱偷汉子"的年轻女子。这似乎注定武大就是一个悲剧人物，但究竟武大死于谁人之手？倒是需要细细理论。

武大是死于西门庆之手？按照书中所说，武大是被西门庆一脚踢中心窝而受伤。这确实是一宗情节很恶劣的伤害案件，但武大的确不是西门庆踢死的，因为书里明明说是被砒霜毒死的。

那就是说，武大是被潘金莲毒死的？从客观上讲，谋杀案的真相确实是这么回事。可是，潘金莲只能算是从犯，真正的主犯另有其人。

王婆是毒杀武大的策划人和提议者，武大应该是死于她的手里吧？王婆确实是出了主意。可是，是什么促使王婆出了如此狠毒的主意呢？难道和武大做了一段时间的邻居就是为了要杀武大而后快？

其实，从某种意义上说，武大死于武松之手！

这听起来也许不好接受，但如果仔细分析，应该说不无道理。

当打虎英雄武松意外地在阳谷县和哥哥相遇后，比武松还年轻 3 岁的嫂嫂对这个有着打虎力气的小叔子很有好感。要说，喜欢一个人似乎也不是什么错。可是，如果付诸不合礼法的行为，就应该尽量避免。当时的礼法很看重男女避嫌。圣人还曾经对关于嫂嫂如果落水，小叔子该不该伸手救助的情况探讨过，更别提小叔子和嫂嫂有不伦之行了。也难怪当潘金莲试探着勾引和撩逗武松时，引得武松大发雷霆。因为武松这种人既然对朋友都讲义气，对家人就更讲伦理。叔嫂之间这样的丑事在武松看来就是"败坏风俗没人伦的猪狗"！

无疑，武松不愿意更不屑于违背道德和良知是值得称道的。但就这件事情来说，武松处理得却很不妥当。

首先，你武松既然已经知道自己嫂嫂的为人而且还对嫂嫂已经进行过暴力恐吓，就应该在第一时间向哥哥武大说明情况。这样一来，省得潘金莲这婆娘先去混淆视听。可是，武松不声不响地从哥哥家里搬出来，对于哥哥的几次询问没有任何解释，这很容易让潘金莲在兄弟间制造隔阂。还好，在潘金莲私下向武大诬告武松时，武大断然不信，因为他很了解自己的弟弟。

再有，武松既然认清了潘金莲的真面目，就应该告诉哥哥武大，建议武大要么好好管教自己妻子，要么干脆一纸休书休了这个不守妇道的女子。当然，按现在男女平等的思想，武大可以考虑向潘金莲提出离婚。这样一来，如果能离婚，两边都轻松；即使离不了，也好让潘金莲认识到问题的严重性。但是，武松依旧对自己哥哥一言不发、守口如瓶。

还有，也是最为关键的。武松由于公事需要出差，应该把家里的事情安排妥当后再上路。比如，可以派自己的部下到武大家里照应，这对武松来说，动动嘴的事情。就算有人向武松的上级阳谷县知县反映也无妨。因为之前武松要搬到武大家里而向知县请示时，知县大为赞赏，说："这是孝悌的勾当，我如何阻你？"所以说，派部下轮流到自己哥哥家值班，问题不大。虽有滥用权力之嫌，但却是爱兄之情拳拳。

如果武松把这三样都做到或者只做到其中的两项甚至只做到其中的一项，潘金莲红杏出墙的念头多少会有所收敛，武大也不至于横死。

其实，武松干的一件最失策的事就是临行前对哥哥说的那番话。明知道武大是个死心眼，还要让他自己琢磨如何应对欺负和侮辱，那不是对牛弹琴？更糟糕的是，会适得其反。在武大被西门庆踢伤后，躺在床上还念叨要让武松给自己出气。就是这迷迷糊糊的念叨，为武大自己敲响了丧钟。王婆、西门庆、潘金莲三个人都对武松恐惧得噤若寒蝉。这才有了王婆教唆、西门庆提供作案所需毒药、潘金莲实施的"武大谋杀案"。

所以说，害死武大的初始原因就来自武松。与其说武大死于潘金莲强灌的砒霜，不如说是死于武松的鲁莽、粗心和疏忽。武大，的确死于武松之手。

其实，不论按照当时的讲究，还是依着当今的说法，即使武松真的被潘金莲勾搭上，较之武大被活活毒死的结果，倒是更能接受。

退一万步，假如真是如此。结局大概如下：

结局一：武松和嫂嫂私奔，最后武松对兄长愧疚之至。武大可以再找一个和自己般配（虽说不大好找），但能踏踏实实和自己过日子的女人，也应该能落个善终。

结局二：铸成大错后，武松幡然醒悟，奉劝嫂嫂还是和兄长好好过日子，而潘金莲在和武松有过一段孽缘后，兴许不至于再有去勾搭西门庆的机会和可能。这样，以武大的性格，兄、弟、嫂三人应该可以回归到正常的关系中来。

结局三：武大索性成全弟弟和潘金莲，自己另觅良缘。此举也符合武大的性格，只是武松会更愧疚。那潘金莲自然也就没有谋害武大的任何可能。

不论什么结局，对于武大来说，失妻总好过丢命。生命实际上是最宝贵的，当今无论官样文章还是寻常说法，动辄"以人为本"，而这四个字确实是说起容易做起来难，因为人们一些相对落后的习惯思维一时不好转变。但就武大这个话题来说，人本主义是个既古老又新潮的话题。扼杀人性的未必全是专制、礼教，等等，也有不少因素就是有可能存在于每个人的头脑里的固有观念。当这些观念和人的生命相比，孰重孰轻，恐怕不言而喻了。

无论怎样，就《水浒传》来说：武松，你虽不杀武大，武大却因你而死。

武大死于谁人之手？

公孙胜的幸福生活

天闲星入云龙公孙胜，道号一清，也称公孙大郎，属于水泊梁山上资格很老的一位。此公不愧为修道之人，深谙玄门易理，明时势、知进退、辨凶吉、避无妄，最终得以做赤松子之游、效汉留侯之举，的确乃三十六天罡、七十二地煞中少见的一位智士；成就其游戏人间、笑傲江湖、尊师孝母、颐养天年之幸福生活。以下分四个阶段来简要破解。

明时势

所谓"治世之能臣，乱世之奸雄"，此话不仅是东汉末年曹公孟德的名人好评，亦可作为后世君子应该力求适应环境之圭臬。

公孙胜身为道人，本应脱离红尘之外、摒弃名缰利锁，不该过问世事。可他却认为贪官污吏的不义之财应该换换主人，费尽心机打听生辰纲路线在前，不惜冒着被举报的风险联络晁盖一伙儿于后，并亲身参与"枣子换宝贝"行动，为未来的水泊星宿聚会掘得了"第一桶金"。

粗略估计生辰纲的价值有十万贯钱（其实不止这数，因为还有梁中书老婆的一箱子珠宝），也许今人对十万贯钱没有什么感性认识，简化起见，那时一贯钱就相当于一两白银，而一两白银的购买力非常可观，这一点在吴用请阮氏三雄的饭局上就可见一斑。吴用的一两白银至少买了"一瓮酒"以及"二十斤生熟牛肉、一对大鸡"，这还不算之前四人大吃了一顿。怎么说按现在的物价，这一两白银得值五六百元人民币。那十万贯钱就相当于五六千万元人民币。这可是真金白银。

就是借助公孙胜的准确情报和辛苦奔走，整个《水浒传》的故事开始进入更热闹的场次。而公孙道人本人，自然也分得不少黄白之物，虽说道家认为俗气，但硬通货毕竟好使。公孙胜就在晁盖的庄子上和晁盖、吴用、刘唐过着第一段幸福生活，整日里喝酒吃肉、切磋武艺，不亦快哉？至少，公孙大郎修道没有变得迂腐，难得！

知进退

公孙胜对于晁盖，是没有任何二心的。自从"生辰纲大劫案"东窗事发，就铁了心地跟着晁盖东奔西走，尤其是在石碣村一仗，凭借公孙胜的呼风之术，7个好汉外加十几个渔夫，硬是把500人的正规军队、若干捕快杀了个干干净净，只剩下领头的何涛被割去双耳后放了回去，一来报信，二来示威。

上梁山后，公孙胜也能听从吴用安排，协助晁盖鸠占鹊巢，成了梁山新东家。就这样，公孙胜又一段幸福生活在水泊梁山开始。

然而，好景不长。宋江因为酒后耍酒疯，写了一首不大通顺的打油诗而锒铛入狱。吴用欲通过私刻公章、伪造政府文件等手段来营救，不幸又被识破，反而使得宋江被送上法场，就要被开刀问斩。当然，义气为重的众家好汉冒死营救，带着几分侥幸总算成功。宋江不得不踏踏实实地上了梁山，而且把自己的老父亲、弟弟一家子都接上了山。

公孙胜觉得，宋江这次似乎打算长时间待在梁山。还有，公孙胜通过参与江州营救的一些好汉了解到，宋江为了泄私愤，不惜拿众多好汉的性命当赌注，强攻军事重镇无为军。

此举极其冒险，等于是区区乌合之众和大量正规军正面对决，而且还是攻势。论单打独斗，众好汉对付正规军还有优势，可论起行军打仗，主要依仗集体力量，众好汉无疑是阎王殿走了一遭。当时晁盖是不同意的，他觉得既然救了宋江，要考虑众好汉的安全，可以回梁山搬兵来给宋江"泄私愤"。幸亏内线帮忙，加多方好汉勠力同心、对方部队贪生怕死等诸多内因外因，大家方能全身而退。

想到这一节，公孙胜不由得打了个冷战，对宋江的狠心，不寒而栗。再有，作为修道之人，多少懂点面相。公孙胜借助面相基本知识和对宋江出身的了解，大概可知宋江那颗炽热的名利之心。这样的人参与梁山的领导工作，梁山将何去何从？

可以确定，晁盖至少会给宋江二号人物的职位，因为宋江确实曾经"担着血海也似干系"，给晁盖通风报信。这一点，公孙胜也很清楚。所以，他挑了一个合适的时机和场合，提出自己要看望老母和师父，请了三五个月的假。

他这是先置身事外，也好冷静一段时间，看看宋江究竟要做什么。当然，享受母子天伦、聆听师尊教诲，的确也是热爱生活的公孙胜之最爱。公孙胜又开始了在老家蓟州的幸福生活。

进和退的确是一门很高深的学问。有时，还需要中庸一点。明明是退，却有说辞；也许是进，但却含蓄。或许秉承"退步原来是向前"的道理，或许是虚张声势，以进为退。总之，公孙胜的进退之道拿捏得极为恰当。人家没说要散伙，只是请假。实际上，公孙胜是打定主意散伙的。因为，"月盈则亏，水满则溢"是道家的基础课程，比较有道行的公孙胜，再明白不过。

辨凶吉

俗话说"地球离了谁都照转"，可梁山离了公孙胜，还真有点麻烦。因为天贵星小旋风柴进的叔叔和高俅的叔伯兄弟高廉之间的纠纷，引发了梁山与高唐州知府高廉起了刀兵。这高廉会些道术，也可以说是妖术，给抢着挂帅出征的宋江带来不少麻烦。宋江仗着自己偶然得到的天书也有模有样地拿着剑比画比画，多少有点用，可还是制服不了高廉，更别提攻破高唐州、解救柴进了。

宋江对公孙胜多少心存芥蒂，先是推托说戴宗找过，后来看推托不过，就勉强派了个莽撞的李逵和戴宗一同去请。这不是诚心捣乱吗？让李逵去请公孙胜无异于让张飞去请诸葛亮，宋江请公孙胜的诚意值得推敲。

可是，戴宗却很随机应变，把个李逵运用得非常得当，借助李逵的鲁莽来吓唬公孙胜的老娘，逼得公孙胜现身。看来公孙胜原本说什么也不想再蹚这浑水。可他见到李逵来了，也猜出梁山一定遇上什么难题，一起聚义的兄弟想请他，但却派个上山较晚的莽汉来办事，况且这莽汉是宋江的铁杆。公孙胜不得不为自己的安全琢磨琢磨。

公孙胜本来有办法推掉戴宗、李逵的邀请。但他寻思，这次推了，下次、再下次必然接连不断，平静的生活势必被打乱。而且，梁山有难，人家都求上门了，袖手旁观，很不够义气。咋说还是晁盖主事，不看僧面看佛面，应该去一趟。

再说，自己再去努力努力，只要晁盖领头，梁山还是可以有幸福生活的。公孙胜决定再出江湖，可考虑到李逵的无礼，也同时是为了让李逵见识一下自己师父的神通，以便向宋江学舌从而避免以后宋江再来打扰，公孙胜和自己师父罗真人一起表演了一出对公孙胜欲擒故纵、对李逵欲纵故擒的好戏。

当然，李逵毫发无损。而且，公孙胜也不再推辞，爽快地出山，为梁山解决难题。以后只要有会道术难对付的主，都是公孙胜摆平。唯独有一次特殊，那就是请卢俊义上山的那个系统工程，虽说卢俊义不会道术，但兹事体大，入云龙不得不也参与智请天罡星玉麒麟的行动。

其间，晁盖不幸遇害身亡。宋江先是假惺惺地再三推让，又是说话不算数和违背诺言（没有兑现活捉史文恭者为山寨之主的诺言），外加自己心腹的推波助澜，居然接替晁盖成了新一代山寨之主。

公孙胜已经感觉到在梁山不可能有幸福生活了，可是他又一时找不出理由再次遁世。探亲假已经请过了，再请的话，宋江必然会虚情假意地让公孙胜把老娘接上山。因为上次宋江就表示过这样的想法。把老娘交给宋江，不啻是当人质。如此明白的公孙大郎可不比那些后来的降将好糊弄。

公孙胜只能等待机会，静观其变。他已经预测到梁山的未来，只是不好说。

避无妄

俗话说"无妄之灾"，好像人的灾难是很偶然的。但其实几乎都是必然的，也叫偶然中的必然，和高等数学中概率的特性如出一辙。有的人不注意，总是会惹上很多无妄之灾。当然，有些灾惹上一次就吃不消了。

公孙胜这个既有点灵性，又修习道术之人自然不会不知道避开这无妄之灾的重要性。

机会终于来了。在宋江处心积虑的谋划下、不辞辛苦的奔波下、多处托人的活动下，甚至连青楼女子的关系都去用，终于实现了"招安"的梦想。虽说武松、鲁达为首的一批真正的侠客很不赞成，但在动辄以兄长和寨主双重权威压制异己的宋江的淫威下，反对真是如汤泼雪，杯水车薪。这还不算，宋江还特别愿意为朝廷当鹰犬，以很高的劳动积极性把其余地方的造反力量比如田虎、王庆等都剿灭了。至于之前的征伐辽国的行为权且算是爱国行为，就不再评论。在伐辽、平田虎、剿王庆的行动中，公孙胜都立下了汗马功劳，尤其在平田虎的过程中收服了对方国师乔道清，这个功劳很是了不得。因为乔道清的道术也很厉害，后面帮助宋江打了不少硬仗。

在宋江把上述三件大差事干完，在朝廷也是红极一时的人物时，公孙胜正式向宋江道别。这次宋江却无法挽留，因为，公孙胜在跟随宋江讨伐辽国时早有伏笔，他请宋江一起去看望过师父罗真人。而当着不少人的面，罗真人在恭维完宋江后，提前替自己的徒弟讲好了退休的时间，就是宋江功成名就之时。看来，公孙胜的师父很了解自己的弟子，也说明这个弟子很有修道的品德及天分。

公孙胜这一次"拜别仁兄，辞别众位，便归山中，从师学道，侍养老母，以终天年"，真正、彻底地与梁山告别了。宋江的投机已经获取了丰厚的回报，他应该赶紧急流勇退，也算真正给所有梁山兄弟一个归宿和交代。可他，又一次为统治阶级去镇压为了填饱肚子铤而走险的农民起义。就是在镇压过方腊之后，梁山一百单八将只剩下了 36 人。之外的有战死的 59 位，凯旋途中伤病而死的 11 位，坐化的 1 位（鲁智深），剩下 1 位就是提前回乡、享受幸福生活的公孙胜。如果公孙胜不提前隐退，其结局估计和后来的宋江、卢俊义、吴用、花荣、李逵等一样，直接或间接地被奸臣害死。"狡兔死、走狗烹"，这道理对宋江来说，有点高科技；但对懂得追求幸福生活的公孙胜来说，实在小儿科。

后来的某年夏季，在蓟州的某个地方，巧妙地避过无妄之灾的公孙胜伺候完老母吃过晚饭，趁着天还不黑，在庭院里随便翻着《南华经》，摇着扇子，读到"庖丁解牛"这一段时，忽然想起旧时梁山好汉里有个地稽星操刀鬼曹正，此人的解牛之能和庖丁比如何呢？估计在宣州城外游荡的曹正之魂魄泉下有知的话，会忍着毒箭的苦楚，来回答这个问题。

梁山爱乐乐团

啸聚梁山之辈，要么出身草莽，要么发迹行伍，至于市井之徒、凶残之类，大多与音乐无干。可是，如果仔细品读，不难发现，可从梁山好汉中遴选出几位，倒是能组建一支微型的乐队，姑且称之为梁山爱乐乐团。

需要说明的是，由于梁山好汉们所在的那个年代，西洋乐器几乎是不可能传到中国的。因此，这里所说的乐团自然是民乐乐团。

先介绍乐手之一燕青。这位燕青小乙在音乐方面的造诣或者说是天赋确实值得称道。按照书中所说，燕青对于吹的、弹的、唱的、舞的可谓"无有不能，无有不会"。吹的当属管乐，而弹的就是弦乐。至于唱的、舞的，可就算是能歌善舞。这么看来，其实燕青要单帮，也能鼓捣出一支乐队。这也就是第一个介绍燕青的原因。

燕青露过一手弹筝的手艺，那还是在梁山排定一百单八将座次之后的重阳节 party 上。这个 party 的名称也叫菊花之会。燕青弹筝弹得过瘾，时间不算短，约莫也得有个把时辰。因为，当时所有头领的大会餐是从中午开始的，燕青就算吃饱喝足以后开始弹奏，也到了"不觉日暮"。

对于箫，燕青也很精通。在梁山好汉三败高俅以后，燕青又到京师活动招安事宜，出于工作需要，燕青演奏李师师的箫，"呜呜咽咽，也吹一曲"，哄得李师师很是高兴。燕青吹箫的水平究竟如何，不得而知，反正把个经常吹拉弹唱的李师师欢喜得不得了。

至于唱功，书中形容燕青唱得是"声清韵美，字正腔真"，加上自己俊俏的外表，几乎让李师师把持不住。

如果说一个风尘女子说燕青唱得好还不大可靠的话，那么通晓不少才艺的道君皇帝都欣赏燕青的歌喉就足以证明燕青的唱功了得。燕青打着象板，唱了一曲《渔家傲》，"新莺乍啭，清韵悠扬"，引得"天子甚喜，命教再唱"。而随后燕青的一曲《减字木兰花》不仅把宋江迫切招安的想法唱了出来，还意外为自己收获了皇帝亲笔签发的"特赦令"。

燕青入选梁山爱乐乐团，毫无争议。

然后就是马麟。这位好汉的绰号唤作铁笛仙，据书中介绍，能"吹得双铁笛"，看来还能搞特技演奏。让人佩服的是，马麟不仅会吹笛子，还会吹箫。在前面提到的重阳节菊花之会上，马麟又是品箫，又是唱曲。看来，搞器乐的大多都是多面手，至少都会唱。

有鉴于马麟的特长以及在菊花之会上能和燕青搭档的能力，光荣入选梁山爱乐乐团。

再就是铁叫子乐和。就是因为此人极其善于歌唱，才有绰号铁叫子。所以在菊花之会上，宋江要让乐和当主唱，在燕青、马麟的伴奏下，引吭高歌，演唱由宋江作词的《满江红》。虽说这首《满江红》惹得梁山的"鹰派人士"诸如鲁智深、武松等人以及杀人放火原教旨主义者李逵纷纷砸场子，可就其艺术水准来看，当属上流。

后来，朝中的达官贵人王都尉就是闻听乐和的特长，居然主动向宋江索要此人，以供玩乐。可见，乐和善唱的名头和实力，不容小看。

梁山爱乐乐团的首席主唱，非乐和莫属。

还有二位，不得不介绍一下。他们是九纹龙史进、没遮拦穆弘。他二人给人的印象就是两个横行乡里的恶霸，应该和音乐不沾边。可是，二人在宋江公关李师师时充当宋江护卫。也是闲极无事，可能也是有点看不惯宋江借工作之便留恋娱乐场所，居然效仿燕赵悲歌之士，作歌唱道：

> 浩气冲天贯斗牛，英雄事业未曾酬；
> 手提三尺龙泉剑，不斩奸邪誓不休。

这歌词文采一般，但气势不凡。说心里话，看到这首歌，对史进、穆弘二人的印象多少会有点改观。这歌词透着二人对社会现状的不满以及英雄无用武之地的无奈，有点个性。

由于梁山好汉音乐和歌唱人才的稀缺，史进、穆弘二人可以特招入选。

一个乐团，少了谁都行，但不能没有团长。无疑，这个团长必须让官瘾十足的宋江担任。宋江文采一般，可总爱舞文弄墨。江州浔阳楼发酒疯，附庸风雅一番，把自己差点弄到阎王殿。到了梁山，依旧秉性不改，在菊花之会上，强迫所有头领听自己犯酸。尤其是李逵这样的人，让他听诗词，还不如让他去游泳。

这还不算，在见着李师师后，又卖弄起来，写了首乐府词，李师师看了半天，就是没看明白。最过分的是，在平定王庆凯旋的路上，燕青射了一只大雁，宋江大呼小叫、大惊小怪、小题大做，足足絮叨了燕青好一阵。之后，宋江就此事是又吟诗、又作词，还是耿耿于怀。

看来，梁山爱乐乐团的团长兼作词，不得不让宋江担纲。

最后，我们不要忽略还有一个人，此人就是双枪将董平。书中介绍董平时，说他"心灵机巧，三教九流，无所不通，品竹调弦，无有不会"，其中的"品竹调弦"，应该就是说董平具备演奏乐器的能力。

到了这里，梁山爱乐乐团成形。燕青负责弦乐，马麟负责管乐，董平负责打击乐，乐和主唱，史进、穆弘和声，而宋江，只好当指挥。

我的青春我做主

俗话说："人在江湖，身不由己。"这话用在《水浒传》中的好汉们身上，恐怕是最贴切的。众位江湖人物要么刀尖上舔血，要么为朋友两肋插刀，基本上做不了自己的主。人生，对于绝大多数人来说，就像水面上的浮萍，飘到哪里算哪里。

可是，在一百单八将中，偏偏就有一位还算做得了自己主的人，此人就是燕青。他出场时就有几分神秘，我们根据原书的表述，只能知道燕青是个孤儿，被卢俊义收养。可问题是燕青所掌握的技能实在是太多，包括吹拉弹唱、拆字、射弩、摔跤甚至各地的方言、各行的市语。看来，燕青深知，人生在世，还是尽可能多地掌握一些技能、拥有一些特长。比如，在燕青打擂时，能说一口山东人都认可的山东话；侦察江南方腊的地盘时，也能用浙江话拉家常。甚至于困难时能用川弩打鸟充饥并射杀董超、薛霸而解救卢俊义。

还有一点比较让人佩服，就是吴用化妆成算命先生晃点卢俊义那次，燕青因为一些原因没有面见吴用，但根据卢俊义的描述，竟然基本上看穿了吴用的心思，足见其见多识广。

但是，仅仅拥有本领，还不能完全做自己的主。花荣可谓神箭手、戴宗具备独一无二的神行大法、张清的飞石绝技独步战场、金大坚和萧让造假的文书印章也算一绝，可这些人还是不能做自己的主。真要做自己的主还需要冷静的判断和果断的抉择，燕青在这两点上做得非常到位。

为了详细的说明这一点，姑且将燕青在《水浒传》中的轨迹分成三个阶段，即卢俊义做主阶段、宋江做主阶段和自己做主阶段。

卢俊义属于富豪阶层，燕青能在这样的大宅门里有一席之地，已属不易。而且，燕青在卢府还是比较惬意的，无须像管家李固那样操持杂务而劳身，也不必像主人那样患得患失而劳心。因此，在这个阶段，燕青认为不需要自己做主，让卢员外做自己的主挺好，卢员外做主和自己做主差别不大。

可惜，由于被宋江惦记上，使得燕青一下子失去了主人的庇护，因为主人锒铛入狱。随后，燕青被狠心的李固赶出家门，流落街头。但这个时候燕青没有放弃，一直坚信卢员外会回来。燕青根据自己的分析，卢员外不可能主动放弃社会地位和家财而去做贼。这也是燕青小乙能一直苦等卢员外回来的理由。

纵然现实如此残酷，卢员外吃了牢狱官司，燕青还是不放弃，积极想办法，有点误打误撞地求得梁山救兵，至少为卢俊义争取了几天延缓性命的时间。最终梁山之所以能成功营救卢俊义，的确和石秀的拼命、大伙的卖命有关，但燕青的坚持也起到了很关键的作用。

随后，燕青发现，明明卢俊义按照晁天王有关寨主选拔规则的遗嘱活捉了史文恭，可还是没有成为梁山一把手。燕青一下子读懂了梁山的潜规则，那就是可以说了不算。此后，燕青就知道谁才是能做自己主的人，这人就是宋江。这个阶段，燕青明白，只能由宋江做主，因为此时他和卢俊义身份都是贼寇，暂时无法回归正常社会。如果想把自己洗白，只能潜下心来，等待时机。

在宋江做主的阶段里，燕青的表现可圈可点。除了给宋江弹奏乐器以外，还几次拜访李师师为宋江联络招安事宜，燕青简直就是梁山对外形象大使。此外，燕青打擂的事迹更是壮大了梁山的声威。

燕青在联络招安的事宜时，心里也开始对宋江做主有了点意见。也许是因为宋江喝李师师的花酒时那副揎拳捋袖的嘴脸，也许是宋江对待战俘高俅时那股子奴颜婢膝的劲头，反正燕青觉得到了自己做主的时候。当然，一切准备工作还是要悄悄进行。

燕青巧妙地借助李师师对自己的暧昧居然成功地向道君皇帝讨得一纸赦书！不要小看这纸赦书，有了它，之前杀人放火的绿林行径都可以不受法律追究。为了这纸赦书，燕青展示了自己美妙的歌喉。同时，他还编织了自己被梁山强人掳掠上山的谎言。暧昧、歌喉和谎言换来了逍遥法外，燕青自己做主的阶段有了一个良好的开端。

到此，自己做主的阶段和宋江做主的阶段还是重合的，燕青没有离开。毕竟，人还是感情动物。燕青还是希望有所转机，怎么说梁山有他两任前主人。

然而，这两个主人又各自刺激了燕青一下。卢俊义在征讨王庆时不听燕青的劝告，中了对手的火攻之计。卢俊义嘲笑燕青在前，无视燕青架桥营救在后，这个事件也许使得燕青和老主人之间有了隔阂。宋江则是在大军生擒王庆凯旋的途中，因为燕青超乎常人的射箭天赋而喋喋不休地絮叨燕青好一阵子。其实就是因为燕青刚学射箭就箭无虚发，射下了不少大雁，从而使得宋江认为燕青似乎在向自己的爱将花荣叫板。燕青嘴上不说，心里对于这位主人开始鄙夷不屑。

但即便如此，在征讨方腊时，燕青还是做一天和尚撞一天钟，先去侦察敌情，后来又和柴进一起冒着天大的危险到方腊身边卧底。不管咋说，燕青吃谁向谁的业务素质值得学习。

有可能是看着梁山好汉大部分战死沙场，加之宋先锋已经成功，众兄弟无须努力，燕青毅然隐退。一贯重感情的他离开之前还是苦口婆心地建议老主人卢俊义和自己一起远离是非，可老主人很书生气地认为自己该享受天恩，还很认真地和燕青辩论起来。于是乎，燕青彻底了却了所有心事，挑着一担金珠宝贝不辞而别。至于宋先锋那边，只是挥挥手留下一张字条，面都不见，更不辞行。燕青太了解宋先锋了，如果辞行，就很难逃出其魔爪。

还要说一点，燕青出场时，年龄也就二十四五岁，那时候他就已经身负多种技艺。寻常人在这个年龄正是走马斗鸡、风花雪月、挥洒青春的时候，而燕青则可以理直气壮地说："我的青春我做主！"

杭州郊外的路上，一位青年人挑着担子，慢慢走着，他要去往何方，无人知晓。但他担子里的财富以及他完好无损的身躯，就算是命运给他的奖励吧。

飘荡的豹子胆

八十万禁军教头的名头听起来很唬人，想想看，赵官家的八十万直属部队都是某位教头的弟子，那么，这位教头可谓超级桃李满天下，门生故吏遍京师。

可实际上，在北宋王朝，教头的军衔并不高，甚至林冲的教头身份连中下级军官都算不上。因为，教头上面还有"都教头"一职，都教头才相当于中下级军官。所以说，可以这么理解：林冲属于大宋王朝禁军系统中教授士兵武艺的一员，通俗点讲，就是某公司培训部里的一名培训师助理。之所以动辄拿出头衔来显摆，其实是为了在江湖上更有地位。当然，这种显摆吓唬吓唬体制外的人士尚可，对于真正懂行的，怕是不管用，更不会稀罕。九纹龙史进的主要师父王进也是八十万禁军教头，而林冲的老丈人也是教头。看来，教头在当时不过一个谋生的行当而已。

再仔细分析，后来高俅剿灭梁山时，带过两个上将，"一个是八十万禁军教头、官带左义卫亲军指挥使、护驾将军丘岳；一个是八十万禁军副教头、官带右义卫亲军指挥使、车骑将军周昂"。这两个将军，看官职，级别上差距不大，一个是左指挥使，一个是右指挥使，但二人也都是八十万禁军教头，还有一人是副教头。明显，这二人的军阶远远高于林冲。这说明，在北宋，教头更像是一个职称或者说一个资格证书，和官职是两套系统。

所以说，林冲的职业技能鉴定为教头，但军阶上没什么大出息。

相比其职业，林冲的绰号则显得更赫赫一些。豹子头的称呼听起来很威武，一般形容谁胆子大就说"吃了熊心豹子胆"，而林冲绰号豹子头，自然具备豹子的凶猛与敏捷。再说，林冲在柴进庄上第一次出手，就将被人奉为上宾的洪教头打得满地找牙，看来，林冲的武艺着实不低。

可是，综观整个《水浒传》，总觉得林冲的某些行为很不正常，甚至不合乎身为豹子头的性格。

林冲的豹子胆宛如无常之水里的一片浮萍，究竟飘在哪里他自己也说不清道不明。

月貌花容

东京城里的岳庙，满眼尽是绿色。知了不知疲倦地鸣叫，似乎是在欢迎前来上香的善男信女。

一个纨绔子弟模样的青年也夹在上香的人群中，左顾右盼，似乎是在找熟人。

只见这青年时而鼓捣鼓捣老叟老妪的香袋，时而追随追随年轻女子的芳踪。老叟老妪们若是发觉，多半是摇摇头，懒得理会；而年轻女子们如果看到，几乎是加快脚步。但不论是谁，只要是发觉这青年子弟，都是带着五分恐惧和五分鄙夷。但是，这青年却丝毫看不出别人的异样，他感觉整个岳庙或者说整个东京城就是他家的后花园。

离这青年几步之遥的地方，分散站着五六个闲汉，但这些人明显都是青年的跟班。因为，他们的表情和青年的表情如此协调一致。青年做鬼脸，这几个人也不经意地做鬼脸；青年嘻嘻笑，这几个人也皮笑肉不笑。

就这样，青年在岳庙门口附近溜达了大约半个时辰。青年大概是累了或者厌烦了，总之，他想换个地方。就在青年准备离开岳庙时，突然被一个人给吸引住了。

从发式上看，这个人是一位少妇，约莫二十余岁，肌肤白皙，青丝浓密，身段婀娜，容貌秀丽。青年似乎对这少妇很有兴趣，不再离开，守在岳庙门口不动。等少妇走近，青年简直看呆了。不能说少妇有国色天香之姿，但小家碧玉的那种风韵足以征服青年。

青年待少妇刚刚擦肩而过，鼻子深深闻了一下，说："好香！"

那几个跟班有两个起哄道："咬一口才知道真香还是假香！"

又一个叫道："不知道衙内有胆子咬没有？"

青年一昂首，说道："这东京城还有我高衙内不敢的事儿？"说完，就追上那位少妇，鼻子几乎贴到少妇的后脖颈。

少妇发觉，不由得脸红道："这清平世界，你怎么敢调戏良人？"

"哈哈，哈哈！"高衙内笑道："我就是喜欢良人，来，让我香一个，来啊！"

那几个跟班只管叫好。同时，也引得不少香客驻足观看。

少妇拼命躲闪，但高衙内就跟膏药一样，怎么也甩不掉。

就在这时，突然从人群里出来一位壮汉，雷鸣般地喝道："调戏良人妻子，该当何罪？"说着，一手拽住高衙内，另一手挥起拳头，就要朝高衙内的鼻子上打去。

高衙内蒙了，不知所措。有两个反应快一点的跟班赶忙上前，拉住壮汉，一个赔着笑脸道："是林教头啊，我看高衙内的事儿您老还是不要过问的好。"

壮汉叫道："荒唐！此乃我家娘子，这杀才胆敢调戏，我林冲也在市面上有一号，我管他是高衙内、低衙内的，先吃我三百拳再说！"说着，一只手扯着高衙内，如同扯一只小鸡一般给扯到墙角，准备开始教训。

"好汉饶命，好汉饶命。"高衙内一看几个跟班都不敢上前，开始服软："小弟真不知道那……那……那位大姐就是嫂夫人。还请宽恕则个。"说完，点头如捣蒜。

林冲冷笑道："先问我的拳头能不能宽恕你吧。"说着，一只膝盖抵住了高衙内的肚子，同时又举起了拳头。

高衙内赶忙说："林教头是大英雄，不能跟我一般见识。前几日，有人到我爹爹那里告您的黑状，我还为您老说好话来着，您不能打我啊！"说着说着竟然开始抽泣。

"告我什么？"林冲不再高声。

高衙内哆哆嗦嗦地答道："有人说林教头在干不正经的营生，

我说：'呸！胡说，那林教头是何许人？堂堂八十万禁军教头，怎么能干那事？'我当时就把告状的人给骂一顿。"

林冲低声斥道："你又没有差使，如何能参与太尉的公事？"

高衙内委屈地说："我没参与，那天恰巧找我爹有点事，我正好听到有人告状。"

林冲不再说什么，用手轻轻拍拍高衙内的肩膀，又环顾一下不远处看热闹的人和几个急头怪脑又不敢近前的跟班，用正常的声调说道："看高太尉面上，你又不认识拙荆，权且饶你这一次，滚吧。"

那几个跟班一听，如逢大赦，赶紧上前架着高衙内，风一般地走远了。

此时，一个胖大和尚正领着二三十个破落户正急急忙忙地朝着这边跑来。和尚嘴里还嚷嚷着："我来帮哥哥打架！"

烦愁笼罩

三日后，林冲的好友陆谦来访。二人在林冲家客厅聊了几句，陆谦邀林冲吃酒，林冲给妻子说了一声，就和陆谦一起到了一家叫作樊楼的酒楼。

酒楼在一家小巷子里，门口有几棵大槐树。酒楼里面不大，但相当雅致。林冲和陆谦上了二楼，找了个靠窗的桌子坐定。

由于是熟客，店家没怎么问就先上了几个小菜并两小坛平常的米酒。陆谦看了一眼酒菜，说："不要这酒，上两瓶银瓶酒，有甚稀罕果子也一起上，今儿个我会钞。"

林冲赶忙说："兄弟，这又是何必？"

陆谦说："以往都是哥哥破费，今天就让小弟做一回东道吧。"

林冲问："莫非兄弟有什么事情？有事只管开口，不必客气。"

陆谦说："没事就不能请请兄长？兄长别再见外才是。"

很快，两瓶上等美酒和四样着实罕见的果子一起端了上桌。

陆谦斟满两盅酒，端起一盅，说："和哥哥也不是外人，这几年若不是哥哥提携，我陆谦早就在东京城的街面上被人乱刀分尸了。来，我先敬哥哥一杯。"

林冲接过，说："兄弟也忒客气了，我们也不是外人。咱们有钱一起赚，有钱一起花。是不是？"

陆谦点了点头，说："是这话。但是，我也不能老花哥哥的钱。"

林冲笑笑，满饮了杯中酒，说："难不成兄弟要自己单干？"

陆谦正色道："总之，哥哥当初替我还清三百贯的赌债是救了我一命，乃再造之恩。后来，哥哥多次周济我，是养育之恩。还有，哥哥为我通关节，让我当了太尉府的虞候，可谓提携之恩。还有……"

"好了，好了。"林冲打断："今天兄弟怎么成了账房呢？些许小事，何足挂齿？兄弟不也帮了我不少嘛，咱们这不是相互有个照应。"

"对，对。"陆谦又为林冲满上了酒，接着说："哥哥还是我的恩师。"

林冲夹了一口菜吃后，用筷子指着陆谦，说："兄弟啥时候这么甜言蜜语，莫不是找着媳妇了？还是哪里有相好的阿姐？哈哈。"

陆谦也饮了一盅，叹了口气，说："哥哥取笑了。看我这个样子，一没钱，二没势，谁会跟我？再说了，大丈夫只要遂了青云之志，又何患无妻？"

林冲一拍桌子，赞道："是这话！"可随即，林冲也叹口气，说："兄弟这话也勾起我的心事。想我林冲，也算将门之后，自己再不济，也算有点武艺，可到我这一辈，居然只混个教头，真是辱没祖宗！"

陆谦轻轻拍了拍林冲拍在桌子上的手，说："大哥是名满江湖的八十万禁军教头，只不过目前因为无人识得大哥的其他真手段。若是机缘到了，封侯拜相也不是空谈。"

林冲赶忙止住陆谦，左右看了看，才说："兄弟，酒可以喝点，但别酒后乱说。"

陆谦点点头，说："哥哥教训的是。"

林冲忽然说："兄弟少坐，我下楼净手。"

林冲出了酒楼，寻东小巷内净手后，正准备再回酒楼，却在酒楼门口遇上了使女锦儿。只听锦儿叫道："官人，寻得我苦，却在这里！"

原来，林冲和陆谦出门不久，有人自称陆谦邻居，给林娘子报信，说林冲在陆谦家里得了急病。等到林娘子带了锦儿一起赶到陆谦家里时，却发现陆谦屋内只有高衙内一个人在等着……

等林冲赶到距樊楼不远的陆谦家里解救出娘子后，林冲才明白，陆谦是有意骗他喝酒的。之所以如此，是为了给高衙内创造霸占自己妻子的机会。

砸烂了陆谦家里那几件寒酸的家具后，刚出了陆谦家门。樊楼的掌柜赶到，交给林冲一封信，说是陆谦结完账后托他务必亲自交给林教头。

林冲谢过掌柜，待掌柜走远后，打开信，发现信是陆谦亲笔所书：

兄长见谅：

昔日多蒙解倒悬之难，此后全凭提携，结交朋友，衣饭不愁。然人生白驹过隙，大丈夫不能总仰他人鼻息，今得蒙太尉青眼，衙内相思之苦使太尉食不甘味。弟不得已而请兄赴宴。同时，小弟也暗暗打点了卖药的张先生，使之告知锦儿兄之所在。如此，一来能保阿嫂清白，二来不致得罪太尉。此后，小弟将早晚伺候于太尉府上。至于与兄长之前所为，小弟自当守口如瓶。而今以后，弟与兄大路朝天各走半边。

愚弟拜上

看完此信，林冲怅然若失，喃喃自语道："这可如何是好？ 守口如瓶，全是屁话！"

林娘子惊魂未定，问道："怎么了？ 相公，莫非有什么祸事？"

林冲摇摇头，说："没什么？ 陆谦那厮给我写的绝交信。"

当日下午，林冲家。

林冲自己有一间屋子，里面都是林冲收藏的各种兵器。林冲拿出一个红羊皮小匣子，里面是一把冷气森森的尖刀。林冲看着那把尖刀，思忖着。突然，林冲从匣子里拿出尖刀，冲出那间屋子，到了正堂。林娘子恰巧撞见，一见林冲手持尖刀，赶忙拉住林冲，惊道："相公，陆谦那人，不来往也罢。我们不就是平时接济过他几个钱罢了。这次……这次虽说陆谦使坏，可那衙内也没能怎样我，就别再去拼命了。"

林冲瞪着血红的眼睛，说："娘子，陆谦那厮不死，我夫妻怕是不得安宁！你且好好歇息，我自有处置！"说完，吩咐锦儿照顾好娘子，藏好尖刀，冲出家门。

白虎节堂

这回林冲的豹子胆足足鼓了三日。可是，总是在太尉府门前转悠，而且还怀揣利器，这让林冲的潜意识里觉得不妥。于是，豹子胆还是收敛一点为好。

第四日，林冲回家吃饭时的脾气好多了。恰巧，鲁智深来串门，二人又出门喝酒去了。以后的十余日，二人几乎天天一起饮酒，交情是越来越浓。如此，林冲的豹子胆又完全泡在酒缸里。对于陆谦，林冲的记忆逐渐模糊了。

以相对低的价格买了一把宝刀，使得林冲觉得自己占了个不小的便宜。林冲的兵器收藏目录上又多了一把好刀，此刀有一个比较诗意的名字：瑞雪春冰刀。

当时的北宋也很八卦，林冲捡了个大便宜的消息不胫而走，连高太尉都表示关注。第二天，专门有两个差役登门造访，说是高太尉想欣赏一下瑞雪春冰刀。林冲没多想，抱起宝刀，仓促和娘子告了别，就随着这两个差役来到了大宋中央卫戍区的司令部，也就是高太尉的殿帅府。

威严肃穆的殿帅府，林冲被带进西侧的一座厅堂。进了厅堂的花格门，堂内正厅内并没有人，熏香用的金兽中升起袅袅白烟，看来主人没有走远。带路的差役打了个招呼就告退了，说高太尉在内堂，这就来。然后，差役自觉地退出正厅，直至厅堂外面。

林冲一本正经地侍立着，几乎分毫不动。如此又过了两刻，高太尉还是没有从内堂出来。林冲就开始在厅内踱步。

踱到书案附近，林冲发现上面有一本册子。那册子看外观没甚不寻常，可林冲走近随便一瞥，却不由得倒吸一口凉气。

接着，林冲赶忙翻翻那册子，张着嘴，几乎是目不转睛，一目十行，看着看着，脸上露出了不经意的微笑。可是，林冲突然又环顾左右，一看还是四下无人，就顺手从书案上拿过来一张公文纸，拿起案上的细毛笔开始抄写那册子上的东西。

林冲抄得很快，约莫半袋烟的工夫，林冲还觉得似乎意犹未尽，但还是将册子放好，毛笔放回原处，用嘴吹了吹那张抄写完了的公文纸后，小心翼翼地折叠起来，藏到了袖子里。

这时，一阵脚步声传来，高俅居然从外面进来了。一见林冲，高俅满脸惊愕，喝道："大胆林冲，尔不过是个芝麻绿豆的教头，怎么敢擅入我白虎节堂？再说了，你居然还带着兵刃。来啊，左右给我拿下！"

话音未落，从白虎节堂的耳房里冲出来 20 多名壮汉，立即将林冲控制住，林冲的宝刀也被缴械。

林冲大喊道："冤枉啊！是太尉您差人叫小的过来的啊！太尉还说想看看林冲新近买的宝刀。"

高俅斥道："胡说！本太尉忙于国事，哪里有什么闲工夫看你那废铜烂铁？前几日你就在我的府邸门口转悠，今番又带着兵刃擅闯军机重地，你是不是想刺杀本太尉，从实招来！"

林冲辩解道："真是有二位公人奉了太尉的钧旨的。"

高俅问："那公人又何在？"

林冲答："他们让小的在此等候，自行去了。"

高俅看了一眼香案，喝道："真是信口雌黄！将林冲绑好，本官亲自在内堂审问。"

白虎节堂内堂，高俅坐在太师椅上，五花大绑的林冲跪在高俅面前。此外，再无一人。

高俅的神色又缓和起来，问："林教头除了担任我禁军教头，可还有别的什么营生？"

林冲脸色微变，但还是故作愕然状，说："太尉取笑了。小的只是谨记自己乃禁军教头，也算食君之禄，自当忠于职守，忠君之事，哪里还有什么别的营生。"

"哈哈哈！"高俅笑道："好一个忠君之事！我来问你，以你教头的那点饷银，随手就能甩出一千贯来买宝刀？再有，你家里少说也有百十件好兵器，据本座所知，其中不少可都是价值千金呢。这你如何解释？"

林冲赶忙答道："太尉误会了。小可本是将门之后，历代祖先为我大宋征战沙场，一来官家多有赏赐，二来那兵器多是沙场缴获且经大帅们许可才收藏的。"

高俅狡黠地笑道："就算能说得通吧。嘿嘿。"随着一阵瘆人的笑声，高俅起身，慢慢走到林冲面前，突然从林冲的袖子里抽出那张公文纸，瞥了一眼后，甩到林冲脸上，骂道："大胆的狗贼！你连我大宋举国的鼠尾簿都敢偷窃，必定是异族奸细，从实招来！"

林冲开始淌汗，结结巴巴地说道："这个……这个……这个小可委实不知。"

"委实不知？"高俅冷笑道："鼠尾簿乃我大宋举国劳役的账册，鱼鳞簿乃我大宋举国赋税的账册。去年，大辽国使臣从东京城陈桥门进城时，得意洋洋地自称熟知我大宋的岁入，所以要将岁币加码。我就怀疑是有家贼泄露的机密。今日，你又意图盗窃鼠尾簿，看来，你真是靠着出卖大宋情报发大财了。"

林冲不再说话。

高俅继续道："其实呢，你这家伙也太张扬，花钱大手大脚，动辄为他人疏通关节，买卖官司，早有人盯上你了。你以为我大宋六扇门的捕快都是吃闲饭的？你听着，本座给你报个账目。"说着，从自己的袖子里拿出一张纸，念道："据六扇门三年来调查，八十万禁军教头林冲资财来路不明，三年内共花出约三万贯钱并六千两水波纹银。另查，西夏、辽国几年来接连获取我大宋绝密消息，且每当西夏、大辽使节来访，教头林冲即告病假。宣和十八年四月初三，林冲于汴梁城外护龙河边会见北地之人。宣和十八年六月十五，林冲于朱雀门外高婆茶馆与西夏人密谈两个时辰。宣和十九年三月初九，林冲于龙津桥夜市与辽国客商阿布力畅饮两个时辰，经查，我通关登记中并无阿布力客商，阿布力真实身份乃辽国御前二等探子忽迷虫……"

"太尉饶命啊!"林冲哭泣道:"小的也是一时误入歧途,还请太尉解救!"

"说得轻巧,"高俅鄙夷地说道:"就凭你这作为,东京城的老百姓都可以一口一口把你吃了,还别说江湖上那些疾恶如仇的好汉们了,更别说我大宋八十万禁军、一百多万厢军、二百多万乡军了。"

林冲哀号道:"太尉慈悲啊!"

高俅沉默了一阵,说:"说老实话,林冲。原本六扇门可以将你缉拿归案,可你也算老练,几乎事事不留证据,加之你武艺高强,六扇门也不好妄动。可是,这次本座略施小计,一个简单的小局就诱你出手。你可明白,本座为何如此为你煞费苦心?"高俅的眼神里充满了期待和欣赏。

林冲赶忙说道:"只要能活命,太尉如有差遣,林冲赴汤蹈火,在所不辞。"

高俅摆摆手,说道:"那倒不至于。实话告诉你,陆虞侯对你评价也很高,我想让你二人联手为我大宋做点小事。"

林冲说道:"太尉是说陆谦?"

高俅说道:"是的。陆虞侯什么都告诉我了,你们俩搭伙还真不错。大宋极其需要邻国的情报,你如答应为大宋卖命,之前的一切既往不咎,你看如何?"

林冲不假思索,再次叩拜,说道:"太尉再造之恩,林冲没齿难忘!"

高俅满意地笑笑,亲自搀扶起林冲,为林冲解开绳索,说道:"都说你林教头武艺高强,可你信不信我能连着摔你三个跟头。"

林冲一惊,随即笑道:"太尉和小的开玩笑呢。太尉是何等尊贵之人,自然不屑学我等粗人的把式。"

"小心了!"高俅突然发难,连着使了"鸳鸯拐"、"鹞子翻"和"鹁鸽旋"三招,竟然真的摔得林冲毫无还手之力。

林冲起身,赞道:"真想不到,太尉的相扑之术如此精妙,可堪我大宋第一相扑国手!"

高俅摇摇头,说:"那倒也未必。我大宋的相扑第一国手当属擎天柱任原。我不过偶尔为之，但是，擒拿教头这样的人，也还绰绰有余。"

林冲道："林冲既然为太尉卖命，自然是太尉的人，不敢有异心。"

高俅拍了拍林冲的肩膀，说："你得去沧州一趟。"

黑衫道人

看守天王堂的差事简直不能再清闲了，每日的活儿也就是扫一遍地、洒两遍水，片刻就可以干完。在别的囚徒看来，林冲这个犯人必定给管营等大小官吏花了不少银钱，否则，同样身为配军的林冲不会如此清闲自在、无拘无束。

确实，林冲是贿赂了管营等牢城大小官吏，只不过贿赂用的银两不是自家出的。林冲被判"不合腰悬利刃误入白虎节堂而杖二十，刺配沧州"，完全是掩人耳目。林冲的使命就是为高俅联络大金国掌权大将军完颜宗望，接到了高俅的亲笔信后，林冲自行看过，知道高俅根本不是为大宋而联络，高俅的目的就是希望寻求金国靠山，好为以后留个出路。为此，高俅特别给了林冲大笔的银子，权当活动经费。

沧州属于北宋军事重镇，又是南北客商的必经之路。北宋和大金并无邦交，所以高俅必须有林冲这样的人来联络。

林冲到沧州月余，凭借着多年来情报贩子的手段及渠道，顺利地通过私商将信件带到了金国。20 日后，金国枢密院专门派密使抵达沧州，在某处小酒店，林冲终于见到了金国密使哈赤儿以及随行的通译刘宝庆。

三人简单要了点酒菜，开始谈了起来。

哈赤儿说："敝国很希望和大宋朝成为兄弟之邦，敝国国主完颜阿骨打也很希望和贵国道君皇帝结为兄弟。而贵国高太尉又如此诚心想交好我国，我国主及掌权大将军及众位平章都很高兴。"

听完刘宝庆翻译后，林冲点点头，说："小可不过是个传话的，大事做不了主，只是希望贵国赐封回信，好向太尉交差。"

哈赤儿眼珠子转了转，说："掌权大将军的回信我此次已经带来，只是大将军的意思是，如果高太尉有诚意结交我们大金国的话，希望能将贵国的军事地图借阅三个月，烦请林义士转告。"

林冲心里一惊，但不好说什么，只好答道："我自会向太尉回报，希望大人在沧州多住几日。"

哈赤儿说："这倒不必。刘宝庆将会一直在沧州等待太尉的地图，如若地图到了大金，太尉的要求自然会满足，而且高太尉就是我大金国的首席平章知事，哈哈。"

林冲回到牢城，连夜写信，向高俅回报。林冲的信是直接走官道驿站，而且，林冲直接给陆谦写信再由陆谦转呈高俅。这样一来避免泄密，二来对林冲也有个监督。

只是让林冲稍稍感到不快的是，昔日给自己当小弟的陆谦居然成了自己的上司。

东京那边的回信很快到了。

高俅的意思由陆谦转述，意思很明确，答应金国的要求。今日陆谦将亲自携带大宋军事地图 30 余张到达沧州，二人将一起亲手与金国密使进行交接。高俅只提了一个小条件，要求地图必须交到金国使者手里。

又过了 10 日，陆谦带了十几名虞候到达沧州。此次表面上是陆谦受高太尉之派遣，点差沧州军用草料场。陆谦虚与委蛇般应付完公务后，就找到了林冲。

在管营的公署里，陆、林二人见面了。

陆谦支开所有人之后，向林冲拱了拱手，说："大哥今日可好？真没想到能和大哥一起为高太尉做点事。"

林冲冷冷地说道："还好吧，陆谦。哦，真该死，我该在陆爷面前称下属了。陆爷，下属……"

陆谦打断道："兄长干吗这么认真，都是混口饭吃嘛。"

林冲森然道："野猪林里那董超和薛霸又是混了谁的饭？反正我知道他俩也不至于和高太尉拧着干吧。"

陆谦脸色有点难看，但还是故作关心地问道："那俩狗腿子还敢怠慢哥哥？若真有此事，回头我收拾他俩。"

"行了，陆爷。"林冲说道："你我心知肚明就是了，咱们先

水浒佐传

办太尉的差事为好。"

陆谦点头道:"是,是。"

在沧州最大的酒楼——青州楼里,林、陆二人和刘宝庆以及哈赤儿见了面。哈赤儿收到地图后,很是高兴,爽快地将金国大将军的回信以及赐给高俅的敕封都交给了陆谦。此外,哈赤儿还将一个铁牌也交给了林冲,陆谦也赶忙探过头,和林冲一起看那铁牌。铁牌有双面,一面用金国文字书写,二人看不懂,另一面是汉字,上面写着"敕封六品铁卫林冲"八个字。顿时,林冲惊讶,陆谦羡慕。

刘宝庆解释道:"我掌权大将军精通中原武艺,对于林家枪非常仰慕,听说这次的联络人竟然是林家枪的传人林冲大人,特聘请林大人为铁卫。另外,除了敕封的铁牌,林大人的敕封文书也和高大人的敕封文书放在一起,请林大人收好。"

林冲谦虚道:"贵国大将军忒高看林冲了。"

哈赤儿竖起大拇指,说:"林家枪,我也很仰慕。有机会希望林英雄指点一二,请不要推辞了。"说着,从身上拿出了一个纯金打造、约莫有三两重的老虎。哈赤儿亲自拿着老虎,双手递给林冲,接着说:"在我金国,只有一流勇士才会得到这样的赏赐。我虽不才,也获得了一个。现在,我把它转送给林英雄。"

林冲推辞再三,无奈哈赤儿诚心相赠,只好收下。

陆谦在一旁,只是陪着干笑。

哈赤儿和刘宝庆告辞后,陆谦收好所有信件、文书,说要去管营那边处理点公事,径自去了。

林冲独自一个就着残酒又吃了几杯。

不知什么时候一个黑衫道人坐在林冲旁边,这道人身材高大,一双杏子眼、一把络腮胡。

林冲见状,问道:"道长来化缘吗?"说着,伸手就要从怀里找点碎银子。

道人摆手道:"金银虽好,可为之折腰,就妄称英雄了。"

林冲又打量一眼道人,说:"话虽如此。可岂不闻我太祖皇帝曾经因一文钱难倒英雄汉,将华山卖给了你们陈抟老祖,足见金银是何等重要。"

飘荡的豹子胆

道人微笑，说道："贫道又何曾说过金银不重要？只是所谓'君子爱财取之有道'，或者说'盗亦有道'。"

林冲又慢饮一杯，说："时候不早了，道长如没别的见教，我得告辞了。"

道人起身，打了个稽首，意味深长地说道："福兮祸所伏。这位壮士，要谨防小人暗算。龙游四海方不致遭虾戏，呼啸山林才不会受犬欺，谨记！"说完，飘然而去。

林冲盯住道人的背影，叹了口气，方自结账，回牢营休息。

瑞雪赐福

东京城点帅府。

陆谦将书信和文书呈给高俅，高俅看后，满意地点了点头，说："此番沧州之行，陆都管功劳不小啊。"

陆谦谄媚地说道："为太尉跑跑腿，又算得了什么？只是……"

"只是什么？"高俅一抬眼，问道。

陆谦又犹豫了一下，说道："那金国也给了林冲敕书，封了个什么劳什子铁卫，这倒不干小的什么事儿。我私下里琢磨着，这里面有文章。"

"哦，"高俅问道："此话怎讲？"

陆谦清了清嗓子，侃侃而谈："太尉明鉴：这林冲如若不是瞒了太尉，又自己和金人做了点买卖，那金人能封他为铁卫？就算他自己是为了贪图金人的银子，属于贪财之辈吧。可是，此番差事后，林冲可是知道太多太尉的重要公务，况且那厮又远在沧州，小的也是担心不好节制。还有，如果哪一天那厮把太尉的事情当成消息，卖给别家，可就大大不好了……"

"行了，我明白了。"高俅一摆手，厉声说道："林冲果然是个贼骨头，不能再留他了。可是……"高俅又压低了嗓门："若要除掉林冲，从公事上不好下手，还得要烦劳陆都管。"

陆谦一拜倒地，说："为太尉赴汤蹈火，在所不辞。"

"好，好，你且起来。"高俅说道："你再去沧州一趟。不过，这次要秘密，我会让富安陪着你一起去。别看他没甚大能耐，但他和江湖上的血手团多有联系。到了沧州，你可差遣他请沧州那边的血手团分舵帮忙。"

陆谦答道："蒙太尉周道，小的这就和富安出发。"

看着陆谦出去后，高俅愣了片刻，自言自语道："这小子的狠劲倒是像我，居然为了升官，连自己的恩人都不肯放过。嘿嘿，可惜啊，你若是除掉了林冲，血手团随后也会让你和林冲再聚首的。"

点帅府内的兵器架上，隐约有几分肃杀之气。

林冲接到差拨通知被调到草料场当差，比起天王堂，草料场还能收一些外快。林冲虽说不差那几个小钱，但终于也能被人供着了，心情着实不错。

可是，近日来一场大雪接连下了两日，将林冲在草料场的营房给压塌了。林冲无奈，只好暂时找了处山神庙栖身，指望次日天晴后找个泥水匠修补一下。也就是在山神庙的那一夜，彻底改变了林冲的命运。

那晚，林冲用石头顶住山神庙门，正要睡去，忽然听见响声，从墙壁缝里，发现草料场起了大火。这可不得了，大军草料场起火，林冲要担性命责任。林冲正欲救火，却听到庙门口有几个人在说话。

林冲仔细一听，不由怒从心头起。原来，竟然是陆谦领着五六个人在门口稍歇，听说话，那火就是他们放的。而且，陆谦明言，必须要林冲死。

林冲轻轻搬开石头，挺起花枪，就要将那几人杀了。此时的林冲，豹子胆又开始膨胀起来。

可是，对方一共有七人，除了陆谦、富安，四个黑衣人之外，居然还有牢城营的差拨。

林冲以一敌七，倒是不落下风。林家枪的威力，确实了得。可是那四个黑衣人是血手团的高手，合力防守，林冲也奈何不得。而陆谦一见，就想溜走。至于富安和差拨，只不过是瞎嚷嚷，并不上前。

林冲这次说什么也不想放过陆谦，大吼一声，使出生平绝技，一十六路绝命枪使过，四个黑衣人的脖子都被穿透而死。顿时，雪地上一片殷红。陆谦、富安和差拨三人倒也机灵，分三个方向各自逃命。林冲正犹豫先追杀哪个时，突然感觉双脚被人握住，林冲使劲一蹬，来了个旱地拔葱，居然带出两个人来！原来，雪里还藏着两个白衣杀手。

那两个白衣杀手的武功更高，林冲和他们二人交手，几乎不敌。同时，陆谦三人又越跑越远。就在这危急时刻，忽听天空中传来一声："无量寿佛！"在青州楼和林冲见过的那黑衫道人几乎是飞了过来，和林冲一起对付那两个白衣杀手。

几个回合后，林冲一招金龙探海，除掉了一个。而那道人手中一把松纹古铜剑挥起，斩掉了另一个杀手的脑袋。

可是，陆谦三人已经跑远。林冲来不及谢过道人，想先去追陆谦，然而，道人却拦住林冲。

林冲正疑惑时，却见陆谦三人像三个粽子似的，感觉好像是被人从云端扔下来一样，落在了林冲和道人的面前。

道人笑道："家师亲自施法，用道术将这三个人渣抓了回来。请林教头发落。"

林冲又惊又喜，问："道长如何知道林冲？"

道人答道："家师无所不知，自然知道林教头的事。只是家师觉得，林教头有驰骋疆场之能耐、布阵杀敌之手段，如何虎落平阳、龙游浅水？只不过是过于迷恋外物，希望此事之后，林教头醒悟。"

林冲点点头，看着摔得半死的陆谦三人，用脚踏住陆谦，骂道："陆谦狗贼！我待你不薄，你帮高衙内图谋我内人在前，野猪林贿赂解差企图杀我于后，这次又嫉妒我，竟然要放火烧死我。我倒要看看你的心是什么颜色的！"说着，林冲从怀里掏出一把匕首。

陆谦脖子一伸，瞪着双眼，冷笑几声，说道："说老实话，你的确是帮过我，可我压根就不服气你，你也别狂，就冲你干的那点事，你一辈子也休想成为英雄……"

"噗嗤"一声，林冲的匕首已经扎透了陆谦的胸膛。

山神庙的供桌上，摆着陆谦、富安和差拨的三颗人头，道人

水浒佐传

看着满腔仇恨的林冲，说道："林教头已然雪恨，不知以后有何打算？"

林冲低首说道："既然尊师都知道我的事情，我还有什么脸面混迹江湖？"

道人劝道："人非圣贤孰能无过？只要林教头忘记过去，家师专门让我带给你三卷《太公兵法》和一本《霸王枪谱》。兵法乃万人敌，而枪谱却是马上用的枪法，和你的林家枪法各有洞天，还望林教头详加研读。"说着，道人从怀里拿出四本古籍，递给了林冲。

林冲郑重地接下，叩拜了道人。

道人继续说道："林教头可投横海郡柴大官人，他自会告诉你哪里能容你。以后如机缘巧合，你我自会相逢，少不得做一番大事业。当然，知进退、明天理的要诀是否能掌握，要看你的造化了。"

林冲不再犹豫，装好古籍，拿起花枪，和道人告辞。临别，林冲问道："多蒙尊师和道长的帮助与教诲，只是还不知尊师和道长的道号。"

道人缓缓说道："家师二仙山罗真人，贫道道号一清，和林教头如此投机，不妨也告诉你贫道的名讳，我乃公孙胜是也。"

林冲也是久闻罗真人和一清道人大名，赶紧下拜，礼毕之后。林冲问："我自投柴大官人，一清道长哪里去？"

公孙胜笑道："前番在酒楼不是告诉你了吗？'君子爱财取之有道'，现有十万贯金珠宝贝等着我呢，哈哈！"

海鳅踏浪

梁山已经是一百单八将排定座次，林冲位列第六，为了梁山的未来，宋江带着大家以战促和，好达到招安的政治目的。

由于梁山势大，高俅不得不亲自率兵征讨。高太尉亲自征调了十镇节度使以及建康府水军统制官刘梦龙，共计13万能征惯战的精兵，浩浩荡荡杀向水泊梁山。

得知高俅带兵来打的消息，林冲、杨志、史进等人的兴奋异于别人。林冲为了报妻亡家破之仇、身陷囹圄之恨；杨志则是排挤打击之愤，至于史进，完全是为了自己最敬爱的师父王进。

高俅已经接连两次败于梁山，第三次进攻高俅拿出了绝密武器：海鳅大船。

海鳅大船分大海鳅和小海鳅，这种战船船头留有箭洞，便于弓箭手在掩体内施射。船的顶部是弩楼，里面的弩手亦可以大施拳脚。船上共装备24部绞车，速度很快。而且整个船体都用皮甲包裹，防御能力也很强。加上船的两舷都横放着兵器，对迎面或侧面而来的敌船都可以造成损害。这样的战船对于梁山的水军来说，是个劲敌。

决战在即，梁山决定分水路和旱路迎敌。出发前，宋江为众兄弟杯酒壮行。在旱路的林冲专门端着酒碗，走到水军头领堆里，说道："诸位兄弟，林冲和高俅老贼不共戴天。可这次老贼依仗海鳅大船就是不在岸上和我对阵。所以，能否擒住老贼全看水军兄弟们了。来，我敬诸位一碗！"说着，端起酒碗，一饮而尽。

水军第一头领李俊说道："林教头客气了。高俅是我梁山的对头，我们水军一定不会给梁山丢脸，更不会让教头失望。"说完，也回敬了一碗。

阮小二说道："教头放心，管他什么海鳅，在我们兄弟看来，不过是几条泥鳅罢了。"

阮小七叫道："爷爷生来爱杀人，专剁高俅杂碎身！林教头，你就等好吧！"

张顺微笑道："我不大爱说话，但我敢说我能生擒高俅来送给林教头当下酒菜。"

众人哈哈大笑。

林冲依次和9位水军头领各干了一碗。

经过激烈的鏖战，梁山第三次击败高俅，海鳅战船成了梁山水军的靶子。张顺果然没有食言，生擒了高俅。

庆功宴上，大家群情激昂，尤其是李逵，不停地叫道："快牵出高俅那厮，给林教头、杨志大哥和史进兄弟当下酒菜啊！"

可是，酒宴将尽，还是不见高俅。

水浒佐传

和林冲一桌吃酒的鲁智深、武松都坐不住了。

鲁智深说道："莫不是让高俅那厮跑了？"

武松说道："还是让我去牢房看看吧。"

正说话时，宋江端着一大杯酒，叫道："诸位兄弟，且听我说。我知道不少兄弟想杀了高俅。的确，高俅实在可恶。他只要是任何一个兄弟的仇人，就是我宋江的仇人！"说着，宋江另一只手猛烈地拍着自己的胸膛，像一只矮矮的黑猩猩。

众位兄弟纷纷叫好。

接着，宋江又说道："可是，为了我梁山的以后，为了众兄弟的前程，为了招安大计，这次我们不能杀高俅。"

此言一出，大家都沉默了。

良久，李逵叫道："杀了高俅那厮，再和赵官家谈招安的事儿不成吗？"

武松也说道："不杀高俅，就不怕冷了兄弟们的心？"

吴用赶紧说道："宋大哥也是恨不能立刻杀了高俅，但之所以不杀，也是为了大家，咱们再从长计议。"

顿时，忠义堂上窃窃私语声响起。

林冲的脸色变得铁青。

阮小二不经意地坐过来，似乎漫不经心地说道："我好像听张顺兄弟说那高俅被禁在宋大哥的房子里。"说完，就又到别的桌喝酒了。

鲁智深小声对林冲说道："兄弟，这回咱可不能再含糊了。这样，我和二郎在此帮你稳住宋大哥，你和杨志兄弟就说大哥有命，要提审高俅，将高俅从大哥房里提出来，嘿嘿，还怕不好办？"说完，鲁智深朝邻桌的杨志挤挤眼，杨志也点了点头。

鲁智深、武松二人一起端着酒，开始敬宋江。二人你一言、我一语，开始和宋江热火朝天地说起来。

这边林冲、杨志和非要一起去的李逵前后脚出去，说是要小解。

宋江的居所到了，果然是重兵把守。董平和张清亲自带50名健卒把门。

三人轻易地骗过董平，到了中门。中门由花荣率领十名神箭手守护。一见林冲三人，花荣暗自吃惊，一边悄悄吩咐一名神箭手去给宋江报信，一边招呼三人。

李逵突然上前抱住花荣，说道："你得陪我喝几杯！"顿时，花荣一时手忙脚乱，这时，林冲和杨志冲了进去，其余的神箭手也不知道该咋办。

到了内堂，吕方和郭盛把守着，高俅和一起被俘虏的节度使王文德吃酒的声音从里面传出来。

林冲叫道："高俅老贼！"就冲了上去。

吕方、郭盛赶紧架住，劝道："林教头，公明哥哥可是有交代啊！"

杨志先叫道："什么交代？我青面兽今天多喝了几杯，干什么都忘记了！"说罢，冲林冲努了努嘴，然后左右手各一个，拉住吕方和郭盛，开始胡闹起来。

林冲终于进了内堂，上前一脚先将王文德踢出好远。然后一手抓住高俅的前襟，另一手拿出匕首，就要取高俅的性命。

高俅惊恐万分，突然叫了一声："六品铁卫饶命啊！"

林冲仿佛被雷击了，不再动弹。旋即，林冲回身，一匕首先捅死了王文德，然后小声说道："高俅，我只能宰了你了。"

高俅哆哆嗦嗦地说道："林教头，你可想好了。如果我死了，我在点帅府的秘档自然会被继任太尉打开，那里面可是还有你的书信以及那敕封文书。哦，对了，还有六扇门的记录。"

林冲低沉着嗓子，叫道："你待如何？"

高俅定了定神，恢复了几分太尉的威严，说道："我只是想活命。如果我能善终，一切秘密我都会带到棺材里。如果我横死，那就不好说了。何去何从，望教头想清楚了。"

林冲举着匕首，突然开始狂笑起来。

良久，林冲才对着有点摸不着头脑的高俅说道："如此说来，我还得求神保佑你这老贼长命百岁了，啊？"

高俅没再说话。

这时，一大伙人乱哄哄地冲了进来。

宋江在花荣和秦明的搀扶下，跌跌撞撞地进来，沙哑地喊道："林教头，使不得啊！"

同时，鲁智深、武松在和关胜、呼延灼争辩，朱武和吴用在辩论，史进、陈达、杨春几乎和萧让、乐和、金大坚吵作一团。卢俊义只是急得跺脚，公孙胜和燕青只是冷笑。张清面无表情，只是看着林冲。杨志、李逵恨不能要和吕方、郭盛厮打。

林冲看了宋江一眼，看了看身子在颤抖的高俅，又看了看在争吵的兄弟们，"噌啷"一声，匕首落地，林冲缓缓地说道："招安事大，报仇事小。"

一见如此，高俅几乎瘫倒在地。宋江赶紧向张清使了个眼色，张清已经伸进锦囊的手又拿了出来。

雁阵惊寒

历经无数波折，梁山全伙终于接受了朝廷的招安。宋江的成功是以众兄弟当鹰犬为代价，梁山好汉们成了大宋征讨辽国的主力部队。

梁山军打赢了不少战役，可极其爱好和平的道君皇帝又急急忙忙地和辽国议和。夺回的城池再还给辽国，俘虏的将军送还"友邦"，岁币依旧支付。总之，梁山好汉和众将士白白忙活了一场。

得胜但并未凯旋的梁山征辽大军到了秋林渡。

燕青也是太聪明，刚刚学射箭，就射下了十几只大雁，引得军校喝彩，但却让宋江心烦。兴许是征辽徒劳无功，也许是秋天让人烦闷，反正宋江以一副动物保护者的姿态训斥了燕青一顿。

扎营后，宋江还写了一阕很文艺的词，让吴用、公孙胜欣赏了一番。整首词不外乎是唧唧歪歪、悲悲惨惨戚戚。

次日拔营时，公孙胜私下对林冲说道："林教头还记得我在沧州山神庙告诉你的话吗？"

林冲答道："当然。道长除了赐教与我，还提醒我'知进退，明天理'。"

公孙胜赞道："林教头果然用心。实话告诉你，你林冲乃是白虎星下界，本可以在人间马上封侯，无奈宋星主太过执迷。我看月满则亏，是时候走了。"

林冲惊愕道："道长要走？可是此时我们正好为朝廷建功啊。"

公孙胜慢慢说道："就是因为已经功成名就，我等该效仿陶朱公了。"

林冲不语。

公孙胜叹了口气，说："要么恩师说人间富贵难舍弃啊。也罢，教头保重，到了陈桥驿，就是我们分手的时候。"

林冲也是长叹一口气，没再说什么。

后来，梁山一百单八将在征讨方腊之战中，死的死，散的散，只剩下27位好汉回到了京城。

林冲，有人说是得了风瘫，留在杭州六和塔，交由武松照顾，半年后病故。也有人说，林冲追随公孙胜学道，所谓风瘫，不过掩人耳目，躲避宋江而已。

总之，豹子胆结束了在人间的游荡，化作一股浩气，长留人间。

"生辰纲" 被劫之谜

"生辰纲"，就是为显贵人物祝寿而运输一批货物的组织，多在唐、宋时期。除了"生辰纲"，还有"花石纲"、"盐纲"、"茶纲"，等等。《水浒传》里，就有"生辰纲"出现。书中有一段关于八位好汉智取"生辰纲"的精彩描写，"生辰纲"其实就是一条重要的线索，算得上用来把一百单八将串起来的第一根线索，尤为重要。而且，"生辰纲"至少在《水浒传》里被打劫两次，"生辰纲"为何总被抢劫，这里面确实有点玄机。

身份分析

先分析一下八名"嫌疑人"的真正身份。

晁盖，此人的表面身份是一个村子里的保正，有点类似现在的村长。主要工作是帮助上一级政府维持地方治安，帮助政府依法行政。这样的身份怎么会去抢劫？

按书上说，晁盖属于继承祖业，家道殷实，可经不住他总是仗义疏财，自家整日里舞枪弄棒，"不娶妻室，终日只是打熬筋骨"，也就是说，家财是光出不进，坐吃山空。时间一长，手头也会紧张。

怎么办呢？就暗中当个匪首，坐地分赃。书上虽没有明言，但有一些暗示，诸如晁盖总是收留一些来历不明的人士，美其名曰"专爱结识天下好汉"。这下子，干得还不错，大小蟊贼自然闻风投奔，提供线索。后面介绍的刘唐、公孙胜之流都属于此类。

还有一点，就是关于晁盖的绰号"托塔天王"的来历。书上交代得很明白，就是为了抢夺邻村用来镇压恶鬼的青石宝塔而得了这个绰号。据说是晁盖自己一人就把那青石宝塔搬过来的，要说这种行径本也不大可取，可为了自己村子的利益，在当时也无可厚非。实际上，晁盖就是东溪村的村霸，书上也明言："晁盖独霸在那村坊，江湖都闻他名字。"

赤发鬼刘唐，这人自称是山东潞州人氏，不知道怎么得到了有关"生辰纲"的消息，特地来和晁盖商量，由于是被雷横巡逻给拿住，这副德行首次见到晁盖，确实感觉有点窝囊。所以，刘唐赶紧先向晁盖吹嘘自己单独对付一两千人马都不在话下，同时也给晁天王戴上顶大帽子，奉承一番。总之，就是撺掇晁盖领头作案。

这刘唐其实就是所谓"道上"的朋友，大能耐没有，刺探个消息，传递个口信（后来给宋江送过信），或者打个下手，都没问题，属于有贼心而没贼胆的那种。但要是独立行动，就不行了。大概是一来"业务"能力有限，二来实在是体貌特征明显，因为自家鬓边的朱砂记，一旦通缉，极其容易落网。

吴用，这位表面身份是村里的学究，算得上一个"民办教师"，仅凭这份工作，收入不会太理想。但从他的表现来看，估计也有案底。其一，他和晁天王的关系非同一般，应该是军师的角色，绰号就是"智多星"，应该是给晁盖出过不少主意；其二，刘唐和雷横为小事搏斗时，他一个秀才竟然挥动两根铜链，能把二人的兵器给隔开。看来，吴用也有点拳脚功夫。

阮氏三兄弟，他们是：立地太岁阮小二、短命二郎阮小五和活阎罗阮小七。单听这些绰号，什么"太岁"、"阎罗"，就知道三兄弟都不是善茬儿，都是不好惹的主儿。书上说他们的身份是渔民，但也做一些私商的勾当，私商在当时可是违法的。所以说，阮氏三兄弟也都属于不安定分子，至少是不法经营者。

入云龙公孙胜，此人道号"一清道人"，一个标准的道士。他自称是蓟州人士，不光精通武艺，还通道术。更邪乎的是，他也知道"生辰纲"的消息，还知道"生辰纲"的具体路线。看来，这位道人不仅是方外之人，也是一位混迹于"道上"的人士。

还有一个小人物，就是白日鼠白胜。此人是黄土冈以东十里安乐村村民，曾经接受过晁盖的接济。这白胜也没什么正经职业，就是一个二溜子。之所以让他参与，可能就是考虑到他最不像江洋大盗而便于兜售药酒。

揭开谜底

"嫌疑人"都简单分析完毕，该揭开"生辰纲"被劫之谜的谜底了。姑且从当时社会的宏观和微观两个层面分析：

先看社会宏观层面。当时的北宋社会，工商业极其发达，浏览有关史料不难发现，享乐主义的风气充斥着整个社会，什么勾栏、瓦肆，就是现在说的娱乐场所，都是从那时兴起的。蹩脚的比较一下的话，北宋政府的 GDP 大约是后来明朝的 10 倍（学术界认定的大概估值，不够确切），也就是说，拜金主义蔚然成风。

恰恰处在最高权力顶点的宋徽宗又是一个不大敬业的皇帝，文体方面是他的强项，例如书画艺术上开创瘦金体、开办画院，体育上足球（那时叫蹴鞠）踢得好。

下面臣民自然是上行下效，整个社会风气就开始变得乌烟瘴气。有权力的高级官吏可以捞钱；有能耐的商人可以赚钱。可是，下级官吏以及一些社会闲散人员若想追求更高的物质享受，光凭努力工作，实在是缘木求鱼。那他们怎么办呢？只有走歪路子，加之当时少数豪强垄断着大多数社会财富，多数底层百姓也充满着"仇富"心理。所以，时代就已经造就了"生辰纲"抢劫案等一类恶性犯罪事件的温床。

再看社会微观层面。"生辰纲"这笔价值 10 万贯的财富的来路问题。根据一些统计数据，某年整个北宋王朝的 GDP 才 1.6 亿贯，因此，10 万贯可是一笔天文数字的巨款。

这 10 万贯财富足可以认定梁中书的"巨额财产来源不明罪"。这也就是梁中书不好明目张胆地运行政府押运税银的程序的原因。梁大人只好半遮半掩地派自己的心腹，一位还处在服刑期的杀人犯杨志负责这项工作。当然，如果动用国家机器来押运，"道上"的朋友们可就不大好下手了。

再分析一下"生辰纲"走漏消息的原因。要说这么隐秘的事情，不止一次地泄露出去，应该是有"内鬼"。

第一次被打劫且不说，就说第二次。连刘唐这样的"草根"级人物都知道，公孙胜的消息更是精确到具体路线，可见，"生辰纲"根本就是一个公开的秘密。

如此看来，很有可能是梁府内部人士走漏了消息。那公孙胜的籍贯在蓟州，和大名府同属一个地区。公孙胜很有可能借助道士的身份和梁府的人士结交认识，进而打得火热。甚至可以断定，提供消息的人属于情报贩子。比如，和杨志一起上路的那两个虞侯以及老都管，都很可疑。

有了这样的宏观背景和微观现象，"生辰纲"被劫也不足为怪了。顺便说一句，杨志曾经因为"花石纲"的船沉而犯事，很有可能是主管官员因为亏空太大，索性做点手脚，把船搞沉，来个死无对证，也未可知。杨志，不过是一只"替罪羊"。

野史为鉴

历史，可划分为三类：一是正史，即史学家或史官编纂的，如《史记》、《汉书》等史，可信度很高；还有稗史，也叫稗官野史，就是小官们给帝王讲述的街谈巷议、风俗故事，如《宋稗类钞》、《清稗类钞》等，可信度一般；再有就是野史，原本稗史的界限不太明显，后来由于太过演绎，而自成一家，多是众口相传的传说、某人的经历和见闻等，如《西京杂记》、《聊斋志异》（同时，《聊斋志异》还有志怪小说的成分）等，可信度较低。

正统史学家提倡的"以史为鉴"多是建立在正史的基础上，可是，正史的溢美之词太多，难免有失偏颇。倒是所谓野史有时也有可取之处，像《水浒传》里就反映了不少当时北宋社会的真实风貌。

结合"生辰纲"被劫事件，可以看出当时的北宋社会已经偏离了正常社会的标准。一个社会先应该是公平，即每个成员在订立好的规则下尽可能地去进行良性竞争，这一点北宋政府是先天不足的，只要是封建社会，开始就带着不公平的原罪，只要命好，生在帝王或者显贵之家，基本问题不大。至于"科举"制度，也只是对于发现、提拔一些应用型的人才起作用，这样选出的人才想进决策层，难度很大。晁盖若不是靠着祖上积攒了点家当，估计也很难成江湖风云人物。而阮氏兄弟、吴用，包括刘唐，如果老老实实做人，估计很难有翻身的机会。

如果公平很难做到，那就公正点。具体到一个社会，就是一定要依法治国。假如官府一开始就下大力气平定王伦一伙儿，那估计阮氏兄弟的违法念头也会削弱不少。可问题是官府对于一个"白衣秀士"都懒得剿灭，成了秀才（王伦是个不得志的秀才）造反，一造就成的局面，那真正的冒险家们，诸如晁盖、吴用、刘唐、阮氏兄弟、公孙胜一干人等还不眼热？可以说，社会的不公正加剧了社会的不安定。

至于公开，那在当时的北宋更是痴人说梦，梁中书能公开他作为政府工作人员的收入吗？当然不能，但大家都知道，光是给老泰山送生日礼物，一次就是 10 万贯。越是不公开，小道消息就传得越迅速。

话说回来，晁盖等人还不是罗宾汉式的游侠，因为他们作案就是为了兄弟们自己享受，没有去帮助广大穷苦人，属于"劫富不济贫"，不具备真正的革命性，徒然给社会添乱而已。这样的社会状态一旦持续一段时间，就会出大问题。比如，会把人都给撩拨得好逸恶劳，阮小五宁肯失业，也要赌博，没赌本，抢了老母亲的首饰去赌；吴用也不会安分于当一辈子"民办教师"；公孙胜即使不找晁盖，也会找别人合伙，抢劫可比作法事来得快；刘唐更是厮混惯了，找正经工作的可能性几乎为零；至于白胜，一无所长，不去给贼头打下手，又能干什么呢？

"生辰纲"被劫一案，在北宋王朝不是个别现象。

「生辰纲」被劫之谜

71

我爱我的野蛮老婆

一般来说，大凡正常男人，都接受不了自己的妻子是野蛮型老婆。估计没有男人不喜欢自己的老婆温柔体贴，可是，如果真正很爱自己的老婆，老婆野蛮一点，也可以接受。空谈无益，下面就找三个非常爱自己野蛮老婆的典型。

地刑星菜园子张青

张青的浑家（老婆的一种称谓）孙二娘也是梁山一百单八将之一，封号地壮星，绰号母夜叉。地壮星的"壮"字形容得很是贴切。根据书中描写，这孙二娘的腰像辘轳的轴那样粗，手脚大得跟棒槌一样。而且，长相还生得"眉横杀气，眼露凶光"，皮肤也很粗糙。当然，仅凭长相就说孙二娘野蛮，未免有失偏颇。可从其行为上看，可真是野蛮十足。她开的小酒店是彻头彻尾的黑店，谋财加害命，自己亲自领头干，身为丈夫的张青也就是个打下手的，主要工作就是打柴、收拾残局等。这在"水浒传"里面还真不多见，成了"女主外，男主内"的局面。

张青家的家庭分工为何如此？原因大概有二：其一，张青的老丈人也是个练家子，张青当强盗时曾经意图抢劫过未来老丈人，但却被武功更高的未来老丈人一顿狂揍。原来，这未来老丈人也是个专业强盗。而孙二娘可是"全学得他父亲本事"。可见，张青即使想和老婆有不同意见，也得考虑考虑是否受得了老婆的"家庭暴力"。

其二，明面上毕竟开的是酒店，女人在柜台招呼总比大老爷们好使一点。即使孙二娘姿色一般、身材勉强，可对于过路客商，总好过一个大男人去招呼。

所以，从家庭与事业两个角度来看，张青只能心服口服地说："我爱我的野蛮老婆。"

地数星小尉迟孙新

孙新的老婆也同样是一百单八将之一，乃地阴星母大虫顾大嫂。冲"母大虫"这绰号，就知道顾大嫂是眼里不揉沙子的硬角色。人家孙新、顾大嫂两口子明着开的是酒店，但实际上也同时开着赌场。柜上的事情多是顾大嫂处理，这应该也取决于顾大嫂的野蛮性格。经营一个鱼龙混杂的场所，不野蛮一点注定是吃不开的。

其实，真正体现顾大嫂的野蛮还是在她能够审时度势，果断决策上面。眼见两个表弟被强梁陷害，干脆用非法手段去解救。

更为出彩的是，顾大嫂除了以女人少有的决断力折服自己丈夫之外，还吸引了登云山的一对强盗兼赌徒叔侄入伙，这二人就是地短星出林龙邹渊和地角星独角龙邹润。在说服自己大伯子、武功高强并且还是军官的地勇星病尉迟孙立当强盗时，完全是一副如果孙立不跟着一起造反，就要与其玩命的架势。于是，这几个天罡地煞最终汇入了水泊梁山这股洪流。

顾大嫂的举动虽说违背法理，但合乎情理，总不能眼睁睁地看着自己的两个表弟被陷害至死。而且，由于顾大嫂的野蛮决断，也算给丈夫、大伯子、赌友们找了个合适的去处。

所以，孙新也一定会毫不犹豫地说："我爱我的野蛮老婆。"

地微星矮脚虎王英

王英，就是一个好色之徒，也不知怎么凑数，混到"好汉"堆儿里，究其原因可能是和宋江走得比较近。而宋江因为要当好人，坏过王英的好事，为补偿这个兄弟，就答应要为王英撮合一宗良缘。

也真是机缘巧合，一位非常野蛮的女将地慧星一丈青扈三娘和王英在阵前遭遇。扈三娘既然绰号"一丈青"，必定个头高挑、身材上佳，因而战前和王英一打照面，就使得王英"手颤脚麻"，很是着迷，恨不能立即活捉。

可是，扈三娘的武艺也属于野蛮级的，不仅活捉了王英，连军队出身、枪法精熟的地阔星摩云金翅欧鹏都不是对手。后来，扈三娘又把宋江追杀得慌不择路，多亏天杀星黑旋风李逵接应和天雄星豹子头林冲出手，才救了宋江、活捉了扈三娘。

当宋江把被俘的扈三娘交给自己父亲看管时，连李逵都认为宋江看上扈三娘。可实际上宋江把扈三娘当成一件宝贝赐给了王英，一用来收买人心，二用来还个人情。

作为王英，早就对这个女将垂涎三尺。被人家俘虏都无怨无悔，至于扈三娘野蛮一点，又有何妨？所以王英也一定会充满深情地说："我爱我的野蛮老婆。"

三位很爱自己野蛮老婆的男人自从和老婆一起到梁山入伙后，不论宋公明分派什么工作都干得兢兢业业、有声有色。孙二娘、张青伉俪和顾大嫂、孙新夫妇还是甘于在梁山继续从事很累人的餐饮业，而扈三娘、王英两口子竟然愿意接受宋江分配去当牧马人。

一旦有需要，顾大嫂、孙二娘还得化妆成面目可憎的妇人，深入敌方去搜集情报、探听消息。扈三娘冲锋陷阵、斩将夺旗也不含糊。当然，三对夫妻基本上是"秤不离砣，公不离婆"，从未分开过。即使在大名府营救卢俊义的行动中，孙新、张青和王英也是一起陪着各自老婆当细作，先行潜入大名府。可见，他们都很在乎自己的老婆，是发自真心的爱。

命运已经够垂青这三对真心爱人，在随着宋江接受招安后，接连征辽国、剿天虎、平王庆的三大征战中，包括这六人在内没有一个梁山好汉牺牲。可是，由于宋江的贪欲，一行好汉又踏上平定方腊的征途。

好运不能持续。在攻打睦州城时，方腊的得力干将，郑魔君，竟然把扈三娘和王英一起杀死，这对夫妻死则同穴。

在攻打歙州时，张青不幸死于乱军；紧接着在攻打清溪县时，孙二娘又死于敌将杜微的飞刀。当平定方腊后，三对夫妻只有顾大嫂、孙新夫妻侥幸存活。

为什么战场上总会是夫妻同时殒命？其实可以这样理解，恩爱夫妻中有一个丧命，另一个多半不会独活。当王英战死时，扈三娘也是抱着必死的决心要为丈夫报仇，可由于实力有限，自然不会独生；当张青殒命时，孙二娘也早有了与敌人同归于尽的想法，作战时自然视死如归。而顾大嫂和孙新由于还算幸运，都没有先战死，所以他们则更是多个小心，夫妻两个与其说是为自己活着，倒不如说是在为对方活着。

抛开生与死的界限，三对夫妻都做到"死生契阔、与子成说"。不管他们在哪个世界，他们中的三个男人还会信誓旦旦地说："我爱我的野蛮老婆！"

晁盖就是那冤大头

《水浒传》中，托塔天王晁盖可谓一位奇男子。晁天王不仅有一身武艺，而且很重义气，结识天下好汉。梁山正是在晁盖的率领下，才算真正在江湖上打出了点名头。

显然，是"智取生辰纲"事件导致晁盖兄弟七人被迫上梁山。但是，如果分析一下参与这个事件的八位好汉的投入产出比，不难发现，晁盖的"违法成本"是最高的。或者说，晁盖的"收益"与"投入"的比例是最低的。

在对比八位好汉的犯罪动机之前，最好先搞清楚生辰纲的消息以及运送路线是怎么被泄露出去的。根据刘唐的叙述可知，刘唐确实不知道生辰纲的具体路线，或者说刘唐知道也暂时不说。可是，在后来晁盖、吴用、公孙胜、刘唐、三阮七人筹备如何智取生辰纲时，吴用就准备派刘唐先去打听生辰纲路线。书中介绍到这里，至少有两点可以确定：其一，刘唐确实不知道生辰纲的运输路线。如果说刘唐不确定晁盖是否愿意合作而不说，但在大家盟誓以后，刘唐还是没说，说明刘唐只是知道有关生辰纲的一般信息。其二，饶是吴用那么神，智多星也无法掐算出生辰纲的路线，还是得支使刘唐去打听。

可就在这个时候，公孙胜却说自己知道路线，并且很确定地说生辰纲必然路过黄泥冈大路。看来，公孙胜在大家没有盟誓前，很谨慎地保留了这个"核心机密信息"。

问题是，公孙胜又是如何知道这个信息的呢？要知道，生辰纲已经被劫过一次，而且这次负责押运的是杨志。杨志自然不会泄露出去，毕竟那时候杨志还是很想好好表现，好"封妻荫子"。

但是，杨志必须将路线汇报给梁中书大人。也许是不放心杨志，梁中书大人又把自己老婆那边的一个奶公谢都管安排进生辰纲押运团队。这样一来，谢都管就有理由、有职权去了解核心机密。

根据书中介绍，生辰纲从大名府到东京确实路径不多，也无水路，只能走旱路。而且，谢都管从得知要参与押送生辰纲到出发也就不到一整天的工夫。

问题就在这里。公孙胜很有可能是借助道士的身份获取了这个机密。比如，他可以混进梁中书的府邸打着法事服务的幌子来搜罗情报。甚至谢都管有可能会将情报出卖，捞点外快。

可以确定的是，公孙胜得知了具体路线和大概行程以及经过黄泥冈的大概时间后，日夜兼程，向东溪村晁保正家里赶去。

说到这里，我们也可以这么推测：刘唐和公孙胜之前就认识。甚至可以说在生辰纲没有起运时，二人就谋划着做一票。刘唐是做私商的，也就是从事和政府对抗的违法经商活动。那种与生俱来的赌徒心理使得刘唐很想一夜暴富。而公孙胜也是一位比较看重黄白之物的道人。可二人决定要下手时，又觉得实力不够，还是认为找一位大哥当领头人比较妥当。二人思来想去，认为晁盖比较合适。第一，晁盖在私商中的名头很大。这一点在刘唐第一次和晁盖见面时的自我介绍里都说过了。原话是"曾见山东、河北做私商的，多曾来投奔哥哥"，这说明晁盖其实就是一个坐地分赃的贼头，至少是在黑道很吃得开。而后来雷横能凭借晁盖一句话就释放刘唐，足见晁盖在白道也很有人脉关系。这样黑白两道通吃的人物，又离黄泥冈很近，不找他找谁？第二，晁盖既然混得这么好，一定是守行规的人。事情做成后，自然不会赖账。换句话说，让晁盖领头干，只要成功，大家一定能分到各自应得的那一份。

人选确定了，可如何说服晁盖呢？公孙胜和刘唐有点没底。这时，二人中的一人，当然多半是公孙胜突然想起还有一位智多星是晁盖无话不谈的好友，就是吴用吴学究。所以，他们就要请吴学究出马。然而，书中看来，吴用似乎和刘唐、公孙胜之前不认识。可是，巧合得很，在刘唐和雷横斗殴时，吴用出现得正是时候。难道是吴用有所感应，偏要选择在一个凌晨去拜会晁盖？这里推测，刘唐可能是先去给吴用送信（多半是公孙胜的亲笔信，以刘唐的文化程度估计写不出很清楚的信）后才误了宿头而在灵官庙睡觉。而吴用算计着刘唐已经见着晁盖，才不紧不慢地向晁盖家慢慢走去。正巧又劝解了一场不必要的斗殴。

于是，郓城县这边吴用开始说服晁盖动手。同时，又向晁盖推荐了石碣村阮家三兄弟。同时，大名府那边公孙胜紧锣密鼓地打探着讯息。

就在晁盖、吴用、刘唐、三阮商议时，获知讯息的公孙胜也风尘仆仆地赶到。于是，就有了前面说到的公孙胜知道生辰纲押运路线和过境黄泥冈的大概时间的一幕。

到了这时，我们再将吴用、公孙胜、刘唐、三阮乃至白胜七人的实际情况和晁盖比较一下，就会觉得大家之所以愿意让晁盖领着干，不单单是因为晁盖的人脉和义气。更重要的是，晁盖有着更雄厚的"违法资本"。就算事情不成，有谁身陷囹圄的话，晁盖还有"捞"人的财力和关系。

而对于晁盖来说，即使不去智取生辰纲，照样有花不完的钱财。仅仅各处私商上缴的份子，就足够晁盖吃用不尽了。而公孙胜、刘唐之辈，就是想一夜暴富；吴学究想来也是清贫惯了，想手头宽裕点；三阮呢？阮小五这个赌徒连老母亲的首饰都敢抢去下注，可见都很差钱；至于白胜，更是一个游手好闲、好逸恶劳的混混。对于除了晁盖以外其余参与智取生辰纲的七人来说，冒险一搏，可谓本小利大。但对于晁盖来说，就有点替别人火中取栗的意思。

那既然公孙胜、刘唐与吴用事先沟通过，但为什么在晁盖面前要装作素不相识的样子呢？要知道，晁盖也不是一个很容易被说服的人。想要说服养尊处优、颇有进项的晁天王扮作贩枣客人、亲自推着独轮车去做没本钱的买卖，不讲究点策略，当然是不行的。如果几人一窝蜂到晁盖处鼓唇摇舌，晁盖很可能对于亲自以身试法就没有那么大的兴趣了。

这么看来，好像生辰纲大劫案都是在玩晁盖一个人。晁盖，有点冤大头的意思。反正，那七人也没什么"抵押物"。而一旦东窗事发，只好拿晁盖的庄子当"抵押物"。后面的故事就是这么发展下去的。

　　还有，晁盖在上了梁山直至当上寨主之后，还在继续当冤大头，那就是后话了。

梁山好汉绰号玄机

龙战于野

跑江湖混社会，好汉们一定要有一个响亮的字号，就好比给公司起名都能算一个行业一样，名号很重要。由于名字多半自己不做主，要是对自己的名字不满意，那就得自己或者让朋友们给起个字号，好汉们就有了绰号。比如，吴用这个名字的谐音是无用，这对于一个军师来说，不大讨口彩，可来个智多星的绰号，就不一样了。再比如阮小二，这名字让人一听还以为是个跑堂的呢，但来个立地太岁的绰号，整个就是一小老大的气派。

所以，只要想混出个名堂、混出点知名度，一定要有一个好绰号，以弥补名字的不够气派（如果名字本来不错那就更是如虎添翼）。有鉴于一百单八将外加晁盖及王伦（也算名义上的梁山好汉吧）的绰号各有风格，所以分类探讨一下。

先说龙系列的。龙，属于至阳之物，所以是不少好汉喜欢的图腾。梁山好汉中一共有六位好汉的绰号属于龙系列的。

第一位当推入云龙公孙胜，此人的绰号的确符合自己的个性和能力。毕竟属于有道之士，对于人间荣华富贵不怎么留恋，随时可以隐居云游。还有，公孙胜的法力和武功皆属一流，连高廉、乔道清等法术高手都不是对手。可以说，公孙胜是梁山的顶尖高手。入云龙的绰号，起得很有象征性。

第二位就是九纹龙史进。史进之所以有这个绰号，是因为他身上九条龙的刺青，搁在这会儿就算文身了。而史进要不是巧遇王进教头传授功夫，他那点花拳绣腿还真是和他的文身一样，中看不中用。后来又曾经不止一次失陷于敌手被俘，看来，这条龙学艺不精。

还有就是混江龙李俊和出洞蛟童威。蛟，就是传说中能发洪水的龙。而混江龙和出洞蛟就是说这二人水性奇好，注定就是梁山的水军头目，尤其是李俊，后来成了梁山水军总头目。

还有一点，李俊有混江龙之称，有点暗示后来李俊出海发展，在暹罗国建立政权的意思。正所谓：不是猛龙不过海。

最后，就是出林龙邹渊和独角龙邹润叔侄。一看这两个绰号就知道主人是小角色，出林龙，顶多啸聚个小山林就是；独角龙，也是歪瓜裂枣，没啥大出息。果真，这二人开始就是在登云山干些打家劫舍的勾当，后来跟随顾大嫂劫牢才上了梁山，排名比较靠后。同样是龙，差距很大。

这六条龙在水泊梁山可谓风生水起，和其他好汉一起，谱写了传奇。《易经》有云："龙战于野，其血玄黄。"总归有两条龙跌落了尘埃，九纹龙和出林龙死于征方腊的战斗中。

虎啸山林

可能虎是比较威风的图腾，所以多数好汉对于虎还是很偏爱的。从经济学角度讲，这就叫消费者偏好，也叫品牌效应。以虎为自己图腾的就有 11 条好汉，当然，这包括名称上为大虫的，还包括一位绰号有"彪"的，彪，小老虎也。

不过，凡是虎图腾的好汉总体来说，座次都不是太靠前，只有插翅虎雷横位列三十六天罡，而其余 10 虎都在七十二地煞里面。这是何故呢？我们先来一一简要分析他们的绰号，或许能有所收获。

先看看唯一的天罡插翅虎雷横，此人之所以有此大号，是因为他武艺不错、膂力超群，还曾经一下子跳过二三丈宽的山涧，因此，雷横有了插翅虎的绰号。

雷横原本是不大可能上梁山的，好好的都头，油水也还行。可问题就是他要插翅，所谓插翅难逃。所以，雷横只有上梁山。

因为事有凑巧，他失手打死了一个和长官交好的歌女，一定是不能继续当督头了。插翅虎只有飞向梁山，那里才是虎的天下。

再有就是锦毛虎燕顺、矮脚虎王英、跳涧虎陈达三人。之所以一起说这三人，是因为他们有一个共性，上梁山以前，都是啸聚山林、干点没本钱买卖的主儿。他们上梁山，属于公司并购，为的是做大做强。

燕顺的老本行是贩羊的，因为做生意折本就干脆当土匪，锦毛虎的绰号没有啥创意，老虎总得有几根白毛。王英本来是个车夫，由于见财起意，索性也当了强盗，和燕顺合伙，至于绰号矮脚虎，也许是为了说别看自己矮小，照样能快活。这个绰号多少有点斗气的成分。至于陈达，出场时就是个山贼，其绰号跳涧虎，就是说他的命就是个山贼。

即使不上梁山，这三只虎也是山里的老虎。

还有两只虎，不是明着干强盗但是暗地里开黑店。一个是笑面虎朱富，另一个是母大虫顾大嫂。这二人的酒店都或多或少地干着违法营生，顾大嫂的酒店是"杀牛开赌"，在北宋，私屠耕牛是犯法的，而赌博想必也不鼓励。

这二人的绰号只是为了职业而起的。朱富开店，不笑脸迎客的话，怕是没有买卖上门，所以叫"笑面虎"，但客人只要来了，而且符合"行规"，估计就没有笑面而只有虎了。顾大嫂开的更是"涉黑"场所，没有点狠劲是压不住场子的，母大虫就应运而生。

如果不是有点变故，这两只虎小日子也还行。

再有一拨虎就是龚旺、丁得孙和李云三人。这三人的共性就是由于自身生理特点而有了各自的绰号。

龚旺有点和九纹龙史进类似，也喜欢刺青，只不过刺的是虎图案，加之在脖子上刺个虎头，所以绰号叫花项虎。丁得孙从面颊到脖子都是伤疤，所以叫中箭虎，至于是不是箭伤就不得而知了。至于李云，是因为他眼睛发青，没准有白人血统，接近碧眼，所以绰号是青眼虎。

这三只虎还有一个特点和雷横类似，他们原本都是官府中人，李云是都头，龚、丁二人都是军官，但都不得已上了梁山。

这三人的绰号沾个"虎"字，有点勉强。

最后，还有两只特殊的虎。一个是薛永，此人其实就是一个江湖上打把式卖艺的艺人，主营业务是卖大力丸。一般不敢有脾气，老得看当地地痞的脸色，如何称得上老虎？可他的绰号还就是病大虫。这可有点意思，原来薛永也是个军官，因为处不好同事关系，只得流落江湖，卖艺加卖药为生，真是虎落平阳。至于为什么绰号中有个"病"字，后文自有解释，且按下不表。

另一个就是施恩，这人的兴趣本来不在于当好汉。他的兴趣和他的绰号有一定关系，金眼彪，至于是不是他的眼睛发黄不得而知，但他钻到钱眼里这一点是可以肯定的。这施恩弄了个快活林餐饮娱乐总公司，吃饭、住宿、赌博甚至还有娼妓。这一切就是为了捞钱，当然，有他爹老管营背后撑腰。

施恩上梁山就是因为别的恶霸来抢地盘而引起的。所以，他的金眼彪绰号，起得再合适不过。

无论怎样，11只猛虎都上了梁山。山是猛虎的家园，猛虎借着山势险峻，才能称为猛虎。所以，这些猛虎不能离开山。

可是，宋江不然，偏偏要带着这些猛虎离开自己的山林，为了所谓的前程或出路到了江南水乡。所以，当征讨方腊之战结束后，11只猛虎只有母大虫侥幸生还，其余的不是战死就是病死甚至是非正常死亡，那个中箭虎竟然是被毒蛇咬死的。

山林犹在，猛虎无存；魂魄何依，只见混沌；空留故事，啸声不闻；水泊茫茫，地暗天昏！

鸟兽鱼虫

好汉们的绰号，除了龙、虎之类的很霸气的图腾，还有以飞禽走兽为绰号的，为了便于总结，将这一部分归为鸟兽鱼虫类。具有此类绰号的好汉小计有18位。

先说鸟类的。李家庄的大官人李应的绰号是扑天雕，这个绰号似乎描述了李应的命运。

李应属于很不愿意上梁山的那一类人，他之所以卷入梁山完全是因为自己的好心。自己的管家为了做人情，就麻烦李应两次为梁山好汉给祝家庄写信以调停纠纷，无奈人家不买账才使得李应去讨说法而受伤。梁山在洗劫了祝家庄以后，在感谢李应的仗义的同时，发现李应的武艺绝伦，因此，就设了个小圈套将其拉来入伙。

李应原本是坚决不肯落草的。也是，好好的大财主，干嘛要去当贼？可梁山英雄们竟然让人化装成官差，硬是把李应全家劫持上了梁山。这一下李应不上梁山也不行了，估计梁山方面也已经将李应私通梁山贼人的事情有意泄露给官府，断了李应的后路。

李应，就像一只被猎人捕获的鹰，开始是扑棱棱不服气。无奈主人一个劲儿地熬鹰，最后乖乖地听话不说，还帮着主人打猎，也不再逃跑。这扑天雕的绰号岂不就是依着李应的命运而起的？何其合适！

再说兽类。这一类可再细分为两类，一类是常见的野兽类，再一类是比较怪异的神兽类。

前一类的有锦豹子杨林、通臂猿侯健、金钱豹子汤隆和金毛犬段景住四人。

除了侯健是因为裁缝干得好，飞针走线之神技有如通臂猿之外，其余三人全是根据自身生理特征才得到的绰号。杨林生得白净且威武，故有绰号锦豹子；汤隆是因为身上一身麻点，才叫金钱豹子（估计是打铁时被火星烫的）；段景住是黄发黄须，而且还都有点自来卷，才叫金毛犬。不过，段景住也许干的是盗马的行当才被冠之以"犬"，要不，咋不叫金毛豹或金毛虎呢？

这么看来，段景住的绰号来源和侯健的倒是类似，都是精通各自的业务。

后一类的有豹子头林冲、青面兽杨志、井木犴郝思文和火眼狻猊邓飞。

这四位，除了郝思文的绰号是因为据说其母怀他时梦见一只井木犴入腹而得到这个绰号以外，其余三人也看似是因为自己的生理特征而得到绰号，尤其是林冲和杨志更是如此。

林冲是因为生得豹头环眼、燕颔虎须、八尺长短身材，有点像《三国》里的张飞。就是因为这个豹子头，而不是什么豹子，可就很有玄机。有个成语，叫虎头蛇尾。放在林冲身上，可谓"豹"头蛇尾。怎么讲呢？高俅都把他害得家破人亡了，可后来在梁山活捉高俅后，林冲竟然能服从组织安排，不去找高俅的晦气。更让人觉得林冲有点窝囊的是，自己妻子被高衙内调戏，却生生得忍住。看来，林冲真的徒具豹子头，而没有豹子身，白瞎了一身超级好功夫。他可是八十万禁军教头，无数军士的老师。

杨志这个绰号表面上也是因为自己脸上有一块青色的胎记而得青面兽的绰号。其实，这个绰号暗示了杨志的命运，一个比较背时的命运。杨志是花石纲被风浪打翻，打点关系时又因高俅心情不佳而失败；流落街头不得不卖祖传宝刀却又遭地痞牛二挤兑而误杀牛二，吃了官司；好不容易有了点好运，可又因为生辰纲被劫而流亡。当时，杨志上吊的心都有了。这青面兽绰号似乎喻示着杨志撞得满头疙瘩，脸都绿得发青了。

至于邓飞，确实是因为眼睛赤红，估计是天生异禀。加之有不错的身手，就得到了一个火眼狻猊的绰号。这狻猊很有来头，有说就是狮子的，也有说是龙生九子中的老五。

其实，细细分析这井木犴和火眼狻猊，发现和《西游记》也有丁点儿联系。井木犴，属于二十八星宿之一，曾经帮着孙悟空降服犀牛精；火眼和火眼金睛接近，狻猊曾经是孙悟空降服过的一个小狮子怪。

当然，最主要是这四个绰号都属于很怪异的兽类。巧合的是，这四个绰号的主人的座次排位可是比前面那四位常见兽类绰号的主人靠前。林冲和杨志可都是天罡，而邓飞和郝思文虽说是地煞，但他们在地煞中的排位很靠前。至于杨林、侯健、汤隆、段景住四人，都是排名靠后的地煞。

看来，物以稀为贵，寻常兽类和怪异兽类就是没法子比。

还有就是鱼类的。这里所说的鱼类之范围不同于生物学分类上的鱼类。这里把和水沾边的大贝壳、乌龟和鳄鱼算作鱼类，此类有三位好汉。

第一位是翻江蜃童猛。蜃，按古书上讲是一种大贝壳，它吐出的气叫蜃气，从而形成海市蜃楼。当然，这是很不科学的说法。之所以如此称呼童猛，是说他水性非常精熟，达到了水底下

水浒佐传

能生吃鱼虾、长时间不用上岸的地步。

第二位是九尾龟陶宗旺。陶宗旺是庄户人家出身，各种活计包括武艺都会点，所以江湖上送个这绰号，也是赞誉他是一位劳动多面手。

第三位是旱地忽律朱贵。忽律，就是鳄鱼的意思。大概是说朱贵开黑店的手腕强悍，有点像现在说的某行业的大鳄。

总结三人的共同点可知，这三位得到绰号全是因为业务精熟，是靠真实的业绩做出来的。

再就是虫类。这一类的范围也比较广，这里把蛇也算上，蛇虫不分，而且，有些方言管蛇也叫长虫。再有，将老鼠也归为这一类，蛇鼠一窝。这一类有五位好汉。

第一拨就是解珍、解宝和杨春三位。这三位的绰号都说明了各自的职业特点。

解珍的绰号是两头蛇，有点常山蛇的意思，就是你要是打蛇头，蛇尾能反攻；你要是打蛇尾，蛇头能反攻；你要是打中间，头尾都反攻。解宝的绰号是双尾蝎，蝎子一个尾巴就够蜇人了，何况两个尾巴？这二人都是很敬业的猎户，属于猎户中的带头大哥。

杨春的绰号是白花蛇。白花蛇其实就是有名的毒蛇，五步蛇的蛇蜕，有剧毒。这个绰号表示杨春就是一个彪悍的山贼。

第二拨就是白胜和时迁了。这白胜，一味好吃懒做。在抢劫生辰纲的案子里起到穿针引线的作用，可坏事也是由于他泄露了风声。白日鼠是他的绰号，这个绰号也已经泄露了他的行径，那就是白天转悠去"踩盘子"（就是为晚上盗窃摸情况），晚上就是"搬仓鼠"了。他的绰号告诉我们，白胜就是一个小毛贼。

再就是时迁，他的绰号是鼓上蚤。想想看，鼓上的跳蚤，那该多能跳。所以，根据这绰号，就知道时迁是个梁上君子。果然，书中介绍，时迁就是靠偷盗为生，外加搞点小花样来骗点小钱。

上述鸟、兽、鱼、虫四类已经介绍了 17 位好汉的绰号，可前文说要介绍 18 位。看来应该还有 1 位，这位就是水泊梁山的二当家，大名鼎鼎的河北玉麒麟卢俊义。

这位的绰号要说是属于兽类的，还是神兽类。可由于他的特殊性和麒麟的象征意义，所以单独介绍一下。

据记载，孔子听说鲁国西边捕获到一只麒麟后，便长叹一声，说，唉，我的学说不行了。说过后就撂笔，不再搞学术著作了。

其实，如果晁盖泉下有知，知道玉麒麟加入了梁山，一定也会叹道："唉，梁山的气运不长了啊。"

因为，卢俊义的上山积极性是最不高的。卢俊义是河北大财主，要钱有钱、要势有势；卢俊义自己还有一身好武艺，一般人还打不过他（不一般的也很少有是他的对手的）；卢俊义的是非观念很强，绝不会当强盗。这在卢俊义被宋江等设计擒到梁山后被软禁几十天都不肯入伙的情节中可以验证。

可是，宋江、吴用等费尽心思，充分实施一揽子计划，又是算命，又是冒名题反诗，又是暗示管家告发，直至让卢俊义上了法场，然后大家又将他救了出来。

这一下，终于捕获了这只麒麟。可是，这样的麒麟入了伙，梁山的成分已经宣告了自身的不纯粹，就开始坚定地要走"招安路线"了。

河北也算梁山的西北部，梁山算是"西边狩麒"。玉麒麟，大有玄机。

传说，百兽都归麒麟管辖。当梁山上百兽齐聚时，是那么热闹，当然希望麒麟降临。可是，麒麟真的降临了，生态自由的平衡还能保持吗？尤其是在这只麒麟是完全受制于人的情况下。

大雕原本翱翔于原野，无奈猎人张网将其捕获；

百兽原本散布于四海，无奈风雨将其聚集；

大贝壳和乌龟原本与世无争，无奈命运的旋涡是那么强大；

蛇虫原本自由地在荒郊独行，无奈天罡、地煞的宿命使其送命。

麒麟，谁让你是那么灿烂和辉煌，这才使得觊觎者挖空心思将你捕获。

> 纵横山东乱未休，齐聚招安谁肯留？
> 南柯一梦成画饼，鸟兽鱼虫不自由！

众神之巅

仔细想想有些梁山好汉的绰号，突然觉得梁山和古希腊传说里的奥林匹斯山有丁点儿类似。不少神祇都在某座山上相聚，确实是一幅活生生的众神聚会图。

绰号中和神的名称沾边的有 22 位好汉。这里对于神的概念，是包括鬼、仙、星君等各类神祇，即广义上的神。

先说说正神类的。这一类有三位好汉，他们是托塔天王晁盖、铁笛仙马麟、云里金刚宋万。

晁盖的这个绰号，有点偶然。事情的起源是晁盖为自己所在的东溪村夺来了一座据说能驱鬼的青石塔，因为是独自把那塔扛了过来，所以被人称作"托塔天王"。

可以说，晁盖是为了本村的利益而用暴力手段去侵犯了西溪村的利益。这个天王称号，只是说明其霸道而已。但是，如果晁盖领着一干人等上了梁山，这就不一样了。从劫生辰纲开始，晁盖就是道上朋友所崇拜的偶像，否则刘唐为何非要拉着晁盖挑头去制造"生辰纲大劫案"，三阮和吴用乃至后来的公孙胜都愿意团结在晁盖周围？晁盖，具备领袖的魅力和气质。

梁山能有以后的辉煌，和晁盖广纳四方豪杰的思路有直接关系。也许，有不少好汉是在晁天王战死沙场以后才上的梁山。但是，聚义厅（宋江当家后改为忠义堂）上晁天王的英气已经成了梁山的企业文化。托塔天王，托的是众兄弟的义气；托塔天王，托的是大家伙的责任。托塔天王当之无愧的是第一正神，更是无可争议的众神之首。

马麟的绰号与其他好汉绰号的阳刚风格比起来，多了几分儒雅，甚至是浪漫。这位南京汉子除了大滚刀耍得好，还能吹双铁笛（这双铁笛应该是一种比一般笛子更难演奏的乐器）。在有些武侠书里，大凡高手们在掌握武艺之余，还能再多一些音乐上的才艺。当然，这位马麟也不差，据说是百十个人近身不得。

铁笛仙这个绰号还是根据其才艺而来，看来他的笛子要比大滚刀更有影响力，要不咋不叫"滚刀仙"呢？铁笛仙本来和同伴们在黄门山过得挺逍遥，但不知动了哪根筋，竟然想去江州劫法场救宋江，可又很犹豫。当然，书里说的是几位没有确切的消息，这只是四位头领意见不一的一个托词。其实，铁笛仙等四位好汉是在观望，当觉得梁山竟然能有实力劫了法场，才决定投奔梁山。铁笛仙的道场也就随之搬到水泊里去了。

最后，事实证明铁笛仙的选择不是很明智。他在征方腊的乌龙岭战役中，身首异处，壮烈阵亡。看来，是仙，不该轻易下山。这个绰号有点提醒马麟要多吹笛子少耍刀的意思，可惜马麟是人在江湖身不由己。

宋万，属于老资格的梁山好汉。自从王伦在梁山主宰时，宋万就是头领了。宋万的绰号很大气，云里金刚。金刚就已经很威风了，再出现在云里，岂不更是有威严。

可实际上宋万的胆识和本领却一般，当林冲杀死王伦后，宋万的绰号可真合适，真是丈二金刚——摸不着头脑。怎么好好的送行筵席成了屠杀场？百思不得其解。待到一切明白过来，交椅的排序从第三就一下子成了第十。这金刚二字，原来还有这个讲究。

还有一类就是星君类的。民间传说有什么文曲星、武曲星下凡的人都是了不起的人物。梁山好汉中有三位的绰号是带星的，分别是智多星吴用、毛头星孔明、独火星孔亮。

其实，这三位的绰号很牵强。本来，梁山一百单八将都是上应星宿的，吴用照应的是天机星、孔明照应的是地猖星、孔亮照应的是地狂星。怎么又各是一套星星的名称，岂不容易混淆？

所以，如果将他们三人按照各自照应的星宿一并分析，就有了点眉目。

智多星和天机星是一致的。天机星属南斗三星，乃智慧之星，所以吴用的绰号就是从天机星衍变出来的，或者说，就是天机星的另一种叫法。所以说，吴用注定就是当军师的料。

至于孔明、孔亮兄弟的绰号分别是毛头星和独火星，则喻示着二人做事毛毛躁躁，没啥大能耐。毛头有莽撞之意思，而独火有无奈之说。事实上，二人不是惹不起武松，就是被呼延灼击溃，只因叔叔陷入刑事纠纷才请梁山摆平，事后也就上了梁山。

水浒佐传

二人其实就是一对阔少兄弟，顶多是地头蛇。要不是因为和另一个财主有矛盾而犯了人命官司，估计连白虎山都不会去落草。即使落草了，也就在小范围内打家劫舍、混个肚圆。对应他二人所照应的地猖星、地狂星，合起来就是猖狂二字，这三位的绰号和名称还真是一脉相承。

当然，吴用不仅仅是有机谋，多少也是会点儿功夫的。在刘唐和雷横因为斗气而缠斗不休时，吴用使出两条铜链竟然能将二人的朴刀分开，况且刘唐、雷横二人的武艺绝非庸手，吴用在武艺上也有两下子。军师见得多了，会武艺的军师，且还是高级军师中会武艺的，不多见。

看来，同是上应天星，这天罡星和地煞星的差距还真不小。天罡星的吴用可是很有用，能文能武；地煞星的孔明、孔亮兄弟就比较草包，打架不行，打仗更不行，谋略也没有，有凑数之嫌。

再有一类好汉的绰号，姑且可以归为邪神类的。这一类的好汉有七位，分别是神行太保戴宗、立地太岁阮小二、短命二郎阮小五、拼命三郎石秀、丧门神鲍旭、险道神郁保四、活闪婆王定六。

戴宗，属于公门中人，类似现在的监狱管理者。但是他又有道术，能日行八百里，因此得了个神行太保的绰号。这太保是宋朝时人们对庙祝或巫师的称呼，看来，戴宗成名就是靠他的神行之法。

但是，也是因为这个绰号，戴宗估计是差事最多的人了。不论是在公门还是在梁山，送急件或办急差都非他莫属。

阮小二，石碣村里的渔民，但应该是也做点违法的勾当。冲着他那立地太岁的绰号，就知道在当地是个不好惹的主。太岁，有一种说法就是在地上的凶神，所谓不要在太岁头上动土，就是这个意思。太岁立地，意味着这块地盘的事务别人就不要插手。所以，阮小二一旦跟着晁盖上梁山，是不会甘于仰人鼻息的。

也有说法说太岁就是木星，但这里应该不是这个意思，因为，阮小二照应的是天剑星。可惜的是，后来这个太岁去别的太岁（方腊）的地盘动土去了，结果不幸身亡。

阮小五，估计打架也比较拼命，要不咋会有个短命二郎的绰号。这和他在家里排行老二有点关系，但更主要的应该是"二郎"和什么"二郎真君"、"巽二郎"之类的神祇有关系。

还有，这个二郎和别人赌博时也很玩命，赌急了甚至还把自己老娘的首饰抢来下注，是够拼命的。

石秀，一位不善经营的牲口贩子，他在商业上很不成功，以致沦落到卖柴为生。但是，他那喜欢打抱不平的性格使他结识了杨雄这位大哥。也正是因为他那种打抱不平的性格而揭破了杨雄妻子的奸情。最后，还是他那种打抱不平的性格使他和杨雄一起上了梁山。

本来，这样的经历和大多数好汉没什么不同，但他性格所造就的拼命三郎的绰号可能是目前流传较广的一个称呼，专门用来形容那些做事情投入的人士。姑且推断一下，之所以叫三郎，应该和哪位不大知名的神祇有一定联系。

还有一对神，丧门神鲍旭和险道神郁保四。听这二位的绰号，似乎不大吉利。丧门神是传说中的一种凶神，为何会送给鲍旭呢？看来这位好汉上梁山前的口碑不是很好。原来，这个鲍旭专爱杀人，故而附近受害人士称其为丧门神，这个时候，梁山急于扩张，这样的穷凶极恶之徒就来者不拒了。

丧门神这个绰号也大概喻示着梁山有不大吉利的兆头。果然，以后没多久一百单八将聚齐了，开始盛极而衰。

郁保四的绰号也不吉利。相传，这险道神是为丧事服务的。跑江湖的咋会起个这绰号的？细琢磨起来，这似乎是一个不祥之兆，预示晁盖会有大大的不幸。就是因为这个险道神黑吃黑抢劫盗马贼段景住用来孝敬梁山的赃物（前后抢了两次），而激怒晁盖，晁盖愤然出兵，进而中毒箭而亡，真是有点可惜。

这个险道神，犯了这么大的罪过，却还能成一百单八将之一。看来，宋江确实很为达目的而不择手段，义气不过是块招牌或者是个工具。

这一类的最后一个就是王定六，他的绰号现在听着有点拗口。但如果推敲一下那时的方言，就多少明白点了。西南官话管闪电叫火闪，而婆大概是指电母一类的女性神祇。还有一种接近巫术的说法，是说闪婆属于一种可以与鬼神交流的女巫。相信对于王定六来说，活闪婆是说他步法灵活，身手矫健。

还可以琢磨一下，当活闪婆出现时，正好遇上张顺逃脱长江江贼的谋害，而张顺又是为中毒的宋江请神医。这么理解，如果不是张顺跑得快，不光张顺自己没得救，宋江可能也呜呼。安排活闪婆帮助请到了神医安道全，莫非天意？

还有的好汉的绰号俨然一套阎王殿的班子。这类的好汉有六位：活阎罗阮小七、催命判官李立、母夜叉孙二娘、赤发鬼刘唐、操刀鬼曹正、鬼脸儿杜兴。

这又是阎罗，又是判官和夜叉的，还有三个鬼，很是齐全。

阮小七，是阮氏三雄里的老幺。除了具备自己大哥、二哥的能耐之外，估摸着在家里哥哥们也得让着点，所以他的绰号就是活阎罗，比太岁、二郎之类的神祇的派头要大点。

阮小七的手腕也更狠，在歼灭了追捕他们的官兵、活捉何涛之后，阮小二只是骂了何涛一顿，可阮小七却用尖刀把何涛的两只耳朵都割了去，足见其活阎罗本色。

李立，本行是在揭阳岭开黑店的。他的绰号催命判官的由来应该说是综合了其长相和行当两个方面。长相是红色络腮胡外加一双布满血丝的虎眼，天生一个判官；行当就是开店并借助蒙汗药谋财害命，真是催命。

判官一向铁面无私，要不是李俊赶来救得及时，宋江就成了人肉包子的馅料了。

可巧，孙二娘也是和催命判官同行，在孟州十字坡开黑店。加之孙二娘的身材比较健壮（腰像辘轳那样粗、手指头像棒槌）、长相有点凶狠，且武艺不错，所以得了绰号母夜叉。

但是，这个绰号不大合适。夜叉中，男夜叉极丑，而母夜叉很美，可是，根据书中所描写的孙二娘的硬件条件，估计在罗刹国才能参加选美。

至于三鬼，刘唐是因为脸上的胎记而有了赤发鬼的绰号，杜兴完全是因为长得丑才被叫鬼脸儿，曹正因为是屠宰能手而有操刀鬼之称。这三人的绰号之所以带个"鬼"字，都是有讲究的。

刘唐这个赤发鬼必须有"天王"（晁盖）侬仗，杜兴这个鬼脸儿须得投靠"大雕"（李应），而曹正这个操刀鬼只能给"和尚"（鲁智深）和"行者"（武松）还有"神兽"（杨志）打个下手。可见，被称为"鬼"，注定是不能独当一面的，无论如何，得有大哥带着混。

还有，小鬼大多充当巡山、撮合、望风的角色。这三鬼在书中的所作所为也差不多如此。刘唐最先给"天王"报告有"生辰纲"买卖；杜兴帮着杨雄等请求主子给疏通关系；曹正呢，给杨志提供了有关二龙山的情报。

还有一拨绰号明显是从《西游记》里的人物客串来的，有三位：混世魔王樊瑞、八臂哪吒项充、飞天大圣李衮。

樊瑞、项充和李衮的来历比较蹊跷。莫名其妙的从徐州的芒砀山冒出这三个强人，竟然大言不惭地要吞并梁山。那时候，梁山的实力可不是王伦时期，晁盖、宋江带着几十个头领，喽啰也不少。看来这一伙强人真是疯了。

至于这三人的绰号，确实没有什么想象力。混世魔王就是照搬《西游记》里那个趁着孙悟空学习霸占花果山水帘洞后来被悟空干掉的妖怪的名号，一模一样。八臂哪吒这绰号有点啰唆，哪吒本来就会三首八臂的法术，没啥不一样的。而飞天大圣，更是重复，孙大圣驾起筋斗云当然是飞天，难不成还有不会飞的大圣？总之，这三个绰号全是照搬，至少是"山寨"的。

不过，认真点儿的读者会根据历史资料发现吴承恩的年代要远远晚于施耐庵、罗贯中的年代，也就是说，《水浒传》成书时期比《西游记》要早，怎么可能会出现早成书的借用晚成书的？简单，《水浒传》毕竟最早是说书先生说的，难免有不同版本，目前市面上流传最广的一个版本，期间一定是经过不少人润色、修改，所以出现这样的"客串"情况，不奇怪。

英雄莫问出身，既然大家都上了梁山，就是一尊梁山的神。只要有把交椅坐，就得受上一炷香火。但是，即使是神，也有终结的时候。罗马帝国的繁华，早就如镜花水月；大秦皇朝的威严，亦不过过眼云烟。

水泊梁山，在造物者的眼里不过一介尘埃。但是，细细揣摩

水浒佐传

托塔天王上山以后，眼看着各路神祇鱼贯而来，一定是喜上眉梢。总之，晁盖的理想就是把梁山打造成一个山巅，一个众神居住的山巅。

可是，时运使然，这个如此豪爽的天王为了一匹本不属于自己的马而命丧毒箭，其实和宋江这个阴谋家的挤兑也不无关系。宋江，可不认为梁山是众神之巅，他坚决、刚毅、果断、执着地认为：朝廷才是众神之巅。

神兵利器

梁山后来能割据一方，当然少不了武力。所以有些好汉尤其是不少重量级的好汉的绰号直截了当地就是神兵利器的名称。在那个以冷兵器为主的争斗年代，人们对于武器的崇拜，还是很强烈的。武器被赋予了灵性，武器也是有生命的。

这里将八位好汉的绰号归为这一类。先介绍其中的五位天罡：

第一位是大刀关胜。平心而论，关胜这个人物实在没有什么特点。他所有的一切都是在模仿他的先祖，关羽关云长。从武器到坐骑，从爱好到外表，一直沉浸在祖上的辉煌之中。

之所以他会有大刀这个绰号，可以理解为是对手中的青龙偃月刀的感恩。试想，不是靠着祖上的威名（有一小部分自己的努力），他怎么能从一个看人眼色的小官一下子成了上将，进而又靠着这把刀在梁山排座次中位居第五，居然还在林冲前面，除了宋江、卢俊义、吴用和公孙胜这四位核心领导以外，就属他靠前。

大刀成就了关胜，关胜离不开大刀。

第二位是双鞭呼延灼。呼延灼应该说是最不愿意落草的，他和梁山之间的争夺最为激烈。他的连环甲马让梁山着实吃了不少苦头。而且，在呼延灼被梁山打败后，又不屈不挠地接连和当时还在二龙山的鲁智深和杨志、桃花山的李忠、白虎山的孔明和孔亮兄弟恶斗了多个回合，直到最后被梁山用陷坑之计活捉。饶是如此，本来也不会落草，还是受了宋江招安路线的影响，才勉强答应入伙。

呼延灼原本就没有绰号，可好汉们都得有个绰号，所以干脆就以双鞭自称。

呼延灼在梁山的时光其实很孤独，他就信任自己的双鞭。

第三位是双枪将董平。董平，双枪耍得很好，且英俊潇洒，而且是三教九流，无所不通；品竹调弦，无有不会，绰号全称是风流双枪将。在东平府自己的一亩三分地上本来活得挺滋润的，可无奈宋江偏要来借粮，董平还是在其位而谋其政的。责打梁山信使于前，奋战虎狼众将于后，无奈最后被绊马索生擒。

这宋江很拙劣的作秀居然奏效，董平入伙了。自然，双枪将的绰号也一并带上，只不过隐去风流二字。董平的绰号是靠实力获得的。不过，这个人物感觉有点和《说岳全传》里的双枪陆文龙有雷同之感。

第四位是没羽箭张清。张清和梁山其他不少好汉结怨结得不轻。也是为了借粮，张清负责防守的东昌府成了卢俊义和宋江打赌的利物。可张清的没羽箭绰号不是白叫的，他的神秘武器——没羽箭，其实就是飞石，一连打败了15位梁山好汉，其中还包括杨志、索超、呼延灼这样的实力派人物。最厉害的是，后来鲁智深的光头都被张清用飞石打得头破血流。最后多亏智多星吴用设计了一系列连环计，加上众多好汉携手，仅水军九将李俊为首的几大头领都动员上，才活捉了张清。

张清被押上来时，被打伤的好汉全是咬牙切齿、怒目而视。宋江忙不迭地发誓赌咒、好言抚慰，才将张清拉拢入伙。没羽箭也许是不甘终老于东昌，所以命运使然，使他能够和梁山好汉相遇，加入天罡星的系统里。

没羽箭，实在是一种奇门兵器，梁山很需要。

第五位是金枪手徐宁。徐宁，原本也没有绰号。他就没想着自己会上梁山，可惜很不幸，他有一门独门技艺，那就是破解呼延灼连环甲马的技能，钩镰枪法。

不怕贼偷，就怕贼惦记。你徐宁当然不会乖乖上山，可你的表弟汤隆入了伙，加上时迁这个梁上君子，人家偷了你的家传宝

水浒佐传

甲，你只好追着过来了。加上江湖上下三滥的蒙汗药，徐宁只好就范。因为，连全家老小都被骗上了山，不答应也得答应。

由于他是禁军金枪班的教师，所以就带个金枪手的绰号一并上山。可以说，金枪手是个悲剧，由于宝物和绝技在手，所以被人算计，最后死在征讨方腊的战斗中。

孔雀因为漂亮的翎毛而被劫掠，犀牛因为犀角而被捕杀，这就是金枪手的宿命。

不可否认，有不少人是被迫才上梁山的。所谓的"逼上梁山"之说至少有两种含义：一种是高俅之流的奸臣当道，把英雄们逼上了梁山；还有一种就是一部分好汉逼得另一部分英雄不得不上梁山。同样是逼上梁山，情况是不尽相同的。

再就是地煞星中此类绰号的好汉，一共有三位。

先介绍一下轰天雷凌振。凌振，这个名字起得似乎就是要当炮手的，振，振动之振。在宋代，已经有热兵器的萌芽。按照书中介绍，凌振可是大宋第一个炮手，而且也精通武艺，这样的人才还真不多见。可惜，由于呼延灼的要求，高俅为梁山充当了一回"猎头"，生生将凌振"送"上了梁山。

当然，凌振作为军人，很敬业。开始时，施展绝活，三种炮，即风火炮、金轮炮和子母炮，把梁山的一个山下小寨都给轰平了，使得宋江很烦闷。

还是晁盖有用人之能。他制定了一个水陆协同作战的计划，派了六位水军头领和二位陆军头领协同行动，将凌振骗到了水泊的湖面上，凿沉战船，使得凌振在水下被阮小二生擒。

在宋江一贯精通的思想攻势下，轰天雷成了梁山的高科技武器。也许，轰天雷的寓意就是说凌振要造反，不过，上天岂是区区火炮能轰的？徒然夜郎自大。最终，轰天雷凌振还是回到官方，干自己的老本行。

至于另外两位地煞星中属于武器类绰号的好汉，有点意思。他们是铁扇子宋清和一枝花蔡庆。

宋清，宋江的亲弟弟。一出场就说绰号是铁扇子，让人感觉其武器就是铁扇子。可惜，从头到尾，宋清就没有展示过。即便是上了梁山后，总是负责筵席，是否真人不露相？

反正，铁扇子这个绰号给人以不少遐想。可能宋清有碍于哥哥是一把手，不大好意思自我表现，因而铁扇子神功从来不用？也可能铁扇子神功多用来搞秘密行动，所谓"国之利器不可轻易示于人！"总之，这不能不说是一个小小的遗憾。听说后世武林中有一种铁扇子功，难道宋清就是这门功夫的开山鼻祖？不得而知。

蔡庆，大名府的一个刽子手，确切地说是刽子手助理或实习刽子手，因为，一般有活儿主要是他亲哥哥蔡福主刀。

他的绰号来历就是因为他喜欢戴一朵花，故而称为一枝花。一般都是高手才"飞花摘叶，皆可伤人"，是不是蔡庆有独门的暗器功夫？这枝花就是很有威力的暗器？

反正按说这两样比较怪异的"武器"应该比什么大刀啦、双鞭啦、长枪啦更可怕一点，相应地，这些"武器"的主人也应该更高深莫测一些。

可实际上，明眼人一看便知：宋清、蔡庆之流就是凑数的。毕竟，《水浒传》还不是武侠小说，还需要真刀真枪地闯码头，花活儿是吃不开的。

> 金铁交鸣，杀敌后千里不留行；
> 刀光剑影，除暴前都争相请缨。

这就是真正的梁山精神，真正的水泊风骨。

可以允许有凑数的，但必须有几样拿得出手的神兵利器。

汉唐风骨

在不少国外的史学著作中，外国学者习惯称中国人为"唐人"或"汉人"。这一点从遍布世界的唐人街就可以看出外国人对唐人的接纳程度。可见，汉朝和唐朝时的中国人给外国人的印象比较不错。

据史载，在汉朝人打匈奴时，有种说法，说"汉兵一当胡兵五"，即1个汉朝士兵能顶五个胡人士兵，足见汉朝将士之勇猛。

而到了唐朝某个时期，唐朝的铁骑更是闻名遐迩。据一首高昌童谣唱道："高昌兵马如霜雪，唐家兵马如日月；日月照霜雪，霜雪自消灭。"可见，唐朝骑兵的战斗力之强。

所以，后世的好汉们就喜欢以汉唐时代的英雄豪杰为楷模。这个习惯到了北宋年间，一拨水泊里的好汉也有了这个爱好。项羽、李广、关羽、吕布、关索这几位从秦末汉初到汉朝鼎盛时期以至汉末时代，都是响当当的角色；而尉迟敬德、薛礼（字仁贵）则是唐朝的一代名将。水浒一百单八将里有八位是以他们中的一位为自己的楷模，这一点从他们的绰号就可见一斑。

这一类共有八位好汉，三位属于天罡系列，五位属于地煞系列。

先说天罡系列中的小李广花荣。李广，根据史载，是"猿臂善射"，其箭术精准之至，连一向以箭术自诩的匈奴人都愿意拜他为老师。

花荣的箭术根据书中的描写，堪比李广。首先是很精准，一定范围内说射哪里就射哪里。最突出的是，在吕方、郭盛的两件方天画戟的丝绒夹缠不清时，花荣能一箭射开。还有，就是在宋江三打祝家庄时，花荣在黑夜里能一箭将祝家庄当作信号用的红灯笼的灯绳射断。还有就是力道，不敢说像李广那样能射进石头里，"平明寻白羽，没在石棱中"，但刚随宋江上梁山后，在晁盖等人展示本领时一箭能将天上飞的大雁射下，足见其力道。在以后不少场合，花荣这个神箭手，没少立功。

至于缘何他的绰号是小李广，而不是什么赛李广、活李广等呢？可能是由于他性格比较懦弱之故。在得知宋江被毒酒害死后，和智多星吴用哭啼一阵，竟然双双在宋江坟前上吊而死，真亏了这张好弓！李广被俘后还想方设法逃出魔爪，花荣有仇，却选择自杀。这么看来，叫小李广，尚且觉得有点不够格，更别提赛李广、活李广了。

朱仝，也是天罡系列的好汉。他是一位都头，类似现在的刑警队长。要说武艺，应该不错。他是富户出身，因为有钱，能学得一身武艺，再加上身高、外貌包括胡子都很像关羽，所以得到一个美髯公的绰号。

朱仝可能是觉得不能对不住这个绰号，对于忠和义这两个字倒也学得有鼻子有眼。先说义，朱仝至少模仿了关羽三次。第一次，徇私枉法而放走了"生辰纲大劫案"的主犯晁盖，这导致了以后水泊梁山的强大；第二次，再次讲人情，放走了杀人犯宋江，这也给梁山送去了一个首领；第三次，在押解误伤人命嫌疑犯雷横的路上，蓄意打开枷锁，将其放跑。看来，这个美髯公倒是上演了三次"华容道"。真是以关云长为楷模！

　　再说忠，因为私放雷横被发配到沧州，可沧州知府的一位小少爷喜欢这位面相和气的美髯公，尤其是那一把胡子。于是，朱仝成了知府大人的全职保姆，工作就是带孩子。朱仝很尽心，因为知府待他不错，所以他也很想像关羽那样忠心耿耿。

　　可是，很不幸的是，朱仝被宋江瞄上了。为了让朱仝上山入伙，不惜让李逵将一个无辜的小孩子，即那位小衙内生生地给活活劈死，逼得朱仝只有上山。而且，宋江同时也已经将朱仝的家小接上山，朱仝不得不从。宋江，一贯就是这么报答恩人的，真是让人不寒而栗。

　　朱仝，为了美髯公这个绰号，一步步将自己从官身变成了匪类，义气的代价向来不小。不过，最后朱仝在征讨方腊的战斗中幸免于难，还得到了一个不算小的武官职位，也算不幸中的万幸。

　　还有一个天罡就是杨雄了。杨雄，其长相可能稍微具备关羽的特征，但又不十分像，加之有点武艺，所以得到病关索这个绰号。关索，乃关羽第三子，据传说长相挺帅，和关羽还有一段父子相认的佳话。而且，在诸葛亮七擒孟获时，关索也出了点力。这里，需要提示一下，"病关索"中的"病"和"病大虫"中的"病"可谓如出一辙，究竟为什么会有个"病"字，将在讨论"病尉迟"时一起说明。

　　不过，有趣的是，这杨雄的武艺水准有时会发挥失常。因为被当地驻军中的几个军汉嫉妒得到赏赐，他们把杨雄拦在大街上，杨雄竟然施展不出拳脚，有点让人质疑杨雄的武功。但这给拼命三郎石秀的出场提供了机会。

　　后来，杨雄也是在石秀的鼓励下，杀了不忠的妻子而不得不上梁山。真不知道排座次时咋会将杨雄排在天罡里面，估计是宋江对于监狱管教人员有特殊的好感所致。毕竟，戴宗、李逵这样的宋江死党都属于监狱系统的人员，可能是爱屋及乌。

接下来就是五位地煞。先说两位以尉迟为绰号的，还是一对亲兄弟的好汉。尉迟敬德，可是李世民的开国重臣，也是玄武门之变的主要执行者。民间的演义对他也是推崇备至，连流传至今的门神都据说是以他的形象为原型的。

因此，孙立和孙新兄弟都以"尉迟"来作为自己的绰号。孙立是哥哥，落了个病尉迟的绰号；孙新是弟弟，可能是排行之故，就落个小尉迟的绰号。当然，哥哥的功夫要明显高于弟弟。孙立官居登州兵马提辖，已经是一位中级军官了；而弟弟只能开个小酒馆，兼营一些赌场的买卖，聊以度日。若不是自家亲戚因死老虎之争议而深陷囹圄，可能这两位尉迟是上不了梁山的。

至于孙立被排在地煞之列，有点冤。咋说呢，比之杨雄这个天罡，孙立要更有实力。他俩的位置应该对调一下，可谁让宋江不喜欢军队系统的人而偏好监狱系统的朋友呢。而孙新，能在梁山混一把交椅，也算看面子了。

至此，三位绰号中带"病"字的好汉悉数登场。究竟这个"病"字作何解？表面上看，杨雄和孙立都是"面皮淡黄"，还真以为病尉迟、病关索都有病呢？至于薛永，大概是卖药的，会不会也因为和疾病沾边而绰号中也带个"病"字？其实，答案很简单。在三位好汉的绰号中，"病"和"并"字是通用的，所以，病尉迟、病关索和病大虫也就是并尉迟、并关索和并大虫，意思是"类似尉迟"、"类似关索"和"类似大虫"。通假字而已。

地煞中还有一位让人很摸不着头脑的好汉，他是凭借什么称小霸王的？他就是周通。这个周通连卖大力丸的李忠都打不过，还敢自封小霸王，真够能吹的。霸王，即项羽，即使在最穷途末路时，还能带着28名骑兵，将数万汉军冲得稀里哗啦，而己方只损失了两名骑兵。

而且，人家西楚霸王是美人为之殉情，这小霸王是霸王硬上弓，非要强迫刘太公的闺女给自己当压寨夫人。同样都被称作霸

梁山好汉绰号玄机

王，差别咋就那么大？看来，小霸王这个绰号的真正含义和西楚霸王没有太大的关系，纯粹就是借用人家的声势，充其量是个小混混，被鲁智深一顿痛揍，也是别有一番滋味。

周通上山，纯属是遇上难处，因为偷窃了呼延灼的宝马而被人家打上门后却应付不了，就只好向鲁智深所在的二龙山求援，事后索性一起上了梁山。那可更是背靠大树好乘凉。

反正，周通这个小霸王，勉强得很。

最后，就是一对很有意思的好汉。其实这二位就是因为做买卖赔本而干脆拦路抢劫的小贼。不过，他们二位各自的偶像可真不一般。

吕方，这个药材贩子出身的强盗，极其崇拜吕布。从穿衣打扮到头饰盔甲（红衣红甲红旗号），最后是马匹（疑似赤兔马，反正是红色的）和那杆方天画戟，简直就是吕布的超级粉丝。所以，就有了个小温侯（吕布曾经被封温侯）的绰号。也是带小字的，估摸着功夫很一般，否则早就做大做强了。

郭盛，原来是贩卖水银的，也是因为赔本儿干上了没本钱的买卖。由于没有地盘，就准备黑吃黑，来抢吕方的地盘。有趣的是，这郭盛喜欢穿白衣，盔甲、头饰、旗号也是白的，当然马匹也是白的（疑似白龙马）。和吕方一样的是，郭盛的武器也是一杆方天画戟，自称是向本处的一位军官学的。军官教强盗武艺，有点儿乱。

比之吕方，郭盛的口气就大得多，人家的绰号是赛仁贵。好嘛，除了白衣白甲加白马以及方天画戟，这些行头向薛仁贵学习以外，自认为实力上还要超过自己的偶像，自信心很是不一般。

而且，二人争执的地点叫作对影山，好像就预示着要有一对外形酷似的好汉出没似的。其实，也可以理解这二位就是上天给宋江安排的贴身侍卫。毕竟，按照《水浒传》里的神秘说法，宋江是星主下凡，得有点仪仗队。后来从吕方、郭盛的作用来看，就是如此。二人排位很一般，但总是跟随宋江左右。这说明，宋江在梁山还是很在意自己的安全问题。

身处北宋的梁山好汉，是那么崇拜汉唐时期的英雄豪杰，这大概和宋朝开国皇帝赵匡胤是武人也有关系。但是，从历史角度

水浒佐传

讲，宋朝的当家人在政策上是歧视武人的，因为他们担心武人作乱。为了自己的统治确实需要动点脑子，可自毁长城的事情，实在愚蠢。在那个时代，仅仅靠刀笔小吏、酸腐文人是不能抵抗异族的铁马金戈的。西夏、辽、金乃至后来的蒙古人，都能凭借暴力先后欺凌北宋、南宋。可大宋不缺武人，狄青、岳飞这样的武人却不能人尽其用，赵匡胤如泉下有知，一定是追悔莫及。

时至今日，我们也应该推崇汉唐那种风骨。至少在地球上，和平和尊重是靠勇猛和积极争取来的，文弱可以欣赏，但不能效仿。

汉唐风骨，几多苦楚；天行健乎？不觉突兀；至今思慕，朝阳乳虎；精神何处？浩气万古！

三教九流

三教九流，早期是指学术的流派。教，涵盖得要广一点。比如儒教、道教、佛教，当然，对于儒教是否成为一种教，学术界还有争论，但就其影响来说，不亚于别的宗教。而流，相对于教，就要狭义一点。比如诸子百家中的阴阳家、纵横家、农家、墨家、杂家等，因为这几家都是吸收了几种教的思想自己又赋予了一些新的内容。

时过境迁，应该说到了宋朝，三教九流的内涵已经从学术方面过渡到社会职业方面。比如，唱戏的被人称为戏子，多有歧视之意；算卦的也被算作中九流之列，也有不屑之嫌。由于说法众多，关于究竟上、中、下这三类九流究竟代表什么职业，众说纷纭。这可能和宋朝的经济实力增强、社会分工日益细化有一定关系。当然，外来文化诸如佛教等文化和本土文化例如道教、儒教的交融与冲突也丰富了这三教九流。

见微知著，姑且就从部分梁山好汉的绰号来感受一下当时社会职业的门类之丰富和社会分工的不同。这里要陆续介绍11位好汉。

第一位就是花和尚鲁智深。鲁智深，原名鲁达，军官出身。因为本来也不是绿林上的人物，也就没有啥劳什子绰号。但由于古道热肠、替弱势群体出头，在和当地屠宰行会的头子发生冲突时失手误伤人命，只得沦落成国家级通缉犯。

当时，真可谓急时抱佛脚。出家当和尚还真能逃避法律制裁，所以，在被他帮助过的人的好心帮忙下，鲁达成了一位僧侣。但后来又替朋友林冲出头，导致连正经和尚都当不了。从五台山到大相国寺，这两处寺院的钟声都不能使鲁智深一心修佛。

因此，鲁智深只好打出花和尚的招牌，在黑道上打拼。列位不要误会，鲁智深这花和尚可不是吃喝嫖赌的花和尚，只是他的脊梁上有刺青，所以才叫花和尚。当然，鲁智深也就是"酒肉穿肠过，佛祖心中留"罢了。

后来，在梁山公司大规模并购后需要定级别，花和尚这个绰号就正式成了军官出身的鲁达的绰号。

其实，细琢磨一下，花和尚这个绰号还有一层意思。在鲁智深随宋江征讨完方腊后，在杭州地界，听着钱塘江的潮信而坐化，就是典型的有道高僧的离世之相。所以，花和尚就是花花世界的一个和尚的意思。是说鲁智深虽为出家人，但由于某些原因，还是要在红尘里摸爬滚打一番的。

第二位是行者武松。武松，小名武二郎，说来也奇怪，这么出名的打虎英雄，竟然一直没有绰号。想必是自我炒作不够。浑浑噩噩地投奔到柴进庄院上，人缘也不好，弄得柴大官人也不太爱理他。武松那时犯疟疾时，也只有自己照顾自己了。

说起武松和行者的缘分，还真有点传奇色彩。在武松因报仇杀人而吃官司后，在押解发配的途中路经孙二娘、张青的黑店时，张青就向武松提及一个被自己手下害死的行者头陀。张青可能只是可惜不该坏了这个行者的性命，以及头陀留下的让人不寒而栗的念珠、武器。武松当时根本没往心里去，心里一定寻思着："自己说啥也和这头陀搭不上啊！"

头陀也罢，行者也好，按照佛教术语讲就是苦行僧，特指出家了但没有剃度的修佛之人。张青看似无意和武松说起这头陀，其实是书中预示武松将要居无定所、遭人陷害。

果不其然，武松由于参与了他所在服刑地区的利益集团的争斗，被人陷害，又吃了回官司。这下子武松恼火了，一口气挣脱枷锁，杀了十几口人，还在作案现场留下姓名。

当然，跑路是第一位的。由于棒疮和困倦，落入了张青手下马仔的手中，还好被张青解救。武松铁了心要落草，反正正道是混不下去了。这次，是孙二娘又提起了那个被他们害死的头陀，武松这次可是仔细听，在明白了孙二娘的意思后，不假思索地就穿上了那个头陀留下的衣服、戴上了那串人骨头制成的念珠。主要还是要用那本度牒，那可是再造身份的关键证件。还有，那一对雪花镔铁的戒刀也就成了武松的招牌武器。

武松自己穿戴完毕，照照镜子，都禁不住哈哈大笑。因为，一切都太合身了，看来武松命中要属于这一流。所以，武松自己都说："我照了自也好笑，我也做得个行者……"从此，打虎的武二郎销声匿迹，行者武松闪亮登场。

和花和尚一样，这行者本也是被迫出现的。但同样是在征讨完方腊后，也是在杭州，行者武松在失去一条胳膊后，真的大彻大悟，在六和塔颐养天年，参禅悟道。

行者，注定是武松的生活。

再就是一拨原本事不关己，但因为和自己有关系的人或事不得不上梁山的好汉。这一拨有浪子燕青、铁臂膊蔡福和铁叫子乐和。

燕青，是一个拥有很多特殊技能的人才。且不说一身雪白的肌肉和好看的遍体花绣，就说吹拉弹唱、各种乡音、各行术语等，也是无所不精。他的射弩技巧也很高，百发百中。后来，燕青还展示过自己过人的相扑之术。反正，燕青可谓天生帅气，多才多艺。

本来，燕青从小父母双亡，蒙卢俊义养大。而且，卢俊义还很信任燕青，拿他当二管家看待。所以，燕青本可以在卢员外这里优哉游哉地过一辈子。无奈，主人卢员外被水泊看中，上了人家的套，最终将燕青也带上了梁山。

燕青本来也没有绰号，只是在大名府老家，街坊们觉得燕青时髦，所以顺口就叫浪子燕青，因此，浪子这个称呼就成了燕青在梁山的正式绰号。

这绰号也有寓意，在梁山散伙后，燕青本想规劝主人，但卢俊义官瘾不小，燕青只好浪迹天涯，飘然而去。

浪子，浪子，当然要浪迹天涯。

蔡福，就是大名府的一个刽子手，据说其手段高明，人称铁臂膊。能怎么高明？估计是砍人脑袋一刀完事吧，就是一个专业杀人机器罢了。

只是因为这位刽子手"吃了原告吃被告"，李固打点的黄金和柴进送的黄金都照单通吃，不得不把自己和弟弟的命运都系在梁山上。因为，梁山劫牢以后，这二位再不上山，一定摆脱不了干系。

铁臂膊，也扭不过赵官家的大腿。还不如到梁山占一把交椅，以后没准能谋个出路。

乐和，也是监狱系统的人，来自登州。因为他业余时间唱曲唱得好，所以有个绰号——铁叫子。他的乐器玩得也还可以，后来在梁山属于宋江的"御用爱乐乐团"成员。

他本来也不想上梁山的，但是，由于他的姐夫的弟弟的老婆的两个堂弟，就是解珍、解宝和当地乡绅起了争执，没钱没势的，被关进大牢。身为公职人员的乐和在这种问题上，公私观念也很分明，只不过是完全站在情上面而忽略法而已。通风报信于前，参与劫牢在后。

所以，劫牢成功以后，只有随大溜儿上梁山一条路。铁叫子，原来还有一层意思，那就是串联策划、游说说服，也是铁嘴一张。

还有一伙好汉，完全是因为自己的职业特长被有预谋地绑架上了山的。看来，名气太大也不好，人怕出名猪怕壮。这一伙有三位好汉。

萧让，绰号圣手书生，一看就知道是个写字的。因为这位秀才善于临摹诸家字体，而他又不幸误交匪类，竟然和吴用认识。这下子当吴用想伪造官府文件时，萧让就成了不二人选。

金大坚，绰号玉臂匠，看来是雕刻做得好。因为吴用在伪造政府文件时还需要私刻政府公章，恰巧的是，这金大坚又和吴用相识，所以，金大坚也被梁山锁定。

计划并不复杂，由戴宗假冒客户，说要请二位给庙里写碑文并要刻碑。二人见是客户，且酬劳不低，就欣然结伴前往。

接着就是路上要遭遇梁山好汉的劫持，因为所谓客户要求的服务地点就在梁山附近的泰州。这二位自认为还有点拳脚功夫，可是有点不济事，梁山只是派了王英诱敌，杜迁、宋万、郑天寿三位本领一般的好汉，就将萧让、金大坚生擒。

更绝的是，梁山早就派人将二位的老小都接上山，即使是二人扯住吴学究一千个不干一万个不满，也只有死心塌地的落草。看来，圣手书生和玉臂匠这些个绰号比较害人。

神医安道全的上山原因就更是有苦说不出了。宋江可能是因为老是救不出卢俊义而上火，甚至连做梦都梦到晁天王，一下子背上长疮，医术上说是疽，反正是背部疾病。经张顺介绍说建康府有神医安道全可以医治。于是，就由张顺去请大夫。

张顺请大夫的手法很独特。当他得知安道全是因为一个烟花女子不舍得上山时，就杀了这个烟花女子以及其他 3 个有点关系的人，总计四条人命。更绝的是，张顺还模仿武松（武松曾经亲口给张顺讲述过），用衣襟蘸血在粉墙上写道："杀人者，我安道全也！"

安道全上不上梁山，就由不得他自己了。看来神医这称号不要轻易叫，会引来无妄之灾。这哪里是请大夫，分明是绑大夫。

还有三位，其绰号来得有点莫名其妙，或者说不合时宜。一位是裴宣，他的绰号是铁面孔目。何谓孔目呢？就相当于现在的公检法人员，主要负责给犯人定罪、下文书等工作。这个职业和当贼本是势不两立。既然你裴宣因为个人原因落了草，就最好重新起个绰号。可裴宣还是坚持使用老字号。兴许，是他太怀念当孔目的生涯了。

据邓飞介绍，裴宣就是因为得罪一个贪官而被穿小鞋，发配沙门岛，从而被营救的。铁面孔目，兴许就是为了到梁山聚义时，再施展自己的专业。

张青，原来在一个叫光明寺的寺院以种菜为生。可因为点小事，张青竟然杀了寺院里的僧人，还将寺院烧了。奇怪的是，官府也不追究。张青干脆就直接当强盗。可是不知道为何他还保留着菜园子这个绰号，难道是告诉别人自己曾经以种菜为业？咋说种菜是个正经营生，莫非张青还渴望金盆洗手？

只不过，冲着这位带着菜园子绰号的强盗所干的事情，实在令人发指，竟然卖人肉包子。绰号和行为很不协调。

最后，就是王伦了。虽说多数人认为王伦不应该算好汉，因为他心胸狭窄、不能容人。但是，毕竟是他开创了梁山。从另一角度看，王伦敢于反对压迫、揭竿而起，也算一个血性男儿。至于不容人的自私本性，可以理解。

只是，王伦毕竟是改不了落第秀才的本色，都成贼了，还给自己起个白衣秀士的绰号，挺有书卷气。这秀才和贼打交道，也差得忒远了，亏王伦想得出来。

白衣秀士，玩手腕自然不是吴用这个老江湖的对手。结果，白衣上沾满了自己的鲜血，好好的一座梁山也尽给别人做了嫁衣裳。秀才敢出来混江湖，白衣权当自己的丧服了。

看着梁山好汉的职业构成之复杂，不由得想起战国时期孟尝君鸡鸣狗盗之徒也能善用。只是那个时候，尚未有三教，九流也真是纯学术的。社会结构比较简单，也就士农工商四个主要阶层。孟尝君多少敢于开发其他贵族不屑的平民智慧，就足以在列国中声望大涨，从而位列战国四公子。

而到了北宋，社会阶层就比较复杂。因为大型城市出现了，各个阶层分得更细，每个人所从事的行业的专业性也更强，三教九流就开始完全向社会职业中寻找自己的定位。

宋江，属于小吏出身，得以非常近距离地和众多不同职业的人士打交道，从而更明白贩夫走卒中不乏英雄好汉的道理。就从对待时迁的态度上看，晁盖看不上的小飞贼宋江却如获至宝。所以，这样的人当上梁山的寨主，在技术上比起晁盖更有可能会把梁山做大做强。

可问题是，做大做强的梁山还是一个纯侠客的梁山吗？这个问题晁盖和宋江都很明白。只不过，二人是心知肚明、心照不宣却又同床异梦、各行其是罢了。

三教九流，攘攘不休；鱼龙混杂，浩气难留；天王理想，公明不佑；侠肝义胆，一概全丢！

水浒佐传

奇人异相

面相，历来颇有争议。一种观点认为，纯属迷信，怎么能凭借一个人的长相来判断一个人命运呢？还有一种观点以为，面相很神，什么《麻衣神相》等书籍更是奉若圭臬。其实，对于面相的看法，还是应该更全面、更客观一些。

一个人心情总是开朗，脸上自然皱纹相对要少；一个人总是算计他人，眉头上的疙瘩当然不会少，所谓"才下心头，却上眉头"。

面相，其实有一定道理，但也不可全信。还有，对于所谓的面相概念外延，要放大一点。不仅仅是长相，身体特征也应该归为一种相，比如关云长，第一印象就是身长八尺，然后才是卧蚕眉、丹凤眼等长相描写；描述孔夫子，有"长人"（身材高大）之记载。

可见，包括身体特征在内的面相，确实是特异之人的一种特征。

因此，有一部分梁山好汉的绰号就是喜欢和面相沾点边。这样的好汉有七位，分为身体特征和长相两个方面。

先说说身体特征方面的，这一小类有三位好汉。

张顺，浑身雪样的白肉，看来皮肤很白。而且，水性极佳，在暴晒下也晒不黑，很奇特。估计张顺的这一生理特征经现代医学开发，或许研制出一种防晒霜，一定受广大喜欢美白女士之青睐。尤其是张顺据说能在水里待上七天七夜不上岸，并且能连续游泳几十里，赶上马拉松的游泳距离了。

他的绰号形成很有意思，说是在水里游着似一根白条，加之一身好武艺，因此绰号是浪里白条。这个绰号完全是依照张顺的身体特征加技能量身定做的，很合适这条好汉。

只是有句谚语："淹死的都是会水的。"还有一句："瓦罐不离井上破，将军难免阵前亡。"这两句俗语合成了张顺的结局。在征讨方腊的过程中，宋江大军围住杭州城，张顺想先混进城中放火。当他看见西湖的一池碧水，不由地感慨西湖要比老家浔阳江秀美多了，甚至有埋骨于此的念头。

结果，张顺还真就命丧杭州涌金门。直到今天，杭州西湖边还有张顺的铜像，看来，浪里白条真得疲倦了，想在温柔的西湖水里当一个水神。

还有一位类似张顺的，就是孟康。他也是身材不错，一身白肉。关键他的特长是造船，大小船只都很精通。可能是船上有桅杆，因此结合其身体特征和职业，就有了玉幡竿的绰号。

这个孟康，往往被人忽略。一般读者说起梁山的水军头领，认为就是八个，即李俊、三阮、童家两兄弟和张横、张顺兄弟。但其实，梁山水军头领是九个，孟康因为善于造船，也被归为水军头领。

不过，有点微微讽刺意味的是，玉幡竿最终没能玉树临风，反而可能是因为个头太高，在征讨方腊的战斗中被火炮打中脑袋而阵亡。真个玉碎了，惜哉！

再有就是扈三娘。这位扈三娘，是梁山一百单八将中为数很少的三位女将之一，绰号一丈青。有一种说法，说"一丈青"是一种挖耳朵的工具，这必然和扈三娘无关。书中没有详细解释这个绰号。但根据扈三娘绝伦的武艺以及王英阵前被迷得手脚酥麻的现象来看，想必这扈三娘一定是一位要身材有身材、要相貌有相貌的女子。青，可能是说其服饰衣甲之颜色，一丈，应该是说其高挑。

扈三娘本来可以不用蹚梁山这一遭浑水。可谁让扈家庄和祝家庄有盟约，不得不出力抵抗梁山的侵犯。结果，扈三娘成了宋江收买人心一件不错的筹码，有点类似"服从组织安排"的样子被迫嫁给矮脚虎王英。

不过，扈三娘还是"嫁鸡随鸡嫁狗随狗"。在自己丈夫被方腊魔下的郑魔君刺下马时，赶紧去救应。可孰料郑魔君似乎又会妖法，竟然会使用类似哪吒的金砖。虽说只是实镀金的铜砖，但就这铜砖，也让佳人魂断九幽。

张顺、孟康、扈三娘三人的绰号本意都是说自己有着与众不同的外形和禀赋。可确实是刀枪无眼，或者说人在江湖漂，怎能不挨刀？涉足梁山这样的黑道，的确有着很大的风险，纵然你与

水浒佐传

众不同。三人的绰号分别有"白"、"玉"、"青"三个字，也可以理解为都是美玉的颜色。即使是美玉，跟着宋江混，其结局自然是玉石俱焚或者香消玉殒。

至于以长相为绰号的好汉，可再分为两小类。一小类是因为长得丑而得到绰号，应该说是外号，姑且称为负面绰号。另一类是长得帅气或威风而得的绰号，姑且称为正面绰号。

负面绰号类的有两位好汉，一位是宣赞，另一位是焦挺。

宣赞，还是很有本领的。他不单武艺超群，一口钢刀耍得不错，而且还曾经用精妙的连珠箭法赢得了一场和番将的比武。就是靠着真本领而博得一位郡王的青睐，将自己女儿许配给了宣赞。宣赞也就成了郡马，即郡王的女婿。

可是，宣赞生得面如锅底、鼻孔朝天。郡主因为嫌弃他貌丑而得了抑郁症，直至早逝。因此，宣赞就得了个丑郡马的绰号。也还是因为丑，宣赞又遭到排挤，官也做不大。

看来，要想在官场混得好，还得长得帅。

焦挺的遭遇就不仅限于宣赞遭遇的"潜规则"了。焦挺无意仕途发展，但由于长得丑，被人送个绰号，没面目，可见是够可以的。他空有一身摔跤的祖传绝技，可就是因为丑，想找个正当职业都没人愿意要。看来，只有去当贼。

要知道，焦挺的摔跤（书中说是相扑，类似现在的摔跤）绝技曾经把李逵摔得没有一点脾气。最后李逵抬出梁山的字号，才使得正想去别的小山头落草的焦挺拜服。就这样，焦挺终于有了"接收单位"。

从这二位的遭遇可见，那个时候就以貌取人。反正，一个人的容貌是能否得到好职业或好前程的必要条件，缺了这个，肯定是不行的。所以，长得丑的人要想有所发展（类似宣赞），哪怕只是谋生（类似焦挺），只有落草为寇。这是另外一种形式的"逼上梁山"。而且，这样的人，梁山的"猎头"们也没有太大兴趣，所以这二位一个是临阵被俘，一个是凑巧投奔。尤其是宣赞，梁山之所以拿他当回事，还不是为了配合去说服或俘虏长相威风的关胜？说穿了，长得丑的人只能算作一个"托儿"。

正面绰号类的也是两位好汉，他们是郑天寿和皇甫端。

郑天寿，苏州一银匠，好习枪棒。可能是银匠营生不好干，只好流落江湖。路过王英的清风山，竟然和纯流氓王英战个平手，也就成了清风山的三大王。

由于郑天寿面皮白净，人又俊俏，所以得了个白面郎君的绰号。比起焦挺，这样的人不论到哪里求职，都会给人一个很不错的第一印象，所以到了梁山这样的大公司，即使本领平庸，也还是可以有一席之地。郑天寿在梁山的座次竟然能在三十多个头领之前，着实不错。当然，被领先的头领一定有焦挺。

皇甫端，整个就是凑数的。怎么说呢？因为在梁山打下东昌府、收了没羽箭张清之后，已经是一百零七将了。为了凑足一百零八之数，就安排张清推荐了一个兽医。毕竟，梁山做大了，马匹可是一项重要的军用物资，需要专人维护。

而这位来自幽州的兽医除了相马、医马的本领超群之外，还有就是相貌威风，碧眼紫髯，貌若番人，有个紫髯伯的绰号。宋江当然很高兴，因为这个绰号还有一个好口彩。紫色可是富贵之色，一心想招安的宋江所追求的就是仕途上大红大紫、紫蟒加身，跨入"满朝朱紫贵"的行列。就冲着绰号，也得要这人。

但凡用人，从古至今，都是要面试的。不仅仅说是看长相，更重要的是要看应聘者的气质、风度以及举手投足间的细节。古语所谓"异人异相"，说的是长相或身体有异于常人地方之人必然不一般。但这不是绝对的，所以，本文只能把几位好汉归为奇人。不过是爹娘给的和祖宗遗传的基因罢了，不能说明太多的问题。焦挺也好，皇甫端也罢，他们的本领还是要踏踏实实去学的，靠着长相不可能生而知之和生而能之。

浪里白条，江湖笑傲；郡马面丑，连珠箭妙；青女一丈，亦披战袍；郎君落草，不仅俊俏；再没面目，尚可摔跤；骏马奔腾，紫髯飘飘！

豪气干云

无论是行军打仗还是闯荡江湖，一定要有股子豪气，或者说大无畏的勇气。兵法上有"狭路相逢勇者胜"之说，江湖上打把式卖艺还有"光说不练假把式，光练不说傻把式，又说又练真把式"之讲究。所以，不少梁山好汉的绰号听起来很是气派，有威慑敌胆的、自吹自擂的，还有横行乡里的。

但不论怎样，这三类都是为了打出自己的威风、喊出自己的气势，目的是一样的。这里，依照好汉们的出身，照应上述三种形式，一一简要分析。

第一类就说这威慑敌胆的。这样的好汉都是军官出身，有六位。当然，梁山好汉军官出身的可不止六位，只不过其他好汉的绰号类型不属于这一类，本章就不再提及。

这一类的第一位就是索超。索超因为性格急躁，撮盐入火，简直就是个大炮脾气，一点就着。这位军官打仗时总爱冲在前面，看来是个暴脾气。因此，人们给他绰号，就是急先锋。先锋都够急了，还在头里加个"急"字，看来是超级暴躁之人。

索超还是有真本领的，在大名府当着梁中书及众多人等的面，和杨志全副甲胄、真刀真枪地比试，不分胜负。只是此人没什么领导能力，不能独当一面。在大名府抵挡梁山人马时，归李成、闻达等人指挥。好不容易在一个雪夜觉得有机会生擒宋江时，终于自己做了回主，率兵追了出来，可没想到是智多星专门设计，挖好陷坑等着活捉他。

索超的归顺很正常。人情嘛，有杨志和索超叙旧加上几滴眼泪，一切就顺理成章。此后，索超就成了梁山的急先锋。只不过，这急先锋的脾气没有改，只知向前。结果，在和连关胜都很小心而没有中招的方腊麾下大将石宝交战时，人家诈败，急先锋就猛追，结果中了人家的流星锤暗器，死于战场。可见，打仗气势固然重要，但小心才是第一位的。

还有一个将军，叫黄信。这个青州兵马都监竟然有个镇三山的绰号，说是要扫平青州附近的三座有强人出没的山头。

说归说，就是没见实际效果。二龙山可有鲁智深、杨志，估计黄信不敢招惹，肯定打不过；清风山有燕顺、王英、郑天寿，单打独斗黄信应该差不多，但好虎难抵群狼，黄信也有不去碰面的理由。可是桃花山只有周通、李忠，这二位的本领应该说不如黄信，黄信为何也会听之任之？估计有问题。

可能黄信更深谋远虑。试想，如果把贼都打了，抓贼的不就没有油水了？黄信身为兵马都监，还要带着一群部下，至少得让大家有足够的饷银可吃。

当然，这只是推测，但在黄信经秦明劝说后投奔梁山而得知自己曾经押解过的什么叫作张三的囚犯竟然是宋江时，急得直说："若是小弟得知是宋公明时，路上也是放了他！"看看，这厮随时准备徇私枉法，一准和山贼有勾结。

还有四位可分为两对。第一对就是韩滔和彭玘。韩滔，这个陈州团练使由于是武举出身，可能对自己的武艺很有信心。就凭一把枣木槊，就敢称百胜将军，他的绰号也就简称百胜将。这就有违兵家基本规律了。哪里有常胜将军呢？确实有吹牛之嫌。

彭玘呢，也够可以了。这个颍州团练使自己觉得能耍一把三尖两刃刀，就让人称自己为天目将军，绰号就简称天目将。为何会这样称呼呢？可能是觉得自己既然有二郎神的武器，就应该有二郎神的那只天目。这简直吹得没边儿了。

但可能就是由于敢吹，就吹出了名声。连有真本领的呼延灼都知道这二人的大名，非要保举二人跟自己一起平定梁山。结果呢？彭玘一上阵，就被扈三娘生擒。然后宋江稍微作秀，就让这天目将军归顺。看来是名不副实。

韩滔更惨，竟然能被杜迁、刘唐活捉，加上刚刚归顺的彭玘、凌振一劝，也就凑了地煞之数。兴许是之前韩滔已经赢过一百场战斗，只不过这一场是第一百零一场。

另一对就是单廷珪和魏定国。单廷珪，这位凌州团练使据说是善于用水来淹杀敌军，所以有绰号圣水将军。其实这也有点可笑。用兵之法，当随机应变。难道到了干旱之地，也要用水？再说，和梁山那几个水鬼般的头领比水战，可能有点不自量力。真不知道此人咋就会被领导看中。

同为凌州团练使的魏定国，据说是精熟于火攻兵法，而且在临阵时善用火器，因而有绰号神火将军。这说明魏定国不仅仅是在兵法上会用火，在武器装备上也比较注意采用高科技武器。这还靠谱，可是，《孙子兵法·火攻篇》里的教条亦不是放之四海而皆准的真理，也要根据实际情况来运用。至于火器，顶多能占

水浒佐传

得一时、一地的先机。

一旦开战，二位将军凭借人多势众而不是什么圣水神火，倒是旗开得胜，活捉了两个新降梁山的将领，宣赞和郝思文。但真到一对一交手，单廷珪就被关胜打下马来，立即服气。而魏定国还凑合，用上了高科技的火葫芦武器，杀败关胜军一阵，但冷不防自己的后院让李逵带着几个强人给放了把火，真是成也大火，败也大火。因为这火，魏定国暂时不敢出战，而关胜又模仿祖上，来了出单刀赴会，说服魏定国也上了梁山。

看来，这四位字号不小的将军本领实属一般，可缘何能受到呼延灼乃至蔡京的青眼有加呢？只有一种可能，那就是平时打点得好。前面韩滔和彭玘虽说是呼延灼举荐，但拍板的还是负责军队干部提拔的高俅；后面的单廷珪和魏定国自然是少不了孝敬蔡京。武人若想获得提拔，在北宋不走关节是不行的。只是高俅和蔡京都低估了梁山的实力或高估了自己所看重的这些将领的能力，才出现屡败屡战又屡屡举荐的局面。吹牛嘛，和平时期无伤大雅，但一旦两军对垒，还是得靠真本领。

第二类自吹自擂型的有六位好汉的绰号，这六位也可分为两拨。一拨就是朱武、李忠和蒋敬。

朱武，号称神机军师，少华山一个强盗头子。让人费解的是，这位在少华山当老大的头领没见有过什么神机妙算的表现。当自己的二头领陈达被史进生擒后，朱武想来想去，只想出了一条"苦情"计。就是他和三大王杨春一起向史进跪着，哭求史进连他们一起绑了送官，还抬出刘备、关羽、张飞的义气说事。多亏史进讲义气，否则遇上个油盐不进的，岂不是一锅端？这条计策不怎么样。

后来，由于和这三位交往而受牵连的史进也不得不上了少华山，深陷囹圄时，神机军师还是一筹莫展，只能靠梁山搭救。真不知道朱武以后咋就好意思在梁山还自称神机军师。

只有一次在随宋江接受招安后讨伐王庆，破过敌人的一个六花阵，算是有点战功。看来，神机军师上了梁山，才能真正向着神机妙算看齐。

李忠，有个打虎将的绰号，但在整部《水浒传》里没有见其打过老虎，倒是他打把式卖艺的功夫不错，是他的饭碗。这个行当一直流传了下来，直到清朝末年老北京还有天桥的把式，想必那些艺人应该供李忠为鼻祖。

但是，李忠的功夫真的很一般。由于他是史进的启蒙老师，使得史进开始学的净是花拳绣腿，被王进一下子点破。而且，李忠的胆子小，一听说鲁达因仗义出手而被通缉，吓得也赶紧离开了卖艺的渭州城。至于如何能后来居上，在周通的地盘当大哥，想必和自己吹嘘的功夫也有关系。试想，那周通一见李忠甩了一套把式，再听说李忠是"打虎将"，也就不战而服。当然，据李忠自己说，是凭借厮杀打赢周通的，可谁不会给自己脸上贴金呢？反正李忠的话很可疑。

总之，这打虎将的绰号吹嘘的成分太大。

蒋敬，因为科举不中，就弃文从武，其实就是当强盗。由于毕竟是知识分子，可能在算计如何分赃时比草莽出身的好汉算得精细，所以就得了个绰号——神算子。后来再经同道抬举和吹嘘，就成了排兵布阵也在行、精通术数也不差的神算子。

其实，真正的神算子应该像诸葛亮那样，上知天文、下晓地理，有鬼神莫测之机、天地造化之术。区区蒋敬，竟然有如此绰号，实在是坐井观天、夜郎自大。试问，在黄门山，蒋敬如何有兵可用，有阵可排？不过一般强盗罢了。所以，蒋敬上山后，乖乖地当起了账房先生，打理点粮米物资就是。神算子充其量就是说蒋敬是一名业务不错的财会或库管人员而已。

也是可以理解，朱武不吹，不好当老大，不吹嘘一番，陈达和杨春两个武夫怎能服气？蒋敬不吹嘘，在黄门山4位头领中断然排不上二当家。马麟和陶宗旺看来很佩服蒋敬，大头领欧鹏也很看重他。至于为什么没有让蒋敬像朱武一样当大头领，就是因为欧鹏也很明白吹嘘的水分。

再就是这一类中另一拨的三位好汉，欧鹏、杜迁和石勇。

欧鹏，本是一位军户出身，因为和长官关系处不好，就在江湖上流亡。明明是一个通缉犯，却成了摩云金翅，煞是威风。书上说是绿林中熬出了这个名字，看来，这个"熬"字真是传神。这欧鹏跑了多少路才能熬出来？

所以说，在黄门山，蒋敬再能吹，还是吹不晕乎欧鹏的。欧鹏对此更有心得体会，因此黄门山头把交椅，欧鹏自然不会相让。在都掌握吹牛的精髓后，就看要谁能打谁才是大哥。

杜迁，可是梁山的元老，是仅次于王伦的梁山第二人。他建立威信的办法就是弄一个更神乎其神的绰号——摸着天。都能摸着天了，这能耐该有多大？早期的梁山小喽啰们自然是钦佩不已，而杜迁那一阵又不轻易下山，以至于江湖上越传越神秘，感觉杜迁确实是一号人物。

但是，当林冲火拼王伦时，这位摸着天恐怕也是叫天天不应了。自打梁山出了名，觊觎这块宝地的豪杰们就不在意吹牛者的气势。

石勇，一个来自大名府专门给赌徒们放高利贷的家伙，可能是心狠手辣且在钱财上一分不让，属于"钱狠子"的那种人，所以人称石将军。但其实石勇这绰号跟将军三不沾，没有一点联系。

也许是太狂妄自大，结果因为赌博打死了一个人，只好逃跑，以躲避法律的制裁。这时候，别说石将军，就是铁将军、金将军，也没有了气势，只有亡命天涯的份儿。

总的来看，这一类的六位好汉都是要给自己脸上贴金。因为这六位实在是能力不济，再不自我推销一番的话，恐怕很难在江湖上立足。不过还好，欧鹏知道自己的斤两，所以瞅机会就投靠梁山；而杜迁也很会明哲保身，属于梁山的几位"三朝元老"之一，反正不管是林冲的血腥夺权还是宋江的假仁假义，杜迁从不多说，只是随大溜儿；石勇是在柴进的庄子上听说了宋江的名声，为了和宋江攀上交情，就主动当了回免费邮差。反正是"虾有虾道，蟹有蟹道"，实力不济者只要动脑筋，也能混出个地位。

第三类就是横行乡里的。和第一类一样，这一类的也不止两人，但绰号类型属于这一类的只有两人，也是亲哥俩，他们是穆弘和穆春。

穆弘和穆春都是揭阳镇上的富户，属于浔阳江"三霸"之一。像薛永这样卖艺之徒若不经过这兄弟二人的许可，就不能在揭阳镇做买卖。宋江好心资助薛永，惹得这兄弟二人带着打手穷追不舍，非要给宋江点儿颜色看看。

所以，穆弘有个"没遮拦"的绰号，估计意思是谁也惹不起的意思，整个儿一恶霸。而弟弟穆春是个"小遮拦"，意思是除了自己大哥，就属他难招惹。说白了，这兄弟二人就是地头蛇。

可能是由于他们二人在宋江面临斩首时敢于仗义搭救，所以宋江在排座次时竟然给了穆弘一个天罡的位置，总排名第二十四位，比雷横、李俊、三阮、燕青还靠前。还有个"梁山马军八骠骑兼先锋使"的头衔，和花荣、徐宁、索超、杨志、张清、朱仝、史进并列。穆春虽在地煞，但后面还有二十八位，也很不错了。这宋江真是义薄云天！

仔细想来，自我吹嘘或者自我推销者古已有之，比如毛遂、张仪、苏秦等。两军交战时，双方战士也要高声呐喊以振士气。甚至市井之徒为了蝇头小利相互厮打时，也会叫嚷一通，恨不能整个街市都为之颤抖。

所以，一些好汉们在自己的绰号上动点儿脑筋，适当地自我激励一番，可以理解。梁山的逻辑就是一种江湖的规矩，既然是规矩，想要混得好，就得遵守。刀头舔血的生涯，再没有一个壮胆的绰号，会更加艰险。该用真本事时当然要用真本事，但需要诈唬时也不能含糊。从兵法角度上讲，诈唬是"不战而屈人之兵"，诈唬，就从绰号开始。

卓尔不群，勇冠三军；特立独行，全为时运；结交强梁，互通音讯；你抬我捧，豪气干云！

风雷致雨

耗国因家木，
刀兵点水工；
纵横三十六，
拨乱在山东。

上面这首有点含糊不清的打油诗成了一个谶语，说宋江的造反是必然的。据说是一个叫黄文炳的通判所搜集并解读的，意思就是耗费国家财力的必定是一个姓宋的人，而引发刀兵的是一个名字叫江的，至于制造混乱的地点，就是山东地面。看来，歪理有时也有一套独特的逻辑。是不是我们也可以理解大宋王朝将耗费国家的财物（比如向当时的异族支付"岁币"），因为，大宋也有个"宋"字。我们也可以理解为后来的南宋王朝依仗长江天险偏安一隅？长江不也有个"江"？

可见，有时候的确是世间本无事，庸人自扰之。而且，还给弄出了大麻烦，如果不是那黄文炳那么多事，没准还逼不出个规模空前的梁山。宋江这个及时雨只能是毛毛雨，绝不会是滂沱大雨。

当然，暴雨之前，大多会有风和雷开道。这里，就将绰号里带风的和包含雷的含义的四位好汉及宋江本人的绰号分析一下。

先说两股子"风"，一个就是柴进。

柴进，乃后周皇室子孙，不知道为什么会有一个小旋风的绰号。可能是柴进在其所在的沧州横海郡算得上一霸。从法制社会的角度来说，柴进和他的庄子是一个毒瘤。因为，柴进可能是喜欢效仿孟尝君的原因而收留江洋大盗、亡命之徒。他自己都说过，就是杀了朝廷命官、抢了官家财物的，他也敢窝藏。可见，柴进是和当时的法律在对抗。

这都是因为柴进拥有宋朝开国皇帝赐予的丹书铁券，简直就是免罪符。这不明明在给执法者出难题？

从资助林冲、收留武松、窝藏宋江等行为来看，柴进倒是促成梁山后来之局面的主要原因。窃以为不该称其为小旋风，咋说也是龙卷风。

不过，柴进因自家一个叔叔和高俅亲戚的经济纠纷而引得李逵打杀人命之后，就注定要失去在白道的一切。估计大宋当局早就觉得小旋风不顺眼，还不借着这个事儿往死里整他？

宋江出于道义，不得不拯救柴大官人。即使成功拯救了他，但也不会委以重任。虽说柴进的座次很靠前，进了前十名。但他的差事却是一个管钱粮的，简直就是一个小吏的业务。之所以如此，主要还是宋江认为自己比较不光彩的过去被柴进见到过，但又不能不把柴进当回事。从而就有了上述的座次及事务安排。

根据书中可知，柴进的武艺还是不错的。曾经在征讨方腊的战斗中充当卧底，化名柯引，成了方腊的女婿，没有一番本领，自然是不成的。也不排除宋江让柴进卧底，有借刀杀人的念头。

　　另一个就是李逵。

　　李逵，一个涉嫌杀人的在逃犯，竟然流落到江州当上了牢头。估计是给戴宗当打手当得很尽职，反正在没遇上宋江之前完全听命于戴宗。

　　提起他的绰号黑旋风，一般人会认为是因为他皮肤黑而有这个绰号。其实，就他在宋江手下的作用来看，应该说总是干一些涉黑的行径才叫黑旋风。李逵没有太多的是非观念。他曾经吃人肉、残杀无辜的四岁幼童，这些都是令人发指的暴行。但就是由于他的大脑简单，就成了宋江在梁山维持自己统治的一个重要利器。谁不服就让李逵收拾谁，他宋江再拉偏架。这样一来，李逵就有点像了宋江的"血滴子"。

　　后来宋江下山时，身边总会带着柴进和李逵，这两个"旋风"，简直就是宋江的哼哈二将。可以说，这二位帮着宋江抢了不少晁盖的风头，当然，都是在宋江有意无意地授意下。

　　最明显的是，在设计卢俊义的整个过程中，明明由智多星运作的计划，宋江偏要让个有惹事可能的李逵跟着。直到卢俊义上山后，宋江又授意李逵和卢俊义的心腹燕青一个劲地套近乎。哪怕燕青只是自己个儿想去泰安打擂，宋江也得派李逵作陪。这一切说明宋江一直对卢俊义包括吴用有戒备之心。

　　李逵的座次很是不低，紧追着元老级的刘唐，而且将同样是元老级的阮氏三雄甩在后面。足见宋江对其是何等看重。

　　当然，李逵也有不少时候没有揣摩透宋江心意。比如，在高唐州救柴进时，当时枯井里只有奄奄一息的柴进和主动请缨去救人的李逵，如果李逵能将柴进弄死，或者就说找不着，岂不是去了宋江一大心事？还有，在宋江原本志得意满向大家兜售招安计划时，李逵竟然掀桌子，实在过于骄横，宋江差一点借着酒劲砍他的脑袋。

　　但不管怎样，李逵跟了这样的主子真是前世没有积福。最后宋江明明知道奸人下慢性毒药害自己，还是要拉着李逵一起垫背，理由是怕李逵再造反坏了自己名声。这叫哪门子大哥？黑旋风末了还是被自己的主人给黑了。

再说雷，这个所涉及的两位好汉的绰号并没有直接出现"雷"字，但意思里就包含了。

一个是秦明。秦明，本是青州驻军的军官，因为性格十分暴躁，说话像打雷，所以有绰号霹雳火。秦明的武功很是了得，一根狼牙棒，有万夫不当之勇。能使得动狼牙棒的，得有很大的力气。

秦明原本是最不会投降的。无奈宋江用了一条毒计，确切地说是一套连环计。真怀疑宋江那个年代估计就流行说《三国》，因为这一系列计策几乎都是照搬《三国》的。从用火烧秦明的人马到水淹秦明的败军的描写，整个就是《三国》里火烧博望和白河放水的翻版。而让人乔装秦明烧杀抢掠还故意露脸而逼得秦明走投无路的路数，就是模仿《三国》里诸葛亮收姜维的那一出。反正，这些计策真的没有什么创意。

可是，宋江太需要这个军官了。把这个军官拉下水，以后招安有门。霹雳火成了引发及时雨兴风作浪的一段前奏。

另一个"雷"是张横。张横，其绰号是"船火儿"，本来和雷不沾边。但是由于他偶遇宋江还险些坏了宋江性命，使得宋江明白手中有爪牙的好处。其实，李俊、李立、穆弘、穆春、张横、张顺这些"江州帮"是以后宋江在梁山立足的关键力量。为了拉拢张横，宋江不惜亲自为其当邮差，给张横的弟弟送信。

雷击之处，多有天火。张横，权当是激发宋江招安计划的天火。因为，如果从囚犯再起步，别说遂了凌云志，就是想回到刀笔小吏的地步，也不啻是幻想。

所以，宋江琢磨明白了。应该借助自己的名号，拉起自己的队伍，然后找个合适的山头，干他一番"轰轰烈烈"的事业，才能有和朝廷谈判的筹码。也就是说，不能再按常理出牌，得出老千。虽说，出老千有被剁手的危险，但为了理想，值得去冒险。

就这样，两股子风和两道雷准备就绪，到了及时雨宋公明大显身手的时候了。

心在山东身在吴，

飘蓬江海漫嗟吁；

他时若遂凌云志，

敢笑黄巢不丈夫！

　　这首文采一般但稍有气势的七绝是宋江在浔阳楼题写的"反诗"。可能是喝酒喝多了，宋江觉得自己咋就混了个配军的命，很不甘心。所以就自我满足了一下虚荣心。诗中的想法不足为信。

　　试想，黄巢都已经是自立政权了，宋江有何资本笑话人家？完全是不靠谱儿的疯话。只是那多事的黄文炳，非要逼得宋江搞点事。

　　其实，宋江有两个绰号，这在所有梁山好汉中是唯一的。一个是及时雨，另一个是呼保义。大多数好汉喜欢及时雨这个绰号，因为宋江总是在大家最需要帮助的时候及时地伸出援手，所以哪怕是一点儿散碎银两，都能收到很不错的效果。这么一来，倒是很少有人想起呼保义这个绰号了。

　　应该说，宋江也很喜欢呼保义这个绰号。在石勇说宋江时就是称呼宋江为及时雨呼保义，两个绰号一起叫。这使得宋江对石勇有不错的印象，将这么一个放高利贷的小人物的座次排在梁山好汉一百位以内。

　　而且，在梁山排座次仪式以后，宋江专门让人做了两面大旗，一面大旗上就写着"山东呼保义"。看来，需要呼保义的时候，他就是呼保义；而需要及时雨的时候，自然就是及时雨。这就是为什么聚义厅可以变为忠义堂的一种解释。开始聚人气的时候，当然要忠义，加上自己很及时的恩泽，梁山开始人丁兴旺。当达到目的也抢班夺权后，就要打出忠君爱国的招牌，开始呼保义了。

　　总之，宋江将这两个绰号玩得炉火纯青，很有一套。

　　其实，促使宋江走招安路线的还有一个人们不大注意的原因。那就是宋江的出身。宋江是个小吏出身，在宋朝，当官容易做吏难。如果有好处，是官的；可如果有风险，多半是由吏来承担。至于辛苦干活出力，那也是为吏者的家常便饭。这一点《水浒传》里也提到过。所以宋江家里早就挖好了避难藏身用的地窖，宋江也早就做好了法律文书来证明和父亲断绝了关系，就是为了保护自己及家人。

小吏在宋朝很悲哀。所以，宋江若想出人头地，不放手一搏，也没有别的办法。我们也不应该一味地谴责宋江，某种意义上说，他也是在为自己的目标而奋斗，而且总体上是想协商解决，这一点无疑比战争和冲突要好得多。

风生水起，惊雷不已；惨雾茫茫，细雨淅淅；霹雳一闪，只恨天低；四方豪客，山呼保义！

青面兽的悲惨世界

(一)

黄河上，一艘官船在徐徐行驶。

其实应该是 10 艘大船一起走，但可能是由于行驶速度、水流等原因，这一艘与其他 9 艘暂时拉开了一点距离。船上运的全是各种各样的石头，千姿百态，形状不一，都是用来装饰皇家园林的石头。从当时的情况看，这也是拉动国家内需的一种方式，但有鉴于管理水平太差而导致漏洞过多，转嫁到百姓身上的负担过重，弄得怨声载道。所以，可能是为了防止民夫、船工消极怠工而耽误运送石头的行程，有关部门派了军队中的一些低级军官去押运这些装修材料。

由于一般以 10 艘船为一 "纲"，所以需要 10 位军官押运。由于他们是朝廷派遣的押运官，就有了一个官衔，叫作制使。这10 位制使中，有一位就是青面兽杨志。而与 9 艘大船拉开距离的那一艘，恰恰就是杨志负责押运的。

杨志，是杨家将的老当家杨业的孙子，将门之后，武艺高强。因此，在那个冷兵器时代，杨志应该很有用武之地。而且，这些笨重的石头一般也不会让绿林好汉太感兴趣，除非是故意与押运官为难。

一位武功高强的制使押运一大船笨重的石头，被抢劫的可能性几乎为零。

船在黄河上行驶着，目的地就是汴梁城。完成了任务后，保不齐从这 10 个押运官里能提拔一个。杨志的内心燃烧起一股子火苗，一股子对事业无比热情的火苗。如果自己就是幸运儿，再加上自己的努力奋斗，一定会青云直上，真就可以光宗耀祖、封妻荫子，上不辱没祖宗名声，下不辜负自己的一身武艺。想着想着，杨志似乎对黄河充满了好感。

可是，天有不测风云。起了一阵很怪异的风，只见那风是：阴风刮暗一天星，惨雾遮昏千里月。是暴风雨的前兆！刚开始，船上的旗帜还只是被吹得晃晃悠悠；可不一会儿，整个船就被风吹得东倒西歪。

大船犹如一叶扁舟，在黄河上直打转。接着，稀里哗啦一阵瓢泼大雨不期而至。也许是船上所运的石头太重，也许是这船有失保养。反正，船没有经受住暴风雨的考验。

船沉了。

会水的船工、士兵们还能游到岸上逃生，水性不好的只好给河伯当祭品。还好，杨志应该是水性不错，保住了一条命。可是，所押运的石头都沉到河底。报请当地官府打捞，几乎是不可能的。因为能入选"花石纲"的石头，大都有千钧之重，附近的百姓、民夫一听"花石纲"，犹避之而不及，更不会主动帮忙打捞。杨志不可能找回这满船的石头。

无可奈何，被暴风雨打碎美梦的杨志只好开始流亡生涯。如果回去据实禀报上司，牢狱之灾是肯定会有的。搞不好上司还需要弥补别的亏空，再把他当替罪羊，杨志的脑袋很有可能不保。

隐姓埋名的日子很不好过，整日里担惊受怕，东躲西藏。杨志向苍天呼喊："我的命运难道就这样了吗？"同时，他脸上的那块青色胎记分外显眼，近乎狰狞。

（二）

靠近梁山的道路上，一个挑夫在前面走着，后面一位很壮实的汉子紧随其后。

这汉子就是杨志。他得知皇帝因一时高兴而颁发了特赦令，他不再是逃犯了。可是，他不满足于此。杨志还是想在仕途发展，封妻荫子是他的追求。可是，他也明白打点关系需要一大笔钱。于是，杨志可谓倾其所有，估计把祖宅都卖了，凑足了整整一担子财物。他把赌注全押了上去。这次，他的目的地还是开封城。这一次的风险相对小一些，毕竟是走陆路。而且自己也就带了一个伙计，不会太引人注目。虽说要路过梁山，但他并不是很担心。因为，早有耳闻，梁山上那个王伦以及所带的三个小弟，杜迁、宋万、朱贵与自己相比，武艺根本不在一个档次上。这一次应该说不会再出什么差池。

可就是在梁山脚下，自己的财物还是被打劫了。为首的是一位豹头环眼、燕颔虎须、八尺长短身材的强人。这强人的武艺竟然与杨志打个平手！梁山什么时候来了个硬点子？杨志背上有点冒冷气。不会吧，背运的事还总是赶上？最后，多亏自己的薄名以及王伦的小算盘，杨志还是有惊无险地把失去的财物要了回来。

接着上路后，杨志不由得沾沾自喜。也是，在这世道混社会，能力是一方面，名声也是一方面。嗯，等自己到了开封城，用这担财物活动活动，准能为自己谋个差使。这样，就可以实现自己的理想。到时候，不用再凭着爷爷的名声而是靠自己来出人头地。就这样，想着，想着，汴梁城到了。

上峰的胃口之大远远超出杨志的预算。杨志把所带的钱财花得精光，哪路神都力求拜到，哪炷香都尽量烧到，终于拿到了拜见高俅的介绍信。

杨志满以为可以大功告成，可其实这才是个开始。高俅自然不是一个清官，而杨志却已然弹尽粮绝，只能两个肩膀扛着一个脑袋去公事公办。结果可想而知，话都没说上几句，杨志就被高俅轰了出来。一切努力都白费，之前所有的花费也都打了水漂。杨志彻底倾家荡产、一文不名。

行军打仗时，没有粮草，战士们会宰杀战马充饥。可这是京城，也不是在打仗，而且也没有战马可杀。不过，杨志还有一把祖传的宝刀。这把刀应该喝过辽兵的鲜血、砍过敌酋的头颅。这把刀跟着杨家几代人风风雨雨、不离不弃。

可现在，杨志这个不肖子孙不得不打起这把宝刀的主意。他决定把宝刀变卖，换点盘缠，好去别处栖身。

（三）

热闹的京城集市百业兴旺，人流如梭。

天汉州桥是最热闹的去处，杨志也加入了街边游商的行列。

在这热闹的去处，杨志遭遇一个泼皮。其实如果这泼皮多少有点职业道德，做人再讲究一点，没准也能上梁山来坐一把交椅，起码可以坐在盗马贼段景住前面。他就是"没毛大虫"牛二。

繁华的都市给牛二提供了太好的撒泼土壤，牛二也算要风得风、要雨得雨，自然没有上梁山的想法。而杨志呢？依着其本性，本也不会杀人。可由于最近时运实不济，正满肚子闷气呢。在这个时候，没毛大虫遭遇青面兽，很难不出事。于是，一宗误杀案发生。被害人：牛二；犯罪嫌疑人：杨志。

已经身无分文的杨志终于找到了一个免费吃住的地方，那就是监狱。他的那把宝刀则静静地躺在官府的库房里，回味着过去的鼓角峥嵘和金戈铁马。

经过一定的司法程序后，杨志接受二十棍子的肉刑后被判充军大名府。这已经是很不错的结果，因为杨志杀死牛二，算是为被牛二欺压过的街坊们除掉祸害。而且，这牛二也没有什么亲人，因此杨志得以轻判。

杨志乖乖地服从命运的捉弄，到了大名府。

毕竟，杨志是有真本领的。是金子的确会发光，杨志通过展示自己的能力，成了大名府的军政长官梁中书的一名小武官，也算有个不错的待遇。

杨志又开始兢兢业业地工作，至于飞黄腾达，暂时不敢想，能当个军官就已经很不错了。而且，杨志似乎该交好运了，他被梁中书夫人提名而得到了押解生辰纲的差使。这生辰纲可全是细软金珠，都是值钱的玩意儿，梁中书孝敬自己老泰山蔡京出手还真是大方。生辰纲让英雄眼热、盗贼眼红。由于去年的生辰纲就被道上的朋友们劫走，这次梁中书很是重视。如果杨志能押运成功，回来之后一定会官运亨通，这一点梁中书是明确表态了的。

（四）

烈日炎炎的暑天，一行商贩打扮的人们在赶路。

一共 15 个人，11 个挑担的，4 个指挥的。

一行人的头目就是杨志，这一拨人赶路的方式很特别，别的客商是尽量避开白天的暑气赶路，而他们却似乎没有什么规律，完全根据杨志的感觉，他们还很敏感，稍有点风吹草动就如临大敌。

他们押运的就是生辰纲。

他们已经顺利通过了最有可能出事情的紫金山、二龙山、桃花山、伞盖山，往后就还有黄泥冈、白沙坞、野云渡、赤松林四处凶险的去处，杨志已经成功走完了一半路程。

杨志在赶路休息之余，又开始憧憬未来。如果这次完成任务，他的恩相（梁中书）会给他什么封赏？没准儿能封个偏将，那就太好了。再以偏将之职能剿灭几处匪患的话，军功自然不会少，就可以向着爷爷的成就而努力。简直太美妙了！

杨志可能是太着急成功，难免态度上有点过火。他对扮作挑夫的军健们过于严厉，严厉得近乎苛刻。以致另外的三名监督员都大为不满。

就是在黄泥冈，第五个险要处。七个卖枣的和一个卖酒的用江湖上下三滥的勾当——蒙汗药，把一向警觉的杨志一行撂倒，在三十只无可奈何的眼睛的注视之下，七位贩枣客人将生辰纲运走。

杨志这一次死的心都有。还好，在要跳下山冈自行了断的一刹那，还是控制住了自己。认为凭着自己的本领如不飞黄腾达就太可惜了。

可现实情况是，杨志又开始囊中羞涩。真搞不懂，怎么杨志身上就是攒不住几两银子呢？

为了解决肚子问题，没奈何的杨志只好打起吃霸王餐的主意。他走了二十余里路，终于发现了一家鸡毛小店。

（五）

好汉们总是"不打不相识"，杨志接连和曹正、鲁智深打了两回，然后大家就成了一家人。杨志再也不去考虑仕途之路，可能是身为老乡的鲁智深也痛斥了官场的狗屁规矩。这样的规矩是明显不适合这两位关西大汉的，二人突然间都发现，落草为寇是最明智的选择，因为二人都是"A级通缉犯"。

二龙山真是山不在高，有仙则名。武松也来加盟，这样一来，二龙山的实力比之附近的桃花山、白虎山，则更胜一筹。杨志、鲁智深、武松可是重量级高手，加上施恩、曹正、张青、孙二娘，七人组成了超豪华阵容。而桃花山呢，就一个卖大力丸的李忠和一个好色之徒周通而已，至于白虎山，也不过是一对地头蛇兄弟孔明、孔亮。

杨志这一段的生活近乎隐士。每日的生活除了做点没本钱的买卖，就是和鲁智深、武松切磋武艺，要么就是大碗喝酒、大块吃肉、大秤分金。当然，还可以打猎。过着"左牵黄，右擎苍。锦帽貂裘，千骑卷平冈"的逍遥日子。

如果杨志如此终老一生，也应该挺快乐。可是，及时雨宋江再一次燃起了杨志最初的理想火焰。

（六）

机缘巧合，二龙山和水泊梁山合并。由于梁山规模大，自然是二龙山的字号取消。七位头领到忠义堂参与重排座次。其实，最吸引杨志的莫过于宋江的招安蓝图。因为如果成功的话，杨志就可以圆梦。他也该转运了。一个人还能总是悲惨下去？世界对谁都很公平，不能总是悲惨世界。

此后，杨志为了完成宋江的目标，任劳任怨，不管是在招安前，还是在招安后，都是严格贯彻宋江的指示。不像武松、鲁智深有时候不太给宋江面子。因为，在宋江招安成功后，鲁智深、武松二人拒绝穿戴官方派发的服装。

但是，朝廷的权术着实厉害。你们梁山不是接受招安了吗？不少人自然想要官爵，先不给！只是先除掉你们盗贼的身份，再想要官嘛，得卖命才行。

先是征伐辽国，只封了宋江一个先锋、卢俊义一个副先锋。其余的好汉不过是宋江、卢俊义两只"头羊"后面的羊羔，当然是猛如虎的羊羔。

杨志倒是很积极，因为征伐辽国他能感受到爷爷和父辈们的气息，这样，他觉得离成功就不远了。

"将军百战死，壮士十年归。"征伐辽国以后，由于奸臣们的阻碍，杨志等人还是没有得到任何官爵。朝廷又给大家派了一个剿灭田虎的活儿。宋江当然是乐意效劳，又带着兄弟们冒死血战。完成任务后还是由于同样原因，大家依然没有任何官爵，梁山好汉第三次被派去当爪牙，平定王庆。于是，包括杨志在内的兄弟们又一次把脑袋别在裤腰带上，为了宋江的蓝图而战斗，还好，一百单八将一个没少，都回来了。这下，应该给大家封官了吧？杨志也该得偿所愿了。

可是，还是同样的原因，加之又有方腊的事情，宋江一行又踏上"炮灰"之旅。

在征方腊之初，就已经有梁山好汉阵亡，这不是个好兆头。在打完第一场大仗后，杨志不幸染病，只好留在丹徒县养病。其实，这对杨志来说，倒不是什么坏事，起码不用冒箭矢之锋、刀剑之险、炮石之危了。只要等着大军凯旋，他就能终于达成愿望。

只是，命运最终还是没有厚待杨志。病魔夺去了他的性命，他没有马革裹尸，却死于病榻。

当宋江等35人无精打采地归来时，杨志已经和他们阴阳两隔了。梁山好汉，所剩无几。这个世界实在对杨志很不公平，因为一百单八将中有的本来就不想当官，也有的本来就是不小的官，只不过想当更大的官。杨志本来只是一个相当于杂役头的押运官，不过是想继承祖宗的衣钵，凭着真刀真枪，博取一个功名。他真的是想"学成文武艺，货与帝王家"，可是，对于所有有志于从事武将的人们来说，宋朝就是他们的悲惨世界！

青面兽，你在天有灵，就怒吼几声发泄发泄吧。

水浒座次之谜

位置，是人生在世很重要的一个东西。人们常说的位置感就是说要有自知之明，明白自己有什么、能干什么、不能干什么，等等。而位置这个词儿在头脑里有封建残余的人的眼里，就可以用"地位"来取代，因为过去儒家思想一个极其重要的组成部分强调的就是"礼"，延伸下去就是三纲五常，通俗点讲就是等级观念。

所以，位置就决定了一个人在社会的生活品质，就是拥有和所能支配的权力与利益，合称权利。可是，人的位置是由什么来决定的呢？归纳起来，无外乎能力、资历和关系。当然，这三个词的内容要更广泛一些。比如资历就包括祖宗积德而继承爵位或财产的；能力则包括先天的（比如天生嗓子好）和后天的（比如不停的"充电"）；而关系除了一般意义上的内容，还有个人对于机遇的创造和把握。另外，这三者从概念上也可以相互渗透。

可究竟什么决定人的位置呢？无意从《水浒传》里面梁山的几任掌门如何排座次得到点启发，下面就按时间顺序说起，分三个时代：

资历当家——王伦时代

这王伦是一个在科举方面没有什么出息的读书人，自己都觉得走了狗屎运，拉着杜迁当副手，开创了"梁山第一共和国"，后来，能力也很一般化的宋万来入伙。王伦自己得有个称号，既然曾经是读书人，就找件白外套，自称"白衣秀士"吧。此时梁山的座次，也就是位置完全是按照资历来排序，即论资排辈。能力不重要，关键是要来得早。所以后来林冲纵然有惊人艺业，也只好排第五，因为在他前面有四位老资格人士。

除了王伦、杜迁、宋万，还有一个比他资格老而能力远远不如林冲的朱贵。反正，这个时候，就看谁上山上得早。其余的包括品德、能力都不重要。

能者居之——晁盖时代

论资排辈只能导致"梁山第一共和国"崩溃，托塔天王晁盖当家的"梁山第二共和国"很快鸠占鹊巢、取而代之。

在晁盖第一次排座次时，就把能力看得很重。他原本就想让林冲紧随自己之后，坐第二把交椅，因为他认为林冲的能力当之无愧。由于林冲的谦让和综合考虑每个人的各项能力，吴用和公孙胜分别排第二、第三，林冲第四。以下人等按照综合实力排序，刘唐、阮小二、阮小五、阮小七分坐第五到第八把交椅。

而原来的杜迁、宋万、朱贵三人的能力都很差劲，也不好区别，就按以前的老规矩顺延就是。而后来自己越狱的白胜由于能力也很糟糕，就按资格排，因而处在朱贵之后，坐第十二把也就是当时的最后一把交椅。

就这样，新的座次排列完毕，以能力为主要参照标准，实在能力不好区分，再看资格。这样的排位还是很有生命力的，"梁山第二共和国"果然发展壮大，前来投奔的好汉络绎不绝。

又有九位好汉加盟，花荣适时展示了自己的拿手绝活——箭射雁头之后，一下子竟然在新排位中位列第五把交椅，紧随林冲之后；秦明的本领亦是人所共知，所以坐第六把交椅；而黄信由于和刘唐的能力不大好分出高低，就以资历之微弱劣势排第八。

至于燕顺、王英虽说未必逊色于三阮，但由于在能力接近就看资历的法则作用下，遂排在三阮之后列第十二和十三位；吕方和郭盛以及郑天寿、石勇在能力上的确强过原来的杜迁、宋万、朱贵和白胜四人，所以分列第十四、十五、十六和十七位。

最终，能力平庸的杜、宋、朱、白四人即使有点资历也还是在新的一次洗牌中裹足不前。白胜从原来的第十二位跌至第二十一位，因为新来了九个，他白胜也就跟着下跌九位，真是很伤自尊。

关系掺杂——宋江时代

（一）初现峥嵘

"梁山第三共和国"和"梁山第二共和国"之间有一个过渡期，这个过渡期是从大家把宋江从江州法场解救出来时开始的。由于营救宋江而又引来 11 位好汉入伙以及在凯旋回山时又有 4 位好汉加入，此时，梁山上连晁盖在内一共是 40 位好汉。

这一次晁盖无法以能力为主来排座次了。因为，宋江一下子凭借之前在"生辰纲大劫案"中通风报信的恩情直接位居第二把交椅。紧接着，宋江又貌似很公正地说："休分功劳高下，梁山泊一行旧头领去左边主位上坐，新到头领到右边客位上坐。等日后出力多寡，那时另行定夺。"这个说法看似光明磊落，实际上宋江已经把梁山分了两大派系，即旧派和新派。而且，完全摒弃晁盖的以能力为主的排位方式，同时也不全是按资历，而是先模糊处理，以后按照自己的意志慢慢调整。

"梁山第二共和国"已经开始蜕变，宋江借助自己擅长的耍手腕轻而易举地占据主动。当然，吴用和公孙胜他还暂时动不得，毕竟是两个智商不低的军师，这样一来，梁山的头四把交椅分别是晁盖、宋江、吴用、公孙胜。而以下就不存在第五把和最后一把，因为被宋江给模糊住了。反正至少可以确定，由宋江开始，给梁山排座次开了一个关系掺杂的、不大健康的头儿。

虽说梁山分为两大派系，但对外还是很有号召力。桃花山的李忠、周通，白虎山的孔明、孔亮，二龙山的鲁智深、武松、杨志、施恩、曹正、张青、孙二娘以及名将呼延灼也来入伙。加上之前先后上山的宋清、朱富、李云、裴宣、杨林、邓飞、孟康、杨雄、石秀、时迁、李应、杜兴、扈三娘、解珍、解宝、顾大嫂、孙新、乐和、孙立、邹渊、邹润、汤隆、柴进、雷横、朱仝、韩滔、彭玘、凌振、徐宁，梁山又添了41位头领。

这时，宋江还是不排座次，只是乱使唤人，一会儿安排汤隆打铁，一会儿派遣侯健做旗，又分派原来开酒馆的继续开酒馆。总之，宋江似乎是考察大家的能力同时和大家培养感情，而晁盖已经彻头彻尾地是个傀儡了。谁让宋江的心眼比晁盖多呢。

继续兴旺的梁山又把少华山的史进、陈达、杨春、朱武和芒砀山的樊瑞、项充、李衮也收编了。但是，随着一个名叫段景住的盗马贼的到来，把晁盖带上了一条不归路。其实和宋江总是抢晁盖的风头也大有关系，使得晁盖愤然出兵，急于求成而中了人家的暗算，最后因中毒箭而身亡。

（二）难得糊涂

由于晁盖临死前有遗言，说："若哪个捉得射死我的，便叫他做梁山之主。"这摆明了是不想让宋江继任梁山之主。想想看，以宋江的身手，想去活捉史文恭，几乎是不可能的。晁盖的这个态度和宋江刚上山时真是判若两人，因为那时晁盖还真心想把寨主之位让给宋江，可现在自己要死都不想让宋江当寨主。这里面的原因很是复杂，但有一点可以确定，晁盖认为宋江早晚会把梁山毁掉。后来事实证明晁盖的判断是正确的。

宋江毕竟是当过小吏的人，玩心眼是其特长。几句看似大公无私实则小肚鸡肠的表白，宋江还是暂居寨主之位。刚当上"代寨主"，立马改弦更张，把"聚义厅"改为"忠义堂"，也就是说，把所谓的"忠"放到"义"前头，这和晁盖的主旨思想是完全背道而驰的。"梁山第三共和国"隆重、完全、闪亮登场！

宋江迫不及待地开始随心所欲地排座次。当然，鉴于部分头领的不稳定情绪和对一些头领的不太了解，也考虑到为了不让下面头领过于抱团，宋江把头领们弄成了互不统属的几个小山头。

自己领衔的忠义堂是主峰，下面是吴用、公孙胜、花荣、秦明、吕方、郭盛，一共七人，为领导核心。

下面设立五个大寨，林冲任左军寨主，率领刘唐、史进、杨雄、石秀、杜迁、宋万；呼延灼任右军寨主，率领朱仝、戴宗、穆弘、李逵、欧鹏、穆春；前军寨主就交由李应来担任，带领徐宁、鲁智深、武松、杨志、马麟、施恩；后军寨主是柴进来担任，率领孙立、黄信、韩滔、彭玘、邓飞、薛永；水军寨主由李俊担任，以下位置是阮小二、阮小五、阮小七、张横、张顺、童威、童猛。

这一堂五寨小计43员头领，基本把高手猛将都囊括了。而且宋江的分配很有玄机：

忠义堂上，吴用和公孙胜这两个军师是要抓在手里，这是制定有利于自己规则的先决条件；花荣和秦明本领高强且和其他头领没什么瓜葛，何况宋江还给秦明当过媒人，所以这二人足可以从武力上保护宋江；而吕方和郭盛纯粹就是宋江的体己人，虽说本领一般，但宋江用来去摸摸中下层头领的民意还是很有用的。

左军大寨是第一寨，让资历很深且能力又强的林冲领导，加上和宋江关系很铁且是晁盖旧将刘唐的协助，领导新上山的史进、杨雄、石秀，应该不成问题。

可能是对右寨的呼延灼、朱仝不大放心（二人的落草意志的确也不大坚定），右寨的后五位头领包括李逵、戴宗等人都是宋江的铁杆，应该是有监视之嫌。

而前军寨主的李应出身就是个大豪强，后军寨主的柴进也是老显贵，他们和宋江的关系远远要亲密于他们和草莽英雄们的关系。所以，前军寨主李应竟然把鲁智深、武松、杨志等几位业务能手都领导了，其实就是宋江在压制二龙山的兄弟。

至于后军寨主的柴进，完全是替宋江管教一些后上山的出身中层军官的头领诸如孙立、黄信、韩滔、彭玘等，因为他们四人的落草也有些无奈，需要好好洗脑。当然，不能让与宋江很亲密的柴大官人耍单帮，宋江把自己的嫡系邓飞和薛永派过去给柴进打下手。别忘了，邓飞是宋江心腹戴宗带上梁山的，而薛永曾经为宋江在江州揭阳镇的慷慨解囊而折服。

然后就是水军大寨的排位。这个排位极其不公，按能力和资历，阮家兄弟怎么说都应该在李俊前面，可宋江竟然让李俊当水军寨主，阮家三兄弟只是排第二到第四，而李俊的两个伙计童威、童猛由于李俊的升官，只好屈居水寨最末两位，这是宋江的平衡术。反正，晁盖的心腹都被排挤得不轻。

剩下的头领，一些是因为能力实在有限，宋江都不属于拉拢，这一类的有孔明、孔亮、郑天寿、李忠、周通、邹渊、邹润、王英、曹正、陈达、杨春等，这些全部去当门卫或打发到小寨轮岗。

还有一部分是出于考验期，也去当门卫士或看小寨，这一类的有樊瑞、解珍、解宝、扈三娘、朱武、项充、李衮等。

再有就是出于打击报复的目的，比如，之前雷横曾抓捕过宋江、燕顺险些挖了宋江的心肝，因此让这二位当个门官，负责把门；而李云一身武艺却被分派负责当盖房的工头，这很有可能就是因为他押解过宋江的心腹李逵所致。

当然，更有一些是出于个人专长和走后门的安排，这一类有：萧让管文书，因为他绰号就是圣手书生，此人精通当时苏、黄、米、蔡各家书法，很善于伪造政府文件；裴宣管赏罚，此人绰号就是铁面孔目，出身也是个孔目，大概相当于现在的公检法系统的办案人员；金大坚管印信，玉臂匠善于刻碑琢玉，还为救宋江"私刻公章"；蒋敬管钱粮，绰号神算子不是白叫的，精通算术，当账房先生真是人尽其才；凌振管火炮，就是军队炮手出身；侯健管衣甲，绰号通臂猿，形容其裁缝业务的精熟；孟康管造船，原来在政府部门就是专门负责造船的；陶宗旺，田户出身，干个泥瓦匠也不在话下，就被宋江分派管修城墙；汤隆成了铁匠头，反正本身就是职业铁匠；朱富负责酿酒造醋，也不荒废上山前的手艺。

总之，这十位所管的业务均与自己专业对口。

还有就是原来就开酒馆的张青、孙二娘、顾大嫂、孙新、朱贵加上李立、乐和、时迁八人分别负责四家山下酒馆，权当哨所。

杜兴和白胜实在是没什么用处，就当仓库保管员。

杨林、石勇、段景住成了采购，主要是买马。

最清闲和实惠的差使恐怕就是宋江的亲弟弟宋清了，他负责监督摆酒席，是个吃货。这完全是宋江以权谋私。

至此，梁山一共是88个头领。这次排位还有一个显著特点，就是几乎打乱原有的小集团，重新打造新的小集团，属于管理技

水浒佐传

巧上的掺沙子。但就排座次本身来说，确实有点让人感觉没有整体感、糊里糊涂，这也许就是宋江的目的。

（三）瓜熟蒂落

为了给晁盖报仇而逼得卢俊义上山直至卢俊义活捉史文恭，梁山有关胜、宣赞、郝思文、索超、王定六、安道全、卢俊义、燕青、蔡庆、蔡福、焦挺、鲍旭、单廷珪、魏定国、郁保四15个头领加盟。

这时，宋江实在不好再霸占寨主之位，只好假惺惺地请卢俊义当寨主，除了勉强提到晁盖遗命，还列举了三个理由：一是自己的外表不如卢俊义；二是自己的出身不如卢俊义；三才是自己武艺不如卢俊义。可见，宋江有点赌气。而已经被宋江收服的吴用加上宋江心腹李逵、和宋江关系一向不错的晁盖旧将刘唐、与宋江私交尚好的武松，外加不明就里的鲁智深都在支持宋江继续当领头人。当大家的情绪接近失控时，宋江又出了个所谓天意的主意，通过抓阄来决定自己和卢俊义去选择公然劫掠的州县，谁先破城谁为寨主，这下子彻底把晁盖的遗命作废。

东平府和东昌府惹来了无妄之兵灾。除了政府遭到洗劫，董平、张清、龚旺、丁得孙、皇甫端也上了梁山。这样，晁盖死后，梁山的一百单八将凑齐。其实，宋江策划的这场抓阄决定打仗的闹剧应该是早有预谋。他一定是先打听清楚东昌府的张清有打石子的本领，接着在抓阄上做了手脚，结果自然是他宋江先打破城池。

宋江成功地、体面地、满意地登上了"梁山第三共和国"的权力之巅。一切都是那么水到渠成、瓜熟蒂落、毫无争议，他要按自己的想法来一次完全大排名。

首先，是要借着一百单八将大团圆的时候，开一个大 party，按当时的话讲是办一场超级大道场。由于公孙胜就是道士，所以领衔唱主角，还请了48名其他道士一起表演。又是搭台，又是作法，众头领及所有将校都要参加活动。

然后，突然一声巨响，疑似烟花爆竹爆炸，给人造成有神异之物钻到地下的感觉。

接着，宋江赶紧让人挖掘爆炸周围的地面，竟然挖出一块石碣，就是一大块接近圆形且刻有字迹的石头。可石碣上刻的是世上很少有人能认识的蝌蚪文，怎么办呢？

好办，下一步，48位道士中有一个叫何玄通的自称能认识蝌蚪文。

宋江按部就班地故作惊喜状，忙不迭地捧过石碣让高人过目。这何道士看了良久，说侧面的大字一侧是"忠义双全"，另一侧是"替天行道"，正面密密麻麻的小字竟然正好是一百单八将的排名！还是按照三十六天罡和七十二地煞共108颗天上星宿之顺序排列的。真是太巧合了，难道是宋江的诚心感动了上苍？难道是众人的意志影响了造化？难道真是天人感应？

理性地说，这是一场彻头彻尾的骗局和作秀！

那何道士就是个大托；之前的疑似烟花的神异现象在轰天雷凌振看来，不过手到擒来；至于石碣，事先让圣手书生萧让写好、玉臂匠金大坚雕刻、李逵负责埋藏就是。

而名单上每个人所照应的星宿名称以及座次，就是宋江内定好了的。当然，事前一定和卢俊义、吴用、公孙胜三人商量过，这个四人领导核心必须先达成一致。否则以智多星之智商、入云龙之法眼、玉麒麟之细密，宋江是不可能掩人耳目的。

所以最终排名如下：

反正四人领导核心必然排前四，这是前提；之后把将门出身的关胜排第五压过了位列第六的超级元老林冲。

宋江的死党秦明、名将之家出身的呼延灼、宋江的私人保镖花荣、两个大豪强柴进和李应以及之前对宋江很照顾的公门中人朱仝分别位列第七到第十二。

实际工作能力很强的鲁智深、武松、董平、张清、杨志、徐宁、索超分别位列第十三到第十九。

而紧随其后的戴宗、刘唐、李逵能分别位列第二十到第二十二，这里面应该说关系和照顾的成分是有的。

以后的三十六天罡中从第二十三的史进到第三十三的石秀是综合关系、能力、资历等诸多因素来考虑而决定的。

而第三十四、三十五的解珍、解宝竟然能位列天罡，还高出

水浒佐传

解救他们的孙立等人，实在令人费解。唯一的解释就是在宋江上次分派守关时向宋江明确表示效忠。

最后一个天罡第三十六的燕青的确有点绝活，可排在下面七十二地煞前面也有点不公，当然是考虑到卢俊义的面子以及燕青善于交际的才艺，这些才艺尤其是吹拉弹唱在以后的招安活动中大有用场。

七十二地煞的排位中多是向官方军队投降的将领倾斜，比如黄信、孙立、宣赞、郝思文、韩滔、彭玘、单廷珪、魏定国分别占据了地煞中的第二位到第九位，之所以把第一位留给一个绿林军师朱武，有点派"政委"加强有关"招安"思想的洗脑工作的意思。

照顾完大多数降将后，才考虑到草莽英雄们，大家纷纷各就各位，虽说有人也许觉得自己的座次不甚理想，但多少也是个头领，认命吧。

宋清不知道何德何能，竟然比武艺不错的李云排位高出二十一位，其实以宋清的能力和贡献，顶多能排第一百零五位，因为那个扛大旗的郁保四也实在不敢恭维。

至于那个扛不住严刑拷打的白胜，还是没有什么明显进步，都一百零八人了，自己的排名也就上升了两位，排第一百零六位，仅仅位列偷鸡贼时迁和盗马贼段景住前面。看来好汉们对曾经的叛徒比较记仇。

位置落定，宋江的排位标准是很复杂的。关系要考虑，出身也要考虑，人情也得照顾，能力也是参照，但有一点可以断定，一定要服从宋江的纲领路线才有可能获得理想位置。宋江是一切为了招安、为了一切招安、为了招安一切。惟其如此，才能咸鱼翻身，从一个小吏一跃而成为官员。在宋江的时代，小吏的命运很悲惨，辛苦工作还要为上司背黑锅，捞点小钱还得提心吊胆；要是能当官，待遇可是天壤之别。至少，就可以让别的小吏当替罪羊。

可问题是，在资历、能力、关系三者之中，到底什么是决定位置的关键因素呢？答案是：三足鼎立。不能忽视三个因素中的任何一个，三者比例在不同时期会有变化，但三者缺一不可，缺了哪一样都玩不转。比如卢俊义，之所以能进入领导核心，在梁山是一人之下、万人之上，就是因为他的关系（含出身）显赫、能力高强，资历也凑合；而武松，能力没的说，资历也还行，和宋江关系也属于亲近，因而能排在比较靠前的位置；吕方和郭盛呢？能力一般化，但和宋江关系很好，加之资历也属于中游，所以能排在第五十四、五十五，已经很不错了；蔡福、蔡庆实在是能力太有限，纵然关系方面要强过杜迁、宋万，可加上资历又远远落后，只能位列九十四、九十五位。总之，梁山排位大抵如此。

饭馆？拍板！

《水浒传》里，饭馆的叫法不尽相同，有酒肆、酒楼、酒馆、村醪，等等，可无论怎么称呼，都算是饭馆。而饭馆可是好汉们以及其他各色人等进行社会活动不可或缺的场所。

如果细分一下，不难发现，对于这部书来说，饭馆至少有两大类功能。其一就是一般社会功能。而这种功能又可分为地上功能和地下功能。地上功能就是见得光的功能，多是好汉们满足口腹之欲、聚会、聊天、交流的功能。比如，鲁达成了鲁智深后，在五台山山脚下发现一家不忌讳卖给出家人酒肉的饭馆，这使得鲁达大快朵颐。再有，就是东京城内一家叫樊楼的饭馆，林冲、宋江、柴进等都光临过，不同的是，林冲是被口蜜腹剑的陆谦骗去的，而宋江、柴进则是纯粹消费去的。

还有两处饭馆，一处是沧州城外的不知名饭馆，另一处是江州城内非常知名的琵琶亭酒馆，后者据说是白居易给热炒起来的。在沧州的那个饭馆里，宋江结交了武松；琵琶亭里，宋江笼络了戴宗、李逵、张顺。看来，及时雨也是一位不错的社交高手。

也许是受了启发，后来戴宗在蓟州城的一个饭馆里和杨林一起也结交了拼命三郎石秀。戴宗，还真是把宋江当成了楷模。

将饭馆的最基本功能发挥得最淋漓尽致的，非呼延灼莫属。此公在自己的连环甲马被梁山破解后，逃命到青州城治下的一个小饭馆，用自己随身仅有的值钱物件金腰带换了点羊肉充饥。

地上功能看起来很明显，可地下功能就有点隐晦。这种功能主要表现在两个方面，一个是利用正当饭馆进行秘密接头。例如，刘唐想给宋江送金条，当时还是公务员身份的宋江当然不好明着在大街上和已经成为黑社会分子的刘唐闲谈，只好拉着刘唐在一家小酒店里叙旧。而在江州城的牢营里，宋江一下子从专政者的身份变成了被专政的对象，而那时的戴宗还是监狱里的管教。因此，当戴宗得知宋江的背景想与之接头时，当然也不好在办公场所进行，只好约在江州城内一家不知名的酒肆里。

地下功能的另一个方面就显得更加赤裸裸一些，干脆直接开黑店从事非法勾当。朱贵的湖边小店、孙二娘的黑店、顾大嫂的黑店、催命判官李立在揭阳岭的黑店，等等，这些黑店所从事的业务在江湖上几乎是公开的秘密。尤其是梁山水泊的店，到了晁盖时期，又多开了三家分店，扩大和强化了搜集情报、前期接待等功能。像顾大嫂的店，又是聚赌，又是私屠耕牛，孙二娘和李立的店面干脆直接做人肉包子的买卖。

上述种种，也只不过是《水浒传》饭馆的一般社会功能。而更出彩的功能则是饭馆的特殊刺激功能。所谓的特殊刺激功能，对于被刺激的角色来说，就是做出决定，简而言之，就是拍板。

贯穿整部《水浒传》，有几处饭馆成了极其关键的拍板地点。

渭州城州桥下的那处饭馆，也就是史进投靠鲁达又巧遇李忠三人聚会的地方，是鲁达为行侠仗义而拍板的地方。当鲁达无意中发现郑屠户是如此剥削弱势群体时，不由地火冒三丈。就是在这家饭馆里，鲁达决定该出手时就出手。

不过，任何事物都有两面性。有豪侠的拍板，就有歹毒的拍板。东京城里，两名再普通不过的解差，居然能被邀请一起吃饭。邀请者是陆谦，受邀者是董超、薛霸二人。三人的饭局，也是拍板。犯人林冲必须死在押解的路上，二位解差的酬劳是20两黄金，雇主预付50%。

歹毒的拍板并未结束，林冲的厄运只是开头。由于鲁达的干预，使得陆谦继续寻找可以拍板的饭馆，一直寻找到林冲的服刑地沧州。巧合的是，这家饭馆的主人李小二曾经在东京城受过林冲不小的恩情，反正比滴水之恩要大。陆谦、富安、管营、差拨四人拍板的事情让李小二听了个半截，被李小二反馈到林冲耳朵里的残缺不全的信息又促使林冲当时就在李小二饭馆里拍板，决

水浒佐传

定要杀人！虽说随后并未立即实施，那是因为林冲暂时没有寻找到目标而作罢。但这个拍板为林冲后来山神庙的惊艳表现做好了心理准备。这个基础再加上草料场那段小酒馆的小插曲（不是去买酒，林冲可能就被蓄意纵火者烧死），终于使林冲完成复仇的使命。

在饭馆拍板而杀人的不仅仅有林冲，武松也算一个。阳谷县狮子桥下的酒楼成了武松拍板杀人的地点。西门庆多少抵抗了几下，还是将自己的头颅作为祭品赠送给了武松。

狮子桥下的那个饭馆也不是武松在饭馆进行的头一回拍板，之前在景阳冈的那个小村醪，武松就是凭借过人的酒量，喝了18碗号称"三碗不过冈"的酒，从而给自己拍板，不去相信什么老虎出没的说法。同样，也不是武松在饭馆进行的最后一次拍板。为了报答施恩，武松在快活林也拍板了一回，帮助施恩夺回了快活林超级娱乐城的买卖。

如果将鲁达、武松的拍板和陆谦、林冲的拍板进行比较，不难发现，鲁达、武松的拍板属于性格使然，二人的性格里都有那么一股子豪气；陆谦、林冲的拍板则是命运使然，陆谦为了讨好高衙内而升官以期改变命运，本性温良的林冲也被命运逼成了杀人犯。

除了这四位，吴用和三阮也是为了改变自己的草根命运而在石碣村的小酒店拍板决定做一番大事。至于杨志，和林冲的性格类似，但命途多舛，花石纲和生辰纲接连失手，使得杨志在曹正的小店里吃了白食后，在曹正的建议下，接受了落草为寇的命运。毫无疑问，吴用和三阮、杨志也属于命运拍板。

值得一提的是，除了鲁达、武松这样少见的性格拍板，有着拼命三郎之称的石秀在大名府闹市区的一家酒楼里也来了一次性格拍板。当他得知卢俊义就要被就地问斩时，当时没有帮手的石秀也不退缩，大声呐喊着，玩起了孤胆勇士的把戏。虽说没有成功解救卢俊义，但也延缓了卢俊义的性命。这就是石秀骨子里那种耿直的个性。

也许就是这种可爱的个性，使得石秀在祝家庄博得钟离老人的同情，就是在祝家庄的小饭馆里，钟离老人也拍板了一回。他

饭馆？拍板！

告诉石秀怎样走出祝家庄的机关。正是钟离老人的这种性格拍板，使得祝家庄全村普通村民免遭梁山好汉的屠戮。看来，性格决定命运，此话不假。但颇具讽刺意味的是，之所以会有梁山和祝家庄的暴力冲突，居然是时迁这个小角色的一次性格拍板。在独龙岗（属于祝家庄地盘）的一个小酒店里，时迁偷吃了店主人的报晓公鸡。一样也是性格决定命运，不一样的是钟离老人的性格拍板更多地决定了自己的命运，时迁的性格拍板更多地影响了别人的命运。

最后，不得不提及最复杂的一次饭馆拍板事件。之所以说其复杂，因为这次拍板具备性格拍板和命运拍板双重性。这是宋江在江州一处叫浔阳楼的饭馆里所进行的拍板。其实，宋江也就是发了发牢骚，独自一个"念天地之悠悠，独怆然而涕下"而已。可要命的是，一向文采平平的宋押司不知道哪里来的雅兴，在墙壁上涂鸦，留下了字据。这些字据成了他十恶不赦的铁证！

宋江的个性很复杂，很想出人头地、青云直上，可命运不给他机会，或者说不给他走常规成功之路的机会。于是，宋江在感觉彻底失去官运的时候，借助酒精，骨子里的那种狂傲好好地撒了一把野，这部分属于性格拍板。可这种性格拍板的前提又是之前的命运使然，这样一来，性格拍板中也有了命运拍板的成分。

光阴荏苒，饭馆里拍板，穿越古今；饭馆里拍板，依旧盛行。

宋江对扈三娘的那点企图

扈三娘，应该说在梁山三位女头领中算是最出众的。绰号一丈青，是形容其身材不错。日月双刀耍得也精熟。且从矮脚虎王英在阵前一见扈三娘就把持不住的情况来看，扈三娘的容貌也应该不错。毕竟，王英是出了名的好色之徒。因此，在男人占绝大多数的梁山英雄里面，扈三娘真是万绿丛中一点红。甚至宋江都曾经对扈三娘有过一些不可告人的企图。

这就要从扈三娘落在宋江手里说起。

如果仅仅是对某些现象一瞥而过，恐怕很难去留意其中的隐情。宋江在林冲将扈三娘活捉后，真的就打算将扈三娘送给王英当老婆？恐怕问题不是那么简单。

书中讲得很清楚，俘虏扈三娘后，宋江立即派了四个头目以及20名老成的喽啰忙不迭地将扈三娘送回梁山，而且是交给自己的父亲宋太公照应。这个命令是宋江在结束大战后回到大营发布的第一道军令。

之前在郓城，宋江都没有将阎婆惜送到自己家里，可见，宋太公是个非常传统的人。当时宋江一来是没有将阎婆惜当回事，二来也是慑于自己老爷子的家长作风。可是，这一次居然将扈三娘交给自己的父亲照看。难怪当时所有头领都认为宋江有将扈三娘掠为己有的企图。

但是，为什么最后抱得美人归的是王英而不是宋江呢？仅仅按照书中所说，就是宋江为了兑现自己对王英的许诺？因为之前在清风寨时，宋江答应过要给王英娶个媳妇，否则，王英几乎要和杀死刘高老婆的燕顺火并。

不过，从宋江如此缜密地安置扈三娘的行为来看，不像是一开始就想将扈三娘给王英当老婆的样子。说到这里，就不得不提及李逵的影响。

　　李逵是个杀人狂，在梁山和祝家庄的大战中，砍死祝龙不说，还把已经被扈成按照约定活捉并押送来的祝彪砍死。接着，杀得性起的黑旋风又将扈家庄的老老小小全部杀死，也就走脱了一个扈成。也就是说，扈三娘的父亲以及除了哥哥扈成以外的所有亲人都被李逵杀光。

　　到了这个境地，宋江的如意算盘全被李逵打乱。如果宋江还是坚持要娶扈三娘，就会造成人们这样的认识：江湖闻名的宋公明为了娶一个女子，竟然让自己的打手兼杀手李逵将该女子的一家杀死。这样的话，宋公明就是一个十足的登徒子。没准黑三郎恐怕就要取代及时雨，成为宋江新的绰号。那样的话，人们就觉得黑三郎和黑旋风更像亲哥俩。

　　更重要的是，宋江原本打算通过联姻来拉拢扈家庄以壮大自己地位的计划也不得不放弃。人都基本死光了，联姻还有何意义？至于如何确定宋江想通过联姻来达成政治目的，不妨回放一下宋江在三打祝家庄之前就有意结交李家庄的情景。

　　那时候宋江刚上梁山，还没有什么功劳，或者说刚成为二号领导的他还没有什么政绩。宋江必须有所作为。可是，仅仅打下一个祝家庄还不能让宋江满意。宋江决定实现一个更宏伟的计划：打下祝家庄，合并李家庄，联姻扈家庄。唯有如此，他宋江才显得与众不同，才能强化自己的威望。

　　可见，娶了扈三娘就是为了和扈太公成翁婿关系，和扈成就成了大舅哥与妹夫的关系。扈成绰号飞天虎，一旦宋江成功联姻，梁山注定有宋江大舅哥的一把交椅。而扈家庄的财产、庄客、土地自然就成了宋江可以任意调配的后勤物资。更让宋江看重的是，如此一来宋江在梁山的声望完全可以盖过晁盖。

　　可惜，计划赶不上变化。李逵将这一切都给搅黄了。不仅如此，在宋江责问李逵时，李逵还心直口快地说出了宋江的企图。诸如"阿舅、丈人"之类的字眼很让宋江下不了台。宋江只好改变计划。

于是，扈三娘就以迅雷不及掩耳的速度成了宋太公的义女。反正，全凭宋江一张嘴，说是就是。而王英呢，居然能和宋头领的妹妹联姻。王英成了妹夫，宋江成了大舅哥。不愧是宋江，角色转变得真快。为此，上到晁盖，下到其他众头领包括扈三娘本人，都觉得宋江"义气深重"、"称颂宋公明真乃有德有义之士"，等等。宋江也算通过另一种形式得到了原本想要的东西。

　　只是可惜一点，宋江对扈三娘的企图没有实现。当然，这个企图至少包括两个方面：一方面是扈三娘的花容月貌，另一方面则是扈三娘的家族势力。

荣耀

会面

夏末秋初时节，金风送爽。一拨猎手骑着骏马，赶着黄犬，架着苍鹰，在一片林子里尽情享受着秋日的肃杀。

为首的那人，骑着一匹雪白的卷毛马，身穿一件紫色的绣花袍，头戴华美的头巾，脚穿黑色的靴子，兴奋地策马狂奔，将其他人远远甩在后面，只见他瞅准一头麋鹿慌不择路时，搭上弓箭，瞄准好，一箭出手，只见那麋鹿登时倒地。

随后赶上的一人骑着一匹乌骓马，喝彩道："大官人好箭法！"

那位官人说道："花兄弟谬赞，如若不是兄弟承让，我哪里有机会？"

骑乌骓马的人微微一笑，说："大官人不必如此妄自菲薄，不论小弟出手与否，大官人若非有如此的射术，也不能一箭中的。"

官人哈哈一笑："那还不是兄弟指点得好。"

"哈哈哈哈，两位大丈夫居然如此相互推让，扭捏得紧！岂不是有失英雄气概？"一个浑厚的声音响起。

二人寻着声音一看，一位身穿青色劲装的大汉从树上跳了下来。

官人高兴地说道："没想到兄弟你如此守时。"

青衣大汉向那官人抱了抱拳，说："小弟得了大官人的信儿，自然不敢怠慢。只是不知这位兄台……"说着，眼睛盯着那骑乌骓马的汉子。

官人赶忙解释道："来，兄弟我给你引见，这位乃是清风寨武知寨花荣花兄弟，江湖上人称小李广是也。"

青衣汉子啊呀一声，赶紧说道："花大哥见谅，小人有眼不识泰山。"说着，又冲花荣抱了抱拳。

花荣赶紧下马，回了礼后，说："那都是江湖上的朋友谬赞，花某实不敢当。不知兄弟高姓大名？"

官人又介绍道："花兄弟，和这位兄弟结交，不至辱没你。这位兄弟姓庞双名万春，也是精于射术，人称小养由基是也。"

花荣亦是啊呀一声，叫道："久闻小养由基之名，今日得蒙相见，大慰平生。"

庞万春点点头，说："我就说嘛，大官人招呼我过来，说是除了商议事情之外，还要给我引荐一位英雄，想必就是花大哥了。"

官人也下了马，分别握住二人的手，说："是啊，我等聚义，必能干出一番大事！"

庞万春说道："既然花大哥不是外人，那我就赶紧向大官人报一下南边的情况：南边一十六路好汉都愿意随时听大官人号令，小弟也算不辱使命。"

"好！"官人拍了拍庞万春的肩膀，说道："庞兄弟辛苦了。花兄弟的清风寨那边也有千余人可以调动，这样的话，加上原有的兄弟，我们三处就可以调动万余人了。如此一来，粮草就是很大的问题。"

花荣说道："这个不必担心，朝廷最近要调运一大批粮草到北边，到时候就看大官人的安排了，我自会将调运路线告知大官人。"

官人更是高兴，说道："你们两位兄弟不仅有惊人艺技，还都能运筹帷幄，到时候二位少不了成为国之栋梁！"

花荣和庞万春一齐说道："跟着大官人，但求做一番轰轰烈烈的事业，别无所图！"

官人赞道："有你们这样的兄弟，何愁大事不成？"

这时，一位管家模样的人走过来，在官人耳边说了几句话

水浒佐传

后，退后了几步。

官人有点惊喜，对花荣和庞万春说道："刚才有家人飞马来报，说东京八十万禁军教头林冲到了庄上。我早想结交此人，不知二位兄弟可否愿意一起去看看?"

花荣想了想，说："大官人，听说那林冲是因为和高太尉有恩怨才吃了官司，小弟现在毕竟是官身，怕是不便相见。"

庞万春说道："多蒙大官人美意。只是小弟得讨了大官人的话儿后急着回报南方各路兄弟呢。"

官人说道："也好，二位兄弟各自忙去就是。来，这封信件麻烦庞兄弟带回去，一切计划信上都说得明白。"说着，从怀里掏出一封信，交给了庞万春。

官人接着说道："至于花兄弟这边，就按照咱们说好的办就是。二位兄弟请自便吧。"

花荣、庞万春向官人行了个礼，又相互道别后，各自去了。

官人这才招呼管家，问："对于林冲的本领，只是听说。此人究竟有无真本领，还是眼见为实的好。"

管家想了想，说："近来庄上不是来了个洪教头，自称打遍天下无敌手。小的也让几个兄弟试了试，虽说洪某有些吹嘘，但还算是个练家子。如若可以，小的安排洪某和林冲当着大官人的面比试一下如何?"

官人想了想，说道："那你就安排吧。走，回庄上去。"

一处大庄院门口，官人拉着一位戴着枷锁的犯人的手，说道："久闻教头大名，今日有失远迎，恕罪啊。"

那犯人说道："林冲久闻柴进柴大官人威名，早想结交。不想今日竟以戴罪之躯拜会大官人，不胜惶恐。"

柴进只是再三谦让。

后边两个解差董超、薛霸小声议论着。

薛霸说道："听说这柴进柴大官人可是前朝大周柴世宗的子孙啊! 怎么能看得上林冲这等人物，会不会有假?"

董超说道："怎么可能? 你没细看，那柴大官人的紫色绣袍上面的花色是真龙，不是皇族，谁敢乱穿?"

薛霸点点头，说："管他什么呢。反正今儿个咱哥俩少不了

荣耀

好酒好肉了，今朝有酒今朝醉吧。"

谋财

晚宴过后，柴进让人招呼林冲一行到客房休息后，进了自己庄院内的一处密室。密室很宽敞，灯火通明，有十余人各自坐在椅子上等候着。一见柴进进来，大家纷纷起身，向柴进行礼。

柴进一一回礼，坐到了一张龙椅上后，又示意大家各自坐下。

一个穿黄衣的人又起身说道："大官人，我等多年来苦心经营，已经攒足了足够三万人吃用五年左右的金银和粮食。"

柴进点点头，又问道："兵器和各种器具、旗帜准备的如何？"

一个穿绛衣的人起身答道："小的前日刚清点过，除了器具尚缺一点之外，其余都足够使用。"

柴进点点头，又问："马匹如何？"

一个穿青衣的人起身道："小的最近又从北地买了两千匹好马，我们目前共有好马八千匹。"

柴进说道："很好。"

之前第一个说话的黄衣人说道："大官人，梁山王伦又差人送信前来借粮。"

柴进问："他们要借多少？"

黄衣人答道："一万石。"

又一位黄衣人说："大官人，王伦这厮有点贪得无厌。小的看了账册，仅仅他梁山一家，这几年来就已经借走我们六万石粮食、两万两白银、一千五百两赤金、五百匹好马、三千斤上等镔铁。"

"是啊，是啊。"不少人纷纷附和。

柴进摆摆手，说道："诸位兄弟，我柴进也知道大家积攒这点家当不易。白衣秀士王伦的确无能，杜迁和宋万又本领平平。可是，别小看水泊梁山那地方。我们花大代价先稳住他们，只要时机合适，能派上我们自己的体己兄弟，那对于我们的复周大业，可是大有裨益。"

看着众人安静下来之后，柴进继续说道："当然，我们还是需要更多金银。一旦举事，必然是重赏之下必有勇夫，所以，金银嘛，多多益善的好。"

这时，一个身穿皂衣的人说道："大官人，据可靠消息，大名府梁中书准备给他老丈人蔡太师送一份寿礼，名为生辰纲。那可全是金珠宝贝啊。"

柴进问："大概值多少？"

皂衣人答道："至少十万贯。"

柴进想了想，说道："可以试试。天机堂和天罡堂、天璇堂的兄弟们，这次你们三堂可以一起出手。"

"是，谨遵大官人号令。"黄衣人、青衣人和皂衣人一同起身答道。

15日后，二龙山前。

三十几位分别身穿黄衣、青衣和皂衣的人都骑着快马，停在山寨前。那山寨依山而建，守山的是一座后建的关隘，虽说不大，但易守难攻。

片刻之后，关上的小喽啰叫道："大王有令，请领头的几位上山。"

于是，三十几人中，一个黄衣人、一个青衣人和一个皂衣人下了马，在小喽啰的带领下，缓缓上了山。其余的人，都在山前等候。

三人随着小喽啰进了山寨，那山寨一共有三道关隘，地形险峻，两边全是悬崖，并无道路。只有一条小道，直通到山顶的一座大殿。原来，那座大殿是一座寺庙，被强人们当成了正堂。进了正堂，一把虎皮交椅摆在中间，一个长身量、眼珠子黄澄澄的大汉大大咧咧地坐在交椅上。

黄衣人上前，递上一封信，高声说道："横海郡柴大官人坐下天机堂、天罡堂、天璇堂三堂堂主代大官人拜会邓寨主。"

虎皮交椅上那大汉一听是柴进的人，赶紧起身，说道："哎呀呀，你看这话说的。柴大官人都知道我邓龙，竟然一块儿派上三堂的堂主过来，太客气了。"

黄衣人继续说道："小的乃是天机堂堂主郭兴，这次前来就是奉柴大官人之命，来和邓寨主商量一起做一笔大买卖，望寨主万勿推辞。"

邓龙简单看了一下信件，摸着自己的脑袋，笑道："哈哈！承蒙看重，好说好说。"

三日后，二龙山地界，梁中书的生辰纲被劫，官府虽全力缉拿案犯，但一筹莫展。

饮酒

某年秋末冬初，两位赶路的客人在寒霜遍地的小路上缓缓行走。

其中一个仆人打扮的客人问道："哥，柴进能接纳我们吗？"

另一客人身穿白缎子衫，头戴范阳毡，答道："应该不会有太大问题。之前他和我多有书信来往，虽未谋面，但从信中的字里行间看来，此人胸怀大志，有包藏宇宙之志，吞吐六合之心，是个想干大事又能干大事的人。"

仆人模样的人说道："哥精于文案，想来眼光不会错。"

穿白缎子衫的客人看了看前方，说："兄弟，咱们再快走些，争取到柴进庄上吃上午饭。"

接近中午时分，柴进庄院前，气派的门楼，超过一般富豪之家。

两位客人坐在门前不远的一个小亭子里，看样子在等柴进家丁的通报。

约莫半袋烟工夫，庄院大门打开了。一般来说，没有特别尊贵的客人，柴进庄院家的大门是不开的。

随着大门洞开，柴进一身锦袍，带着三五个手下，亲自走出大门。

"宋大哥，真是想死柴进了！"柴进满脸堆笑，高呼着朝亭子走来。

亭子里的两位客人赶紧起身出了亭子，穿白缎子衫的客人答道："有劳柴大官人亲自迎接，不胜惭愧。"

柴进走近客人，突然冲着穿白缎子衫的客人拜倒在地，说："终于和及时雨宋公明哥哥相会，真是大慰平生。"

宋江赶忙也冲柴进拜倒，说道："宋江不过是个无能的小吏，今日特地投奔大官人，还望大官人不弃。"

柴进起身，扶起宋江，爽朗地笑道："昨夜灯花如宝树，今晨喜鹊报喜呼！柴进想着必有喜事，不想竟然是宋大哥这样的贵人来到！"

宋江摆摆手，说："当不得，当不得。大官人抬爱了。这位同行的乃是舍弟宋清，来，四弟，拜见柴大官人。"

丰盛的接风席，柴进亲自把盏，为宋江兄弟斟酒。除了宾主三人，仅陪客就是十几人，柴进坐下的包括天机堂堂主郭兴、天罡堂堂主范朴、天璇堂堂主王仪、天市堂堂主钱涌、天威堂堂主钱留、天猛堂堂主张质和朱、杜、卢、古四大管家以及几位武术教头。

柴进和宋江二人非常投机，大有相见恨晚之意。冬初季节，白日已经不长。这接风酒不知不觉一直吃到天色擦黑。

宋江已经有七分醉意，说道："承蒙大官人厚爱，宋江实在吃不得酒了。"说着就开始揎拳捋袖、大声喧哗起来。

一时间，几位堂主和几位大管家都有点面面相觑。

宋清赔笑道："大官人勿怪，家兄酒量不大。"

柴进笑道："豪杰本色，当如是也。"

宋江却突然起身，叫道："我要净手！我要净手！"开始踉踉跄跄。

宋清赶紧上前扶住，柴进吩咐一个仆人提着灯笼，引领宋清扶着宋江去外面净手。一路上，宋江一直大呼自己没醉，还不时要摆脱宋清的搀扶。

望着出了门的宋江，郭兴说道："大官人，这宋公明谈吐的确不俗，只是酒后有点失态。"

古大管家也说道："是啊，如果不跟此人饮酒，还真以为此人一直是彬彬有礼呢。"

柴进笑笑，说道："这宋江待人处世，很有一套。之前与其书信往来，就发现他行事应对，滴水不漏。今日得见，果然如此。至于酒醉失态，说明他深谙韬晦之术，只不过做小吏时间太长，压抑的久了。"

"不好了，不好了！"一个家丁慌慌张张跑了进来。

朱大管家喝道："何事惊慌？"

家丁说道："宋客官净手后，许是酒吃得多了，路过廊下时，不小心踩着一个火锹。"

柴进笑道："区区小事，何至于此？"

家丁接着说道："只是，那火锹里的炭火被掀到武松的脸上了。"

"不好！"柴进叫道："快随我来！"一个箭步，柴进带着众人冲了出去。

柴进庄院的长廊里，柴进向一位长身量的大汉介绍宋江。

那大汉开始还是怒气冲冲，但听完柴进的话后，倒头跪在宋江面前，说道："小人有眼不识泰山，一时冒犯兄长，还请恕罪！"

宋江酒也醒了，扶起大汉，问："这位兄弟高姓大名？"

柴进说道："此人乃清河人氏，武松是也，排行第二。来此处一年多了。"

宋江以手加额，说道："江湖上久闻武二郎的大名，今日有缘相见，不胜荣幸！"

柴进微微皱了一下眉头，随即，又乐呵呵地说道："既然是英雄际会，那就请一席说话。"

筵席结束，宋江、宋清和武松各自休息，几位堂主、大管家大都也各自散去。

只剩郭兴和钱留还没走，郭兴对柴进说道："大官人，小人有些话不知当讲不当讲？"

柴进说："但讲无妨。"

郭兴说："钱二堂主在武松身上可是花了不少心思。这训练出一个好手至少需要耽误很多工夫，就好比熬鹰。可眼看着鹰快熬成了，人家要来当主子，怕是不好吧？"

柴进沉默了一下，说："我也看得出，刚才酒席上宋江是想结交武二。"

钱留不满道："何止啊？简直是越俎代庖。你宋江就是来投靠的，居然当着主人的面要拿银两给另外一个投靠来的做衣服，这不明摆着是收买人心外加挤兑大官人？"

柴进说道："但凡是好汉，都想找几个帮扶的，可以理解，我自以诚待人，谅他不会负我。"

钱留还想说什么，郭兴轻轻拉了拉钱留，示意不要再说下去。接着，郭兴说道："话虽如此，还是希望大官人留心才是。时候不早了，我等退下，大官人也早点歇息吧。"

辞行

半年后，柴进庄院。

正厅上，宋江和柴进叙话。

宋江说道："宋江多蒙柴大官人收留，不胜感激。"

柴进说道："你我志趣相投，一见如故，再说早有神交，何故如此客气？"

宋江有点黯然，说道："大官人乃大周皇族后裔，龙姿凤表，浑然天成。宋江出身不过庄户人家，经纶也不过刀笔小吏，身量不高，面色黝黑。再说，目下宋江流落江湖，不论威仪、出身、地位，怎能和大官人相提并论？"

柴进淡淡一笑，说："祖宗英雄，后辈多半寥寥。汉献帝、唐景宗之流，便是例证。"

宋江接口道："那也不尽然。光武帝刘秀、蜀汉先祖刘备，也是祖宗的后辈。"

柴进哈哈大笑道："我就喜欢公明哥哥时不时地指点江山一番啊！"

宋江赶忙说道："大官人见笑了。"

柴进正色道："公明哥哥，想汉初三杰中，萧相国就是出身刀笔小吏，留侯之体格娇弱如女子，而韩信曾经乞食于漂母。所以说，柴进一直相信，英雄不问出处，更不论外形和经历。"

宋江点点头，说："大官人所言极是。"

柴进挥挥手，说道："不说这个了。来，公明哥哥，今日春

英雄

光明媚，咱们去打猎如何？"

宋江答道："大官人容禀：宋江有一好友，是白虎山孔家庄的太公，多次相邀，想让宋江盘桓几日。今日，也是特地向大官人辞行。想必日后定能再和大官人把酒言欢。"

柴进很吃惊，说道："莫非这里有谁慢待哥哥？"

宋江连忙摆手，解释道："在大官人处，简直赛过活神仙。每日筵席，夜夜笙歌，大官人有孟尝风骨、信陵胸怀。"

柴进问道："那哥哥为何要舍我而去？"

宋江解释道："大官人万勿多想。前番自打宋清悄悄回乡打探，捎信说家里风声不紧之后，宋江就想回去看看老父。这次看望孔太公亦不过是顺路。"

柴进点点头，说："孝悌之事为大。那我就不勉强哥哥了，但哥哥一定要尽快回来。"

宋江拱手，说道："大官人深情厚谊，有朝一日，宋江必定回报。"

当晚，柴进和郭兴、朱大管家在密室议事。

郭兴说道："大官人，清风寨花荣这些日子多和宋江有书信来往，据小的看，宋江此次离开，名义上是看望宋太公，实际上是去清风寨。"

柴进点点头，说："花兄弟早就和宋江相识，只是没想到，宋江如此有人格魅力，能让花兄弟佩服不已。"

朱大管家说道："还不止于此。那武松本来是被培养成大官人的死士的，可宋江才来几日，武松对他可谓言听计从。宋江三言两语外加几十两碎银，竟然抵得过大官人一年多的供养。"

柴进轻轻叹了口气，说："我就说过，这宋江如果能为我所用，可是个萧何的材料。"

郭兴问道："大官人，那宋江心里究竟有什么小九九？"

柴进想了一阵，缓缓说道："此人有凌云之志，但不轻易与人交心。此人有千般手腕，但不贸然施展开来。"

朱大管家有些担忧地说："但愿他不会和大官人作对。"

柴进伸了个懒腰，说："那倒不至于。再说，花兄弟那边也好，庞兄弟那边也罢，总归只是个策应。真正能够起决定作用

水浒佐传

的，还是我们自己。"

郭兴和朱大管家齐声说道："属下一定殚精竭虑，助大官人恢复祖先荣耀！"

柴进点点头，说："吩咐大家，各项事情还要抓紧才是。"

光阴荏苒，柴进庄院依旧是来来往往的江湖好汉不断，去去留留的豪客不绝。

古大管家进了一处花厅，对正在和朱大管家说话的柴进报道："大官人，梁山晁盖、宋江派人送来黄金一百两、纹银五千两、粮米一万石。"

柴进有些惊诧，问："听说宋江自从江州脱险，才上梁山没有太长时间。而且之前林冲来信时还说过梁山由于不少好汉入伙，银钱粮米都不足啊。"

古大管家答道："确实如此。只是最近宋江亲自下山，经过激战，打下了祝家庄，因此得了许多金银粮米。"

柴进一拍大腿，高兴地叫道："宋公明好眼光！好手段！那祝家庄我们也早盯上了。"

古大管家有些不解，问："敢问大官人，宋江既然断了我们路子，大官人还那么高兴？"

柴进笑笑，说道："古大哥别介意，我只是觉得我眼光不错。再说，只要咱们运筹得当，梁山好汉也是我们的有力帮手。"

朱大管家点点头，说道："宋江之所以给我们送金银粮米，一来有回报大官人恩典之意，二来有向大官人炫耀之嫌，这三嘛，就是表明：我宋江也是一路诸侯了，希望大将军不要小觑了。"

柴进赞道："朱叔叔果然心思缜密，柴进还真没想这么深。"

嘱托

"大官人，有紧急书信！"一个黄衣人直奔柴进庄院的正堂。

柴进正和郭兴、范朴、钱留议事。

柴进接过信件，打开一看，不由惊呼道："叔父出事了！"说罢，身子有些晃荡，几乎站不稳。郭兴和范朴连忙扶住。郭兴问道："要不要招呼朱伯、杜伯他们计议一下？"

柴进定了定神，摆摆手，说道："来不及了。我这就赶往高唐州，范朴和钱留跟我去。郭兴，你立刻召集大家，按照之前安排好的计划，全部出动，咱们高唐州会合！"

"是，大官人！"郭兴、范朴和钱留齐声应道。

"还有，"柴进问道："黑旋风李逵不是还在庄上吗？"

"是的，一个月前宋江他们为了邀朱仝入伙在庄上歇脚，宋江恐李逵和朱仝厮杀，故此托大官人暂时照顾李逵。"范朴答道。

"哦，我们如果都走了，留下他也不便。嗯，让张质带着他一起走。"

次日，高唐州柴进叔叔柴皇城的宅子门前。

柴进恨不得是滚下鞍马，三步并作两步跑进内堂。

柴皇城的妻子在内堂迎接。

"拜见婶母。"柴进单膝跪拜。

"大官人多礼，奴家不敢当。"柴皇城妻子是继室，所以年纪不大。

"叔父怎样了？"柴进问道。

婶母不答，抽泣了几声，手指内堂旁边的卧室。

柴进冲进卧室，一看，柴皇城躺在床上，气若游丝，面容枯槁。

"叔父！"柴进滴着眼泪，坐到床边，握住柴皇城的手。

柴皇城勉强睁开双眼，见到柴进，缓缓说道："进儿，你要好好记住我下面说的话。"

柴进用力地点点头。

柴皇城继续说道："进儿，想我柴家，乃大周皇家贵胄，先祖睿武孝文皇帝何等英雄？怎奈那赵氏小儿，全无君臣之礼，枉顾忠信之义，夺我柴家江山……"说到这里，柴皇城不住地咳嗽。

柴进慌忙给轻轻捶了捶背，柴皇城缓过气，接着说道："我大周柴家的荣耀就这样被赵氏逆臣给抢走了！可是，我柴家子孙从未忘本，自从陈桥兵变以后，每一代人莫不处心积虑，想夺回江山。为此，你几代先人联络辽国、游说吴越、连横北汉、鼓动南唐，无奈成事在天，总也未能成就大业。到了你父亲和我这一代，更是兢兢业业。唉，无奈赵匡胤小儿为了自己的江山，竟然不惜重文轻武，你看看，多少武将居然受文官的腌臜气？害得柴家大业总是不得其人。"

柴进见柴皇城有点气喘，赶紧端上一杯茶水。柴皇城饮了一小口，又说道："你父亲不幸早亡，我又无子嗣，所以，进儿，你是柴家唯一的希望。我之前没有告诉你，三个月前我拼了一条命，冒险去游说当朝太师蔡京，想让他策应起事……"

柴进惊道："叔父，那老贼能听话？"

柴皇城说道："我本来也不做考虑。可是，据我们的眼线来报，蔡京贪赃枉法，六扇门早已将其罪证交给赵佶。而且，蔡京也知道此事。因而，我冒险一试。"

柴进问道："那结果……"

柴皇城惨然道："蔡京老贼，果然奸诈。我劝说他，既然他的几个儿子都在各地军州手握兵权，另有一个女婿梁世杰在大名府为太守，何不一起行动，到时候他蔡京就是世袭罔替的国主，可比太师位高权重。可蔡京却推说兹事体大，需要和几个儿子以及女婿商议，让我在东京城稍息几日。几日后，蔡京亲自宴请我，说愿意举事。我一时高兴，没加小心，喝了他几杯酒，好好勉励了蔡京一番。就在酒宴将完时，蔡京却变脸了，他说：'大胆柴皇城，受我皇铁券丹书之恩，不思报效不说，还有叛逆之想，老夫已经将你的事情密奏皇上，皇上念你先祖让位有功，不忍加诛，特赐你御酒一壶，刚才你既然已经喝完，就赶紧回去吧。以后你我再无任何干系！'"

柴进顿足道："叔父，蔡京老贼那是拿你请功从而抵了自己的罪过。还有那酒，不该喝啊！"

柴皇城摇摇头，说道："我何尝不知蔡京此举是杀人灭口？可是，如我说破，蔡京必然不会放过你。到时候我们柴家的大业就一点指望也没有了。我其实和蔡京达成了一种默契，那酒下了慢药，我估计活不过今夜。还好有你在，你要记住，我们在高唐州经营了三十余年，你和高俅妹妹的婚事还要继续，高俅堂弟高廉现在正是高唐州知府，也有些手段。只要你能迎娶高俅妹妹高琼，随后立即发难，不怕他高家兄弟不从。嘿嘿，大宋律法他高俅是清楚的，只要咱们按计起事，他高家要么被满门抄斩，要么当我大周复国的开国元勋。"

柴进满脸泪水，呜咽道："可是，叔父，您就要……"

柴皇城轻轻摸着柴进的肩膀，说道："只要复国成功，你叔叔这条命，值了。记住，我死后，不可发丧，你只管按约定到馆舍迎娶高琼，同时，我这里所有的人马都交给你指挥，加上你原有的人手，应该可以成功占据高唐州。到时候，我们之前联络的其余各地好汉一同策应，他赵家江山至少会摇摇欲坠！"

"叔父！"柴进哭着点头。

"哈哈哈哈！大胆逆贼，居然敢造反！"一个声音在窗外响起。

柴进赶忙撞出窗户，一看，是一个蓝衣蒙面人站在窗外。

柴进沉着地问道："阁下是哪位？如何跑进别人后院？"

那人答道："我是谁不重要。之所以来此，原本是看上你家花园，本想仔细看看日后好拿过来，谁知不巧听到如此阴谋。哈哈，我的赏金不小了。"

柴进森然道："阁下就不怕知道的太多？"

那人不屑道："看你一副公子哥样儿，又能怎样？你的手下都在前院，我实觉得你等太痴心妄想，才让你知道大爷来过。好了，少陪了，你家的院子马上就归我了。"说完，蒙面人想走。

柴进突然左袖子一抬，一道寒光射出，那人叫道："呦呵，还玩上暗青子了。"一个"狮子摆尾"，躲开暗器，右手一甩，一只金镖向柴进打了过来。

柴进也不慌，身子向后一仰，躲过金镖的同时，凌空一跃，左脚一蹬右脚，右脚靴子里射出一道蓝光。

这下子，蒙面人猝不及防，想闪时已然来不及，"噗嗤"一声，肩膀中了柴进的第二样暗器。

随即，蒙面人痛苦地呻吟道："好小子，居然下毒！"

没挣扎几下，那蒙面人就断了气，倒地不动了。

柴皇城挣扎着起床，到了院子里，问："进儿，是什么人？"

柴进说道："还不好说，待我看看。"说着，走到那尸首前一

水浒佐传

揭面罩，不由地惊道："怎么是他？"

出手

柴皇城问道："你认识这人？"

柴进点点头，说道："我之前在高廉府上见过他一面，高廉说他叫殷天锡，是他妻子的弟弟。"

柴皇城奇怪道："那他怎么会到这里呢？"

柴进仔细搜了搜殷天锡的身子，从胸前衣襟里找出一个纯铜打造的猎犬，也就三寸大小。

"神犬营！"柴进和柴皇城同时说道。这神犬营是大宋特务机构之一。

柴进说道："没想到这殷天锡居然是'神犬营'的，看来朝廷一直在盯着我们叔侄。"

柴皇城说道："进儿，你要小心啊。"

柴进看着殷天锡的尸首，想了一阵，说道："叔叔，不孝侄儿有个想法。"说着，在柴皇城耳边轻声说了一阵。

柴皇城不住地点头，说道："你不必自责。反正我明日也活不成了，能为柴家再多争取一分力量，就更值了。"

当日下午，柴进带着范朴、钱留、几个庄客以及李逵一起守在柴皇城病榻前。

柴皇城微弱地说道："可恨那高廉的妻舅，看中我家花园，强行要夺，还将我打伤，我这般年纪，哪能受得了这般闲气？"说着，不住地咳嗽。

柴进只是小声哭泣，范朴、钱留等人要么摇头跺脚，要么唉声叹气。

李逵火道："这厮好无道理！叫他吃我几板斧！"

柴进劝道："李大哥别冲动，我家有圣旨罩着，再说依大宋条例，我要和他打官司。"

李逵恨不能跳将起来，叫道："条例，条例，若还依得，天下不乱了！待我连那狗官一齐砍了再说。"

柴进失笑道："李大哥，这里可是高唐州，不是你那山寨。"

荣耀

李逵不服道："高唐州又如何？我一样给砍完了。"

范朴也劝道："李大哥，人家高家可是权大势大，你一个人可干不过。"

李逵一瞪眼，叫道："那我去梁山把晁盖哥哥、宋江哥哥，哦，还有张顺兄弟，大家都搬过来，我就不信了。"

这时，柴进冲钱留一使眼色，钱留慢慢走到窗边，大声咳嗽了几下。

很快，门外开始喧闹起来。

柴进带着大家出门一看，几十个人簇拥着一顶软轿，轿子上坐着一人，就是殷天锡。只是这殷天锡戴着帽子，遮着脸，也不说话。随行的一个领头模样的人说道："赶紧搬家，我们殷老爷看中你们园子了，都给我滚开，所有家具都留下，女眷要是姿色不错，也可以给大爷们留下，哈哈！"其余一起来的人都跟着不怀好意地大笑。

李逵叫道："这也太欺负人了！"

领头那人瞪着李逵，斥道："你这黑炭头是个什么玩意？知道吗？我们殷天锡殷大爷可是高太守的小舅子，高太守又是当今高太尉的堂弟。有能耐你动我们爷一指头？我呸，谅你没那个狗胆！"其余人等又是一阵哄笑，而软轿上的殷天锡还是一动不动。

李逵的脸色已经变红了。

领头那人不屑地说道："看我们大爷，都懒得理你。"

柴进赶忙说："有什么事冲我说，和旁人无干。咱们大不了依条例去打官司。"

"狗屁条例！"李逵大吼一声，猛地跳起，一拳将殷天锡坐的软轿打翻。顿时，连人带轿，滚落一地。

殷天锡的跟班们纷纷大呼小叫，但没有一个敢上前。领头的那人赶紧去看滚在地上的殷天锡，一看不打紧，那人呼道："哎呀，打死人了啊！"

柴进大惊，赶紧吩咐钱留："你赶紧安排李逵兄弟出城，这里我来应付。"说完，大声喊道："人是我柴进打的，我同你们去见官。"

领头的一听，招呼其他人道："好啊，来，大家拿住这柴进，扭送到高知府那里去！"顿时，殷天锡的随从一拥而上，将柴进捆住。

李逵喊道："大家救柴大官人啊！"可是，柴进的手下一个都不动。范朴劝道："李大哥，你赶紧回梁山吧，我们受大官人教诲，不能与王法条例作对，只有你李大哥和梁山能救柴大官人。"

李逵看着被押走的柴进想独自去救，可又被钱留带着几个壮汉按住，动弹不得。李逵急得直跺脚，大声喊道："柴大官人，我一定招呼梁山兄弟来高唐州救你！"

迎亲

高唐州官府馆舍门前，柴进披红挂绿，随行的几十人吹吹打打。柴进骑着骏马，身后八抬大轿。跟着柴进的是朱大管家和杜大管家以及 30 名身穿彩袍的家丁。

朱大管家朗声道："大周皇室后裔柴进，按聘期前来迎娶高太尉之妹！"

馆舍门打开，一位官员模样的人带着十几名身穿红袍的手下出来。

那官员笑容可掬，说道："奉家兄之命，高廉在此等候多时，请花轿进来。"

这官员就是高唐州知府高廉，之前柴进已经和他打过几次交道。

柴进赶忙下马，拱手道："有劳高知府，以后高知府也是大哥了。"

高廉也拱手回礼，说道："一家人了，恭喜，恭喜啊。"

朱大管家也上前来，说道："既然有娘家哥哥在，我们就全仰仗大舅哥了。"

高廉答道："好说，好说。诸位稍候，舍妹已经梳妆完毕，请亲家的轿夫们歇口气，我们娘家的轿夫将新人为你们抬出，以显我高家诚意。"

柴进一个劲地道谢。

不一会儿，花轿被高廉的轿夫从馆舍内抬出。

荣耀

朱大管家一声吩咐，鼓乐响起，柴进的轿夫刚要接过花轿。高廉又说道："家兄吩咐，柴家乃大周皇室，所以我们更要礼敬三分。为此，就由娘家的轿夫将新人抬到西门口以示敬意，大官人不会不同意吧？"

柴进有点意外，但还是满脸堆笑地说道："如此，有劳了。"

于是，柴进一行在前，花轿居中，高廉一行在后，逶迤向西门而去。

到了西门城门口，高廉让轿夫停下，放下花轿，说道："舍妹就交给柴大官人了。"

柴进下了马，向高廉道谢，并准备告别。

就在这时，从城内传来一阵呼喊声。

"大官人，快走啊！"竟然是郭兴的声音。

柴进一凛，赶紧向西门内望去。

果然是郭兴，只见他带着十几人，都骑着快马，向西门外狂奔而来。

这时，却听高廉哈哈大笑起来。

突变

高廉挥起随身的宝剑，念念有词，一阵烟雾后，高廉居然飞身到了西门城楼上。

郭兴十余人也跑出西门和柴进会合。

高廉一声令下，城楼上射下几十只火箭，朝着花轿射去。

火箭射中花轿后，一声巨响，花轿爆炸了。

随之而来的是一股子刺鼻的味道，显然花轿里装着硫磺、火硝之类的爆炸物。柴进的手下被炸死了七八人，炸伤了十几人。

同时，西城门也被关上，柴进等人被挡在城外。

高廉在城楼上叫道："反贼柴进，你真以为我们高家会辜负朝廷？嘿嘿，告诉你吧，之前应付你那都是引蛇出洞，如今你的党羽都现身了，你还不自行跪下，引颈受戮？"

柴进问道："高太守，是不是有小人挑拨啊？"

"挑拨？呵呵，来啊。"随着高廉的一声吩咐，一个人上了楼。

那人就是随殷天锡到柴皇城家闹事的领头人。

高廉说道："此人乃是柴安，明明是柴皇城的体己家人，怎么就成了我妻舅殷天锡的家丁？"

柴进喝道："柴安，你搞什么鬼？"

柴安说道："对不住了，大官人。我也要活命，我也想吃口安生饭，不想提着脑袋混饭。"

高廉喝道："大胆柴进，杀害朝廷神犬营侍卫不说，还敢让人冒充我妻舅管家，唆使梁山贼寇糟蹋侍卫尸首，是何居心？"

柴进笑道："你也别太得意，高唐州里有我上千人手，城外将有近万人赶来助阵，你不过几百手下和千余士兵，能守得住？"

高廉摇摇头，说道："死到临头还嘴硬，你问问你的天机堂堂主，我的飞天神兵滋味如何？"

柴进这才注意到郭兴等人都有伤，忙问道："郭兴，怎么回事？你们怎么出来了？"

郭兴说道："大官人，真没想到，这高廉的飞天神兵会妖术，我们兄弟死的死、伤的伤、跑的跑，所剩无几，我们十几人是舍命冲出来的。"

高廉在城楼上喊道："你的郭堂主身手不错，能活着从我的飞天神兵手里逃出，很了不得。"

柴进抓住郭兴的手，厉声问道："其余堂主和管家呢？"

郭兴低下头，哽咽道："范朴和钱通被妖人的火焰烧死，王仪和张质被妖兵的刀斧砍死，钱留下落不明。"

柴进瞪着眼，叫道："高廉，我城外的外援马上就来，到时候取你性命易如反掌！"

"没错，城外是有人马，但不仅仅是你的援兵。"高廉得意地说道。

"呜——"一阵号角声响起。

黑压压的兵马兵临城下。

为首的一位大将叫道："中山安平节度使张开奉高太尉之令，已将高唐州西面、北面山贼剿灭！"

高廉应道："有劳张节度使了。东面、南面如何？"

张开答道："太守不必担心。上党太原节度使徐京也带了精兵两万，不会放走一个山贼。"

高廉哈哈大笑，说道："柴进，为了你这群乌合之众，我哥哥秘调两镇节度使共四万精兵来围剿，你死而无憾了吧？哈哈！"

柴进看了看四周，除了后退无门的城墙，就是一望无际的铁甲精兵和旌旗战鼓。

朱大管家说道："大官人，不要放弃。只要你能脱险，咱们大周就有希望！"

郭兴也说道："我等就是粉身碎骨，也要保护大官人杀出重围，来日卷土重来！"

"杀出重围，卷土重来！"其余人纷纷叫道。

柴进热泪盈眶，说道："大周为你等而荣耀！我柴进有你们这帮兄弟，不枉此生！"

说完，柴进从身上抽出两节短枪，双手一合，成了一杆长枪。

接着，柴进说道："大家都上马，今日我就用'柴王枪法'带领大家突围！"

落网

柴进率领仅剩下的几十人，向着水泄不通的包围圈冲了过去。

朱大管家和杜大管家紧随其后，其余人在周围保护着柴进，周兴断后。

柴进小声说道："朱叔叔跟紧我。"

朱大管家爽朗地笑道："我先祖也跟着柴王两次击败契丹，我这把老骨头还凑合。"说着，手里亮出两把铁尺子。

惨烈的突围战开始，几十个人冲入军阵中，宛如惊涛骇浪中的几艘小舟。

柴进身边的人不时落马，柴进一行也杀死了不少官兵。

几艘小舟缓慢前行。

一位副将向张开禀报道："大人，弟兄们有些伤亡，要不要

水浒佐传

用弩箭？"

"不行。"张开命令道："太尉有令，必须活捉柴进。传令下去，除柴进外，其余格杀勿论，让弟兄们用长枪猛刺。"

"是！"副将领命。

一阵长枪猛刺后，柴进身边就剩下朱大管家和遍体鳞伤的郭兴了。杜大管家已经身中七枪而死，临死前手中的朴刀还扔出去刺死一名偏将。

柴进抖擞精神，大吼一声，又接连刺死十余名士兵和两名偏将，朱大管家两把铁尺上下翻飞，也打伤了不少兵士。郭兴更是拼了性命，一时间，众兵士还真不敢与之争锋。

终于，柴进率先冲出包围，向西而去。

朱大管家摆脱了两名偏将的纠缠后，也随柴进而去。

郭兴由于受伤过重，力气也用尽了，被十几杆红缨枪活活刺死。

柴进和朱大管家二人逃到一条水流湍急的河边，追兵终于被甩开了。

柴进眼见马匹都已经口吐白沫，索性招呼朱大管家一齐下马，沿着河边向北步行而去。

走了约莫5里路，在一处小庙附近，二十几名身穿紫色侍卫服的人又将柴进主仆二人逼到河边。

柴进一看这些人的身手和穿着，知道来者不善，在朱大管家耳边小声说道："朱叔叔，看你的水性了。"说罢，一把将朱大管家推到河里，眼见朱大管家被河水冲走。

看着惊愕的紫衣侍卫们，柴进说道："他为我尽忠先走一步了。来，咱们过过招。"

小庙内，筋疲力尽的柴进被五花大绑，由两个紫衣侍卫押着进来。

小庙里坐着一位官员模样的人，背对柴进而坐。

紫衣侍卫将柴进几乎是扔到地上后退出了小庙。小庙里只剩官员和柴进二人。

良久，那官员一回身，盯着柴进，问道："柴大官人，深藏不露啊。"

荣耀

柴进躺在地上，仔细一看，不由吃惊道："高、高俅，你竟然也来了？"

高俅说道："好个小旋风，冲破万人军阵不说，还伤了'飞虎营'三个弟兄，我之前还真小瞧你了。"

柴进笑笑，说："呵呵，没想到劳烦太尉亲自带着'飞虎营'来捉拿，柴进荣幸之至。"

高俅冷笑，说："倒也是。'飞虎营'一般身居大内，很少亲自参与缉捕案犯。只是你柴进势力太大，自己功夫又那么高，不小心不行啊。"

柴进昂然说道："事已至此，何必多说。给个痛快的吧。"说完，站起身，伸着脖子，准备引颈就戮。

高俅拍拍手，说道："好，好，是条汉子。不过，我们还是有商量的。"

柴进奇怪道："都这份上了还能有商量？"

高俅干笑两声，说道："其实也好说。你也知道，于家呢，我为了维持场面，花销不小；于国呢，大宋需要练兵对付辽国、西夏，军饷奇缺。所以呢，我们还真有的商量。"

柴进冷笑道："莫非太尉要向我哭穷？"

"哪里，哪里。"高俅说道："你只要告诉我你所有储藏金银粮米的仓库之所在，我不但保你不死，还能保你在故乡逍遥快活一辈子，怎么样？还有，六扇门早就将消息告诉我，你联络的小李广花荣，嘿嘿，早就随宋江上了梁山，当然，也怪刘高那蠢材没盯住。至于那什么小养由基庞万春，在江南也成不了大气候。你的大业反正是没什么指望了，何必将身外之物带到阴间？"

柴进哈哈大笑，说道："太尉啊，我的太尉。我如果真得告诉你，怕是现在就活不成了。横竖都是个死，你就别想又要命又要钱吧。"

高俅狞笑道："我弟高廉会有办法让你开口，来啊，将案犯押解到高唐州城内，交给高廉太守，严加看管。"

上山

高唐州州衙。

高廉正和张开、徐京二节度使叙话。

一位副将前来禀报道："禀知府，大内飞虎营移交过来一名重要案犯。另外，还有高太尉家书一封。"说完，双手呈上一封书信。

高廉接过，打开一看，微微皱了皱眉头。然后，冲二位节度使拱拱手，说道："辛苦二位大人，在下还有杂务需要处理，暂请二位大人馆舍歇息，今晚为大人们设宴。"

二节度使起身，拱手道："多谢高知府，我等告退。"

送走二节度使后，高廉让人招呼管家过来议事。

管家刚到，高廉就发牢骚道："易管家，你看看，你看看，我大哥真是给我添事儿！"说着，将书信递给了易管家。

易管家看完信，说道："老爷，大爷的想法也不无道理。试想，如果将那柴进杀了，他藏匿的那么多金银粮米可就没有下落了。要知道，那可不是寻常的大数。"

高廉说道："我也知道。但是柴进这贼骨头也不是寻常之硬，如果不早点除掉，恐夜长梦多。再说了，若论拷打逼供，谁比得上大内六扇门的人呢？大哥何不顺手将柴进带到京城审问？"

易管家摇摇头，说道："老爷，大爷若是带着柴进回京，可就大大不妥。您想啊，大爷这次悄悄出京，已经是犯了忌讳，再带着个要犯回去，岂不是给了对头们一个天大的口实？"

高廉点点头，问道："那我就先将柴进打入大牢，磨他几日性子？"

易管家捻着胡须，说道："就该如此。那柴进自觉是金枝玉叶，先让他受受罪。还有，每日只给一点点饮食，让他既饿不死，也饿得慌。然后嘛，再上些手段，不愁他不说。"

高廉说道："也好，事关重大，就由易管家亲自打理吧。"

"老朽遵命。"易管家答道。

几日后，"梁山贼寇进了本州地界"的军情被报到高廉处。

荣耀

高廉冷笑道："我正要去讨伐这拨草寇，倒自己送上门了。"

大牢里，柴进精神萎顿，躺在牢房里。

一个小牢子走进柴进的牢房，看看没有别的狱卒，隔着围栏悄悄塞进一块干粮，小声说道："大官人，偷偷吃啊。"

柴进抬头，说道："多谢陈三兄弟了。"

陈三说道："大官人忒抬举小的了。小的是个下贱人，但也知道知恩图报，若不是大官人，小人的老娘早就饿死了。"

柴进将干粮藏到席子下面，问道："外面怎么样？"

陈三又左右看看，压着嗓子说道："大官人，梁山的人打过来了！"

"真的？"柴进脸上充满了欢喜。

陈三接着说道："错不了，我有一个义兄在兵马都统那里喂马，消息千真万确。"

柴进低头喃喃道："天佑柴进吧。"

三日后，陈三又到了柴进牢房前。

柴进正在昏睡。

陈三轻声喊道："大官人，大官人。"

柴进惊醒，见是陈三，忙问道："怎样了？"

陈三叹了口气，说道："唉，高知府的飞天神兵太厉害了，连豹子头林冲、霹雳火秦明都败下阵来了。"

"啊？"柴进惊道："这么说，梁山退了？"

陈三答道："那倒没有，听说只是退后了几十里，还要重整旗鼓再战。"

柴进点点头，不再说话。

七八日后，柴进已经被提审问了好几次，每次都被打得遍体鳞伤。

又过两日，一个牢头带着四个小牢子又来提柴进。

牢头说道："大官人休怪，我乃牢营节级蔺仁，奉高太守命，前来了断你。"说罢，吩咐四个小牢子将柴进绑好并拖了出来。

柴进连一点挣扎的力气都没有了，只是问道："梁山怎样了？"

蔺仁喝道："大胆案犯，还想串通梁山贼寇不成？赶紧给我

水浒佐传

拖出去！"

几人将柴进拖到一处园子。蔺仁说道："好了，就在此结果了吧，也好掩埋。"

几个小牢子拿出绳索，准备勒死柴进。

这时，陈三突然出现，手里拿着个食盒子和一坛子酒，喊道："弟兄们，别忘喝一碗壮胆酒，也给这犯人来一碗啊。"

蔺仁笑骂道："小兔崽子，还真不错，这么乱的时候还能找着酒菜？"

其余小牢子纷纷围过来，各自喝了一碗。

陈三看四个小牢子都喝完了，才问蔺仁："蔺节级，您也……"

蔺仁一摆手，说道："我不急，我不急。"

小牢子们刚吃了两口菜，却一个个口吐白沫，倒在了地上。

陈三赶紧上前给柴进解开绳子，说道："大官人，蔺节级敬重您是条汉子，愿意保全您。"

柴进费力地睁开眼睛，对蔺仁说道："多谢节级不杀之恩，柴进必定厚报。"

蔺仁说道："大官人客气。我蔺仁早就仰慕大官人，只是无缘结交。时下高廉的妖术已经被梁山公孙胜破了，神兵也都被除掉，高廉自己也受伤了，高唐州破城就在这两日。高廉只是点起烽火，等待援兵。故此，专门传命让我结果了大官人。我和陈三没啥大能耐，这个荒园里有口枯井，只好先委屈大官人在枯井暂避，一旦破城，我们一定带着梁山好汉来寻柴大官人。"

柴进很是感激，问道："可是你二人如何交差？"

蔺仁说道："大官人费心。我们就说已经完事了，高廉这厮此时自身难保，顾不上大官人的。"

枯井里暗无天日，柴进身边只有陈三准备的一点吃的和两瓶米酒，这点东西顶多能支持两天。但是，比饥渴还可怕的是恐惧与孤独。

一时间，柴进过去的记忆纷纷涌上心头。为了完成自己宿命一般的任务，为了捍卫家族曾经的荣耀，柴进30多岁都没有成家，日常生活几乎就三件事：打熬筋骨、结交好汉和筹措钱粮。

如今，柴进觉得是如此的无助，如此的凄凉。几代人苦心经营的势力毁于一旦，20多年的努力付诸东流。自己居然和几具枯骨为伴，井底之蛙尚且能叫两声，而自己身处这样一口枯井，只能听天由命。

已经是第三日午后，柴进虚弱到极点，他隐约看见自己的父亲和爷爷的面容。柴进想和他们说话，想向他们诉苦，可一点力气都没有了。柴进觉得，自己也许要彻底解脱了。

柴进躺在地上，双手胡乱摸索，忽然觉得凉丝丝的。那是一个小水坑，有那么点积攒了不知多久的馊水。柴进很想喝一口，但已经动不了了。

这时，一只有力的手抓住了柴进的手臂，接着，火把的光亮照在柴进脸上。

"柴大官人！"竟然是黑旋风李逵的声音。

合伙

梁山聚义厅，灯火辉煌。

虽说已是晚上，但聚义厅上的众多好汉酒兴正酣。

柴进被请到首席，晁盖和宋江分别左右作陪，其余梁山好汉悉数到场。

林冲端起酒碗，说道："林冲能上梁山，多蒙柴大官人几次仗义出手。来，我再满饮一碗！"

众人叫好声中，柴进和林冲干了一碗。

接着杜迁、宋万和朱贵三人一起端着酒碗，说道："我等和柴大官人是老相识了，虽说我等技艺低微，但也要再敬柴大官人一次。"

李逵也冲过来，叫道："柴大官人是俺救的，要喝得先喝俺的酒！"

其余好汉也不甘落后，都要再和柴进吃酒。

晁盖霍然站起，说道："诸位兄弟，且听我一言。"

大厅里顿时安静下来。

宋江赶紧说道："大哥请讲。"

晁盖激动地说道："恕我直言，若非柴大官人，梁山哪有今日？大官人多次周济梁山在前，帮助林教头上山在后。如不是林教头义薄云天，晁盖一行不过是孤魂野鬼。因此，柴大官人就是理所应当的梁山之主！"

此言一出，柴进赶忙离座，对晁盖深施一礼，说道："晁天王如此，柴进不胜惶恐。可是，柴进经过这么多事情，发觉自己不过一无用之人。既然得蒙诸位兄弟舍生相救，柴进甘愿为梁山打杂足矣，连头领之位都愧不敢当，更遑论山寨之主。"

宋江接口道："宋江也以为，山寨第一把交椅非柴大官人。但是，一来大官人病体未愈，二来众兄弟对晁天王也是无比服膺的。所以嘛，宋江想请柴大官人坐第二把交椅，至于宋江嘛，嘿嘿，给兄弟们打理杂务即可。"

晁盖急得脸色通红，叫道："二位兄弟，难不成陷晁盖于不义？"

吴用赶紧劝道："柴大官人身体确实还未恢复，依小生看，柴大官人乃是大周皇族，自然要坐头等交椅。至于第几把，还是先要尊重大官人意愿，再由二位哥哥从长计议为好。"

"对，对，从长计议，从长计议。"花荣、戴宗赶紧过来打圆场。

李逵也趁机叫道："喝个酒，痛痛快快就行，哪里有那么多话，几位哥哥再啰唆，铁牛可真不高兴了！"

众人哄笑中，筵席继续。

金沙滩的夜景不错。

不大不小的风吹着旗帜，波光粼粼的水面宛如一面无边无际的镜子。

柴进独自一人站在水边发呆。

宋江缓缓走过来，说道："大官人在此醒酒？宋江怕大官人刚来山上，迷了路，特地来招呼一下，哈哈。"

柴进赶紧施礼，说道："世事难料，阮郎穷途。柴进投靠公明哥哥，少不得给哥哥添麻烦。"

宋江拉住柴进的手，诚恳地说道："大官人说哪里话？其实，天王说得对，柴大官人的文韬武略我也知晓，你柴大官人莫说当个寨主，就是取代当今天子，也无不可。"

柴进一愣，赶紧说道："公明哥哥喝多了。"

"我没有喝多，"宋江接着说道："走，你我兄弟到前面的亭子里说几句知心话。"

亭子里，小喽啰架好灯火、摆好茶汤后，自行退下，只剩宋江和柴进二人。

宋江先说道："明人不说暗话。柴大官人，宋江知道大官人有吞吐六合之志，无奈蔡京、高俅一干人手握大权，朋比为奸，加之成事在天，所以大官人有些挫折，实不足为虑。"

柴进端起茶盅喝了一口，说道："柴进无能，愧对祖宗。"

宋江却摇摇头，说道："不然。大宋立国多年了，柴大官人能做到这一步，可谓难能可贵。虽说目下有些坎坷，但只要大官人能真心和梁山合作，何愁大事不成？"

柴进眼睛一亮，问："公明哥哥，此话怎讲？"

宋江叹了口气，说道："大官人之前也多次周济梁山，也知道梁山虽说有地利之便，但确实筹措钱粮不易。晁天王生性豪爽，喜欢兄弟之间永远有不散之筵席。即便晁天王带来生辰纲之财，可梁山招兵买马、广纳天下英雄，粮食和金银早就告急。宋江拼尽全力，打下祝家庄和高唐州，也算多少弄了点钱粮，可这些又能支持多久呢？"

柴进点了点头。

宋江继续道："所谓'兵马先动，粮草先行'，如宋江能有钱粮保障，一定能和晁天王立足梁山，谋取天下。到时候再随柴大官人振臂一呼，不怕天下英雄不闻风而起。嘿嘿，那个时候，这天下恐怕就不是赵官家而是柴官家了。"

柴进看着宋江，说道："公明哥哥真是这么想的吗？"

宋江站起来，手指上天，说道："宋江之心，可鉴日月。须知江湖好汉，仗义为先，这天下本来就是柴王的，那赵匡胤不过柴王麾下一小将。我等如能为大官人夺回天下尽一分绵薄之力，也算一番轰轰烈烈的事业！"

柴进也站起身，说道："那么，晁盖哥哥怎么想？"

宋江握住柴进双手，说道："大官人，晁盖哥哥不善言辞，我方才那番话就是晁天王、吴军师、花荣贤弟等众兄弟的心意！"

柴进沉吟片刻，说道："既如此，柴进真心请求担任梁山钱粮主管，助梁山真正在天下扬名立万！"

"好兄弟！"宋江几乎是拥抱住了柴进。

天空中，一轮明月闪耀着金色光芒，慢慢被云霞遮住。

行刺

梁山自从有了柴进的鼎力相助，更是所向无敌。柴进手中的人马虽说在高唐州被两镇节度使外加高廉的神兵围剿得损失殆尽，但柴进手里还掌握着让高俅垂涎三尺的金银粮米的储藏之地。

自从柴进真心在梁山坐了一把交椅，还被封为钱粮主管后，那些金银粮米就成了梁山军的军饷。

此后的梁山顺风顺水，网罗豪杰，劫掠州县。

晁盖不幸死于曾头市，但在柴进的财力和胆略的帮助下，在吴用的计谋和口才的算计下，玉麒麟卢俊义上了梁山。

此后，梁山一直聚集够了一百单八将外加十余万人马。这样一支力量足以引起朝廷的重视。

然而，自打宋江接替晁盖成了寨主将聚义厅更名为忠义堂之后，柴进心里就涌现出了一丝不祥的预感。

果然，在某年的重阳节，宋江聚集了刚刚排定座次的一百单八将，开始明明白白地表示要接受朝廷的招安。

宋江那首充满了对朝廷期待的《满江红》刚刚唱完，武松和李逵就开始用壮士的方式表达了不满。看到鲁智深等不少草莽气较重的头领们也表示了不同意见，宋江心里也明白是柴进在后面撺掇大家闹事。

安抚完大家后，宋江招呼柴进到自己房里密谈。

柴进说道："不是我驳哥哥的面子，只是实在想不明白哥哥为何要接受朝廷的招安。招安之行一来和众多兄弟之志不合，二来恐怕与哥哥之前在金沙滩前的誓言不符吧？"说完这话，柴进露出了少有的冷笑。

宋江看着柴进，半天不作声。突然，又拿出一把匕首，在自己胸前划拉了一下，顿时，鲜血直流。

柴进慌忙拉住，问道："哥哥不至如此啊！这不是陷柴进于不义吗？"

宋江开始哭泣，说道："我不为别的，只是有体己的话，无人可说，我的苦，又有谁知晓？"

柴进说道："如哥哥不弃，但凡说来，只要柴进能帮哥哥，必定赴汤蹈火。"

宋江止住哭泣，说道："我当然不会违背我的誓言。我宋江不过出身微末小吏，待大官人的事情成就后，能有个官位，世代传袭，此愿足矣。我只是觉得，多年征战，死了不少兄弟不说，就是被我们杀死的官军，早晚也是大官人的子民。与其这样，还不如姑且接受朝廷招安，只要我们能控制住朝政，到时候逼赵佶禅位于大官人，那样不用再流血就可以鼎定天下，岂不更好？"

柴进想了想，问道："可是哥哥，那蔡京、高俅是何等人，我们和他们耍官面文章，怎么可能是对手？"

宋江一咬牙，说道："好兄弟。我们这就组织人手，趁着今年的元宵节，进京探探情况，伺机刺杀蔡京、高俅，然后再考虑招安，如何？"

柴进想了想，说："公明哥哥，我既然是你的兄弟，自然信得过你，希望你千万不要相信朝廷。至于能否恢复先祖基业，那是命。但不能拿兄弟们的前程和性命当儿戏啊！"

宋江诅咒道："我正是为了兄弟们的前程啊！如宋江不信守诺言，必定死于毒酒！"

柴进拜倒："哥哥，柴进相信还不行吗？"

元宵节，汴梁城内，火树银花不夜天。

宋江带着戴宗、燕青和柴进一路，到了汴梁城外。由于担心被官府发现，宋江先让柴进和燕青进城打探情况，自己和戴宗在城外客栈先住下。

柴进和燕青从西南楼门进了城，随着熙熙攘攘的人群经过宣泰桥，到了云骑桥。

看着造型大气磅礴的云骑桥，柴进赞道："好一个云骑桥！"

燕青打趣道："哥哥不妨当个驸马在此桥上迎娶公主，小乙只要封个云奉尉就行，全凭哥哥差遣。"

柴进故作认真地说道："出口有灵，也未可知。"

二人笑着，又继续前行。

终于到了龙津桥，这座桥正对着大内皇宫，气势巍峨。大桥周边无数酒楼瓦舍，是个最热闹的去处。

柴进和燕青信步走到了八仙楼。

八仙楼是汴梁城数一数二的大酒楼，由于紧邻大内，皇宫内不少当值的官员、侍卫常常在此接受吃请。

柴进和燕青上了二楼，选了个阁子坐定。

燕青小声问道："哥哥，你说的朋友会来吗？"

柴进自信地说道："小乙放心，我的朋友都是信守承诺之人，必定会来。"

片刻，一位身穿锦袍、头戴宫花、约莫30多岁的殿直官进了阁子，问道："二位可是来猜灯谜的？"

柴进起身答道："灯谜年年如此，没啥稀罕的。还是喝两杯紫苏饮吧。"

那殿直官点了点头，随手关上阁子的门，赶紧招呼柴进坐了下来。

柴进小声说道："有劳兄弟了。"

殿直官答道："大官人抬举小人了。小人王四，我哥哥临死前就嘱咐小人，就是粉身碎骨也一定要报答大官人的恩情。今日终于有机会了，大官人，有何吩咐，只管直说。"

柴进看了看周围，说道："我必须得进宫一趟。"

王四沉吟道："若是平时，我可以将您二位都带进去，但今日由于是元宵灯会，金吾不禁，所以大内巡查更严。我只能保证你们进去一个，而且我还无法带路。"

柴进拱手道："这就感激不尽了。不知王四兄弟有何办法？"

王四指着自己头上的宫花，说道："我这朵花，乃是御制，大官人可穿我的服色、戴我的宫花，还要拿着我的腰牌，此外，还要记住今晚的口令，诺，这是口令。"说着，递给柴进一张纸条。王四接着说道："三样物件，少一样都别想进去。"

燕青说道："哥哥，还是我去吧。"

柴进说道："不行，一来你不熟悉宫里的路，二来嘛……"

王四接话道："大官人，我自己带着麻药，约莫会昏睡三个时辰，大官人多加小心。"说着，王四就着茶水喝下自带的麻药，随即趴在桌子上昏迷过去。

燕青奇道："这是为何？"

柴进说道："此举一来是自保，万一有什么瓜葛，就说自己多吃了几杯醉倒了。二来也不想知道我们干什么。"

燕青说道："也是，少知道一些倒是好事。"

柴进接着说道："小乙，你我虽说一见如故。但毕竟宋大哥那边你也不能无法交代，这次哥哥不得不冒险刺杀赵佶，惟其如此，天下才会动荡，我才尚且有一线机会。不然，一旦招安成功，宋大哥和梁山兄弟必死于奸人之手。"

燕青叹气道："我早就劝我家主人下山，而他就是不听。我也想助大官人一臂之力，但如果那样确实有违宋大哥，可如果听宋大哥的话而阻止大官人，就有违道义。这样吧，我就在此陪着王四，大官人赶紧换衣服吧。"

柴进拱手道："哥哥记着小乙的情分！"

皇宫东华门。

守门的御林军盘问着来往的当值官。

柴进身穿王四的锦袍，亮出腰牌，对上口令，混进了皇宫。

一旦进去，宫内各道门就比较松了。毕竟，一看柴进的服色，守门侍卫也就不再过多盘问。

柴进很早随叔父进过皇宫，又看过无数遍皇宫地形图，因此，对于主要路径都很熟悉。很快，柴进依次经过紫宸殿、文德殿、凝辉殿，终于到了皇帝看书的睿思殿。

闻着一股特有的焚香气味，柴进心中暗喜。因为，一般来说，宋徽宗在的时候才会焚香。

可是，一来是元宵佳节，二来天色这么晚，难道宋徽宗还喜欢挑灯苦读？柴进有点疑惑，但还是施展轻功，从一处窗户潜入殿里。

睿思殿里，香烟缭绕，灯火通明，柴进躲在一根柱子后面窥视着。让柴进略感奇怪的是，殿上还有三十余名小道士在一位老道士的带领下，念念有词，道士们在做法事。

由于没有发现徽宗，柴进耐心地等待。

又是半炷香的工夫，终于有两个太监进来。其中一个说道："皇上驾到！"

随着众位道士拜倒，宋徽宗赵佶身穿便服，带着七八个侍卫，进了大殿。

柴进发现，所有小道士都拜倒了，但那唯一的老道士还是盘腿而坐，闭目养神，似乎对皇帝视若无物。

徽宗丝毫没有愠怒的表情，反而兴致勃勃地走到老道士前面，问道："道长觉得寡人这睿思殿可否适合炼丹？"

老道士沉默了一阵，才有气无力地答道："回圣上，三十六天罡阵恐怕未必能挡住煞气，毕竟，这宫殿里还隐约能感受到来自外面的七十二地煞的煞气。"

徽宗有点摸不着头脑时，躲在暗处的柴进有点吃惊，感觉这老道士似乎是在说梁山一百单八将。

徽宗的气质像是一位儒雅的秀士，潇洒地挥挥手，说道："寡人不想大开杀戒，很希望能够感化贼人，使之为我大宋所用。这大概也暗合黄老之道吧？"

老道士睁开浑浊的眼睛，说道："圣上英明。贫道想和圣上单独说两句。"

徽宗笑道："道长终于愿意赐教寡人了！好，众人都退下吧。"说完，一挥手。

一时间，侍卫们和小道士们都鱼贯而出，有秩序地退到殿外。

徽宗走到御座前坐下，拿起一杆象牙笔杆的御笔，说道："道长请赐教，寡人将亲自书写，就如同之前书写的《千字文》一样，写好后命工匠刻于石碑之上。"

老道士摇摇头，说道："此间还有一人，岂可泄露天机？"说罢，冲着柴进藏身的地方说道："那位施主，请现身吧。"

就在徽宗吃惊之时，柴进缓缓走了出来。

柴进说道："在下有眼不识神仙，不知这位道长是何方高人，居然有如此耳力。"

荣耀

老道士微笑道："贫道只是觉得阁下充满了杀气，难道是想行刺皇上？"

徽宗大叫道："有刺客！"

顿时，方才那七八个侍卫冲了进来，围在徽宗身边。

柴进不屑地笑道："几个草包，焉能保护昏君？"说罢，双手翻飞，十几道寒光向徽宗一干人飞去。

随着几声惨叫，有两人中了暗器倒下。其余五名侍卫还是将徽宗围好，阵形未乱。

柴进叹道："你等也是不错的身手，居然甘心为昏君而死，剩下的我就成全你们吧！"

一阵交手，柴进赤手空拳，和五名侍卫打得难分难解。这些侍卫都是一等一的好手，方才为了保护徽宗才有两位中了暗器。徽宗吓得够呛，躲在香案下面只是发抖。而老道士却不紧不慢地站起身，说道："侍卫们保护好圣上，就由贫道来收服这个妖星。"

侍卫们很听话，又围在香案跟前。

柴进也不敢怠慢，盯着老道士。

只见老道士一甩拂尘，顿时凭空出现了百十把飞刀，向柴进刺去。

柴进赶紧一个飞身，到了大殿梁上，才勉强躲过。老道士又是拂尘一甩，一张大网又向柴进罩来。

柴进不再躲闪，从身上抽出一把短剑，口中念了一句咒语，短剑再一指，大网不见了。

老道士有点意外，说道："你这法术是哪个教你的？"

柴进叫道："这你无须知道，我今日必须要杀死赵佶！"

徽宗这才喊道："大胆刺客，寡人乃君父，你胆敢有如此叛逆之心？"

柴进哈哈大笑，说道："君父？你的祖先心里可有君臣之义？"

老道士突然说道："来者莫非是大周皇室后人？嗯，看身手，应该是横海郡的柴进柴大官人。"

柴进一惊，问道："你莫不是信口胡说？"

水浒佐传

老道士答道："阁下面相，也有龙姿凤表。再看阁下的手段，武功、暗器、轻功，嗯，至少有五位师父，法术嘛，应该是一清道人公孙胜指点的。试问？能得公孙大郎指点还有龙相之人，不是柴进又是哪个？"

柴进不再隐瞒，说道："不错，我就是柴进。"

徽宗说道："历代先皇待你们柴家不薄，汝等何苦置丹书铁券于不顾而铤而走险？"

柴进冷笑一声，说道："我懒得和真正的乱臣贼子之后讲话。我只是请问道长乃何处高人？何苦护着这样的昏君？"

老道士还是不紧不慢，说道："没错。确实是大宋开国太祖皇帝夺了柴家的天下。可是，如果柴家果真还坐着皇位，那郭家的后人又当如何？若是郭家坐着皇位，那梁、唐、晋、汉以及李世民的后人又当如何？干脆想想，秦始皇嬴政的后人又该如何呢？"

柴进一时答不上来。

老道士继续说道："论法术你绝不是我的对手，论武功这几位侍卫至少能和你僵持一阵，那时还会有成百上千侍卫赶来。那么，你觉得你有几成胜算？"

柴进愤然道："就算不敌，也死个轰轰烈烈！"

"哈哈哈哈！轰轰烈烈？"老道士手凭空一抓，一件屏风飞了过来。待那屏风到了跟前，老道士手一收，屏风居然不动。然后，老道士说道："你看屏风上写的是什么？"

柴进一看，屏风上是徽宗亲笔书写的四大寇的名号：

山东宋江、淮西王庆、河北田虎、江南方腊。

老道士说道："你不过是四大寇的之一的一个打下手的，还说什么轰轰烈烈？告诉你吧，当今皇上虽说有失圣聪，但并无恶行，不过是喜欢书画。再说了，皇上自号'道君皇帝'足见其求仙之心。贫道为了真正苍生的福祉，也不能允许你刺杀皇上。"

柴进看罢说道："没想到我大周的荣誉居然被我糟践成一个贼寇小喽啰了！唉，也是我命该如此，无须多言，请道长动手吧。"

老道士却说道："我向皇上说个情，放这柴进走吧。"

徽宗说道："既是道长开口，朕自然无有不应。只是不知，道长为何要放他走？"

老道士说道："柴进之命在天，而不在圣上龙威之下。请皇上开恩就是。"

徽宗点点头，不再说什么。

柴进无奈地看了看徽宗，又看了看老道士，说道："到了这个地步，柴进多谢道长没有赶尽杀绝，只是请问道长道号，以后也好知恩图报。"

老道士说道："别管我了。我只告诉你，我乃公孙胜师父罗真人的师兄，你还是赶紧走吧。"

柴进冲老道士鞠了一躬，转身要走。老道士又喊道："且慢。"

柴进站住，问："莫非道长还是要杀柴进？"

老道士笑道："贫道怎会出尔反尔。来，你拿着这个回去，给宋江看看。"说着，将那屏风上的字，连纸张一起撕下，扔给了柴进。

次日天亮，柴进、燕青在城外和宋江、戴宗会合。柴进拿出御书给宋江看，宋江看罢，只是叹息，没有说话。

卧底

经历了不少次打打谈谈，梁山好汉终于被朝廷招安。宋江摸着自己脸上那块耗费了无数美玉磨成的粉末才被消磨得几乎看不见的金印，心中感慨万千。

自己原本不过一小吏，如果按部就班，一辈子为大宋朝廷处理杂务之后，不过终老乡里。也是命运之神的眷顾，自己竟然成了引领十几万人的一方匪首。再经过多年来苦心运筹，居然马上就可以面见天子，位列百官。这对于郓城县的一个押司来说，真可谓光宗耀祖。

率领着所有的弟兄，看着即将逝去的梁山景物，沐浴在阳春三月的春风里，宋江恍惚觉得自己终于要开始新的生活，去追寻属于自己的真正荣耀，而不是什么四大寇之一。

水浒佐传

柴进自从刺杀徽宗不成，心里郁闷了几个月，但随即又开始继续寻找恢复自己祖先荣耀的路子。这些日子以来，柴进更加认真修习文武艺业，还勤学法术，公孙胜、樊瑞、戴宗，但凡掌握道术的兄弟，柴进都是更加亲近。

宋江为了增加梁山军在皇帝心中的分量，多次主动请缨，正好迎合了朝廷以寇制寇的方略。除了征讨辽国之外，梁山军又先后为大宋平定了淮西王庆、河北田虎两大寇。

对于这一切，柴进再不多言，只是做着自己分内的事情。每每当宋江有机会和柴进相处时，总是说："柴进兄弟，等这次凯旋班师，我们就足以扳倒蔡京、高俅一伙儿了。"

可是，每次班师后，宋江又像一只被主人爱抚过的猎犬，再一次兴致勃勃地去为主人捕猎。

柴进早已不再相信宋江的誓言，只是在等待新的机会。

终于，在柴进跟随宋江又一次为大宋出征去剿灭方腊的征途中，一位客人进入了柴进的营帐。

这时候的梁山好汉已经响起了支离破碎的前奏。自从公孙胜离去之后，金大坚、萧让、皇甫端和乐和又被留用，103 位首领开始征讨方腊，宋万、焦挺、陶宗旺成了最先战死的梁山头领。此后，韩滔、彭玘、郑天寿、曹正、王定六又丢了性命，宣赞和敌将同归于尽，施恩、孔亮被淹死。

柴进已经明白了"履霜冰至"的道理，感觉到梁山要走向灭亡了。

柴进此时跟随宋江一路在樵李亭驻扎。樵李是吴越争霸时勾践被夫差打败的地方，这个地方在嘉兴一带，雨水颇多，空气里总是雾蒙蒙的，更让人平添几分伤感。

拜访柴进的人自称是柴进的故人，军士带到柴进营帐中时，柴进并不认识。但是，柴进还是吩咐兵士退下，单独和那人说话。

柴进问道："足下何人？我并不认识足下，何以是为故人？"

那人生得猿臂熊腰，眼睛赤黄，说道："柴大官人贵人事多，难道忘记了小养由基？"

"庞兄弟？"柴进惊道："壮士莫非是庞兄弟什么人？"

荣耀

"正是，"那人答道："实不相瞒，我乃病雷公雷炯，是庞万春大人副将，特地将庞将军书信交予柴大官人。"说完，从怀里掏出一封书信，递给了柴进。

柴进很快看完信，又到营帐门口张望一下，确定无人，才转回头问道："这么说，庞兄弟现在是方腊的人？"

雷炯答道："正是。我家天子南面为尊，我大哥官居护国大将军，镇守昱岭关。"

柴进沉吟道："你大哥说你家主子求贤若渴，可有此事？"

雷炯答道："自然不假，我家天子任人唯贤、与民同乐，强过那赵官家百倍。虽说我家天子出身樵夫，但自有天神护佑，加之狗官朱勔横征暴敛，江南百姓早就臣服我家天子了。"

柴进小声说道："雷兄弟，你且回复你大哥，我会考虑的。只是希望你大哥千万不要和梁山兄弟碰上，我不希望英雄害英雄。"

雷炯一拱手，说道："遵命。但两军对阵，各为其主。在下不好说以后的事，请大官人早作打算为好。我大哥说了，他随时在昱岭关恭迎大官人以及其他梁山的真英雄。告辞！"

送走雷炯后，柴进几乎一夜未眠。

第二日，柴进又走访了一天当地百姓。

第三日一早，柴进来到宋江营帐。

宋江正和几位头领议事，见柴进来了，赶紧吩咐看座。

柴进说道："宋大哥，我看这方腊非同寻常，我们此次已经损失不少兄弟。小弟想深入方腊巢穴，去做细作，若能成就功勋，上可报效朝廷，中可解宋大哥之忧，下可使生灵少受荼毒，不知道大哥以为如何？"

宋江大喜，说道："若是柴大官人肯去，那我们就更有把握尽快直捣贼人巢穴，生擒贼首，只是此行极其凶险。"

宋江的脸上又涌现出一丝不安。

柴进赶忙说道："为了兄长大业，我无惧生死。当然，我也不是一个人去，可让燕青随我一同前往，他能说各种方言，更利于我见机行事，也好随时和大哥联络。"

宋江又恢复了微笑，说道："如此甚好，如此甚好。"

翌日一早，柴进一身白衣，俨然一个秀才。燕青则是一身仆人打扮，燕青背着书箱和一张古琴，柴进还佩戴着一柄古剑。二人奔海边寻找船只，准备寻找方腊巢穴所在。

入赘

柴进和燕青自檇李亭出发，到了海盐县，寻着海船，向着诸暨而去。一路上，柴进通过燕青的方言天赋，向当地百姓了解到不少有关方腊的情况。

同时，柴进和燕青无不感慨当地百姓对方腊的支持和对大宋朝廷的失望。

行至鱼浦渡口下船后，柴进和燕青在一家小酒店吃饭。酒店也没什么别的客人，只有柴进、燕青二人。

吃了几口酒菜后，柴进说道："小乙，真没想到，江南的民心如此向着方腊。"

燕青也说道："是啊。前番征辽，本来我们占着上风，可偏偏有奸臣力主议和。议和就议和吧，可那和约简直是降表！"说到这里，燕青一拳重重地砸在桌子上。

柴进接着说道："何止如此。我们平定王庆和田虎时，俘虏的所谓的那些兵士其实都是没有生计的百姓。"

燕青叹了口气，说道："主上昏庸，奸佞当道，民不聊生啊。"

柴进又喝了一杯酒，说道："好了，咱们该上路了。"

接着，柴进小声说道："前面我们就要到睦州了。小乙谨记，我乃柯引，你名叫云壁。"

燕青点点头，说道："云壁记下了。"

睦州城是方腊的重要地盘，据燕青向当地乡民打听，方腊在睦州和歙州都有行宫，至于方腊在哪里倒不清楚。所以，柴进决定先到睦州碰碰运气。

柴进经过多年读书以及众多江湖阅历，加上皇族气质，比起方腊那些自封的丞相、国师，其谈吐、气质自然犹如皓月之比萤火。

荣耀

很快，一位名为柯引的中原高士的名声进入了方腊的耳朵里。

柴进和燕青终于见到了方腊。

方腊的皇宫居然不在睦州，而是在属于睦州城的一个小县的治所之内。

这个小县就是清溪县。

方腊的宫殿藏身于帮源洞里，不是有人带路，外人很难找到。

由于之前丞相等官员对于柴进的推崇，方腊首次接见柴进时就给予赐坐的待遇。

柴进侃侃而谈，燕青一旁解释。方腊看到柴进仪表堂堂，甚为尊贵，再加上柴进文韬武略，无有不精，于是问道："贤士方才说是循着天子之气而来，此话怎讲？"

柴进答道："臣柯引自幼得多位恩师授业以及异人传授，能上观天象、下察地理。之前夜观天象时发觉帝星正照东吴。于是，不远千里，望气而来。到了睦州，发现此处升腾起一片五色天子气，原来圣驾在此，果不欺我。"

方腊很是高兴，问道："看贤士姿容，很有贵气，不知是否贵胄之后？"

柴进答道："圣上明鉴。臣的家世，据老管家所说，应是某朝国主，只是臣自幼父母双亡，老管家也去世多年，故此实在不知详细。"

方腊点点头，问道："那贤士可有妻室？"

柴进答道："臣虽说年近不惑，但由于只顾修习文武之艺，未曾婚配。"

方腊想了想，说道："嗯，这样啊。贤士可否愿意辅佐朕？"

柴进说道："臣就是投明主而来。"

"好！"方腊说道："那你就先当个中书侍郎。"

几日后，方腊在后花园赐宴柴进。左丞相娄敏中、宝光国师邓元觉作陪。

几人喝到高兴处，柴进有意展示才能，吩咐随行的燕青摆上古琴，一曲《平沙落雁》，弹得气贯山河、有凤来仪。此时，正

水浒佐传

巧方腊有一义女，年方十八，尚未婚配，封号为金芝公主，听到柴进的琴曲，大有知音之感。因为，这金芝公主乃是方腊十余年前从一艘失事海船上救得，后来在睦州城有了奇遇，拜一位方外之人为师，学得精妙乐律，尤其善于吹笛，还有"金笛仙子"称号。金芝公主的师父告诉她，自己之前还教授过三个弟子吹奏笛子，根据资质和学艺的成就，分别授予银笛、铜笛和铁笛。唯有金芝公主资质最高，被赐予金笛。

由于柴进胸怀大志，经历多年磨砺，早就能将大志藏于无形，但音律乃心生，是藏不住的。所以，真正懂曲调的一听，便知端的。这《平沙落雁》曲表面是说秋天景物，但恰恰吐露出了高士的那股子不被人所知的情怀。

金芝公主一听，很想和鼓琴之人神交，从小也是被宠坏了，也不避讳，躲在距离方腊、柴进饮酒处不远的一个亭子里，拿出金笛，兀自吹奏起来。

听着极其悠扬的笛声，几位不懂的都被陶醉了，但都说不上是什么曲子。柴进对于音律已经比较熟稔，发觉这首曲子像是自己听过的一首，但依稀又记不清了。只是，这首曲子和自己的琴曲相当和谐。一旁的燕青小声在柴进耳边说道："这曲子怎么和铁笛仙所吹的差不多呢？"

顿时，柴进豁然开朗，停下琴曲，朗声说道："不知哪位知音，居然能吹奏失传已久的《梅花落》，烦请出来叙话，也好共论音律之妙，岂不美哉？"

柴进的声音很是浑厚，一下子压住了笛子的声音，金芝公主戛然而止，抿嘴笑笑，也不出来相见，径自走了。

方腊哈哈大笑，解释道："小女金芝，从小被惯坏了，柯侍郎不要见怪。"

柴进答道："圣上有女如此，何愁天下不得？小臣佩服！"

几人重续杯盏，一醉方休。

约有一月之后，方腊召见柴进。

方腊说道："百官都夸柯侍郎有经天纬地之才，朕看也果不其然。这样吧，朕想招你为驸马，不知意下如何？"

柴进跪拜，说道："这是臣子三生有幸，谢圣上恩典，柯引定然誓死报效圣上。"

方腊说道："也是小女认定你的，非告诉朕，说和你有萧史弄玉之缘分，朕也搞不懂什么萧啊玉啊的，反正朕喜欢你，小女又倾心你，你就是自家人了。"

七日后，柴进被金芝公主招赘为驸马，官封主爵都尉。燕青被封为云奉尉，和柴进一起进驻驸马府。

走在进入方腊皇宫谢恩的路上，柴进对燕青说道："不想昔日在汴京云骑桥的戏言，竟然成真。"

燕青说道："是啊，果然出口有灵。只是不知柯驸马以后作何打算?"

柴进说道："家里那边，我自会告知。"

婚后，柴进经过询问金芝公主断定，那铁笛仙马麟和金芝公主就是一个师父，只不过马麟的资质远远差于金芝公主。金芝公主和柴进倒也琴瑟和睦，感情甚笃。

此后，柴进出入方腊皇宫有如自家庭院。柴进也一直真心为方腊筹划。他多次建议方腊选一旅精兵，乘海船北上至山东到滨州，从北面偷袭汴京，然后派人西面联络王庆余党，以为策应。但方腊是个极其恋家的人，认为只要能固守自己的江南地盘就满足了。这让原本想借助方腊势力大干一场的柴进很是失望。

金芝公主性子单纯，根本不过问政事，柴进也不忍让她搅进来，因此也没有请她劝说自己的父亲。

其间，方腊也见了庞万春，希望他支持自己。可是，庞万春还是以方腊马首是瞻，柴进只好等待机会。

渡海

宋江和卢俊义两支部队的进攻越来越凶猛。

桐庐县、乌龙岭、昱岭关、歙州城先后失守。宋江的梁山头领和方腊的精兵强将在打着消耗战。蔡京、高俅在都城则满意地看着战报，欣赏着贼寇与贼寇的两败俱伤。

庞万春也战死了！因为，他杀死了包括欧鹏、史进在内的8位梁山好汉，被汤隆活捉后，剜心而死。

水浒佐传

柴进不能再等，他亲自替方腊一方出战，身穿方腊赐予的金甲锦袍，阵前厮杀，先后让花荣和朱仝败下阵来。

在一次偶然的机会中，通过燕青，柴进从娄敏中丞相那里知道了有关金芝公主的一些事情。原来，方腊是金芝公主生父的死敌。方腊和金芝公主的生父早期为了争夺秀州的地盘拼得你死我活，但毕竟二人曾经是结义兄弟，方腊击败并逼死金芝公主生父后，还是将金芝公主收养了。更重要的是，燕青居然从娄丞相那里偷来了一封血书，是金芝公主生父写给娄丞相的。原来他们三人都是结拜兄弟。

这下子柴进很是矛盾，究竟告不告诉金芝公主真相，柴进一时难以决定。

这边宋江当然不会闲着，在戴宗和燕青的安排下，宋江和柴进在帮源洞外单独见面。

宋江先说道："辛苦柴大官人了。此时我梁山军基本已经剿灭叛逆，除了帮源洞以外，方腊再无其他地盘。"

柴进答道："小弟惭愧，没有帮上太多。只是听闻兄弟们一个个命丧沙场，心如刀绞。"

宋江说道："瓦罐不离井上破，将军难免阵前亡。柴大官人是不是也为庞万春难受啊？"

柴进看着宋江，说道："我早该想到，公明哥哥对我放心不下。"

宋江却说道："大官人误会了。实不相瞒，经过几次为国征战，这次兄弟中又有不少沙场捐躯，而朝中奸臣还是不能相容。宋江想明白了，决定除掉方腊之后，拥立大官人为大周正统，以吴越之地为依托，策应天下好汉，几路合围东京，继续高举替天行道大旗，解救黎民于倒悬。大官人意下如何？"

柴进有点吃惊，问道："不知这次宋大哥真是看透朝廷了？"

宋江霍然站起，露出右手手臂，上面赫然有几十道伤痕。宋江说道："这次我真是看透了，每次阵亡一个头领，我就在自己手臂上划上一刀，我一定要为兄弟们报仇雪恨！"

柴进动容，说道："大哥既然这么以兄弟为重，那柴进也不能藏着掖着了。实言相告，柴进本想以方腊驸马之名鼓噪方腊，

荣耀

209

借助方腊之力继续复兴大计。可是，方腊之辈，确实竖子不足与谋。宋大哥为兄弟计也好，为天下黎民也罢，万万不可再犹豫了！"说罢，柴进泪如雨下，跪倒在宋江面前。

宋江也跪了下来，指天盟誓，说道："宋江如若犹豫，不以大周正统柴进马首是瞻，必定死于毒酒！"

柴进不再说话，只是用力地点点头。

柴进回去后的第一件事就将那封血书给了金芝公主，并告诉她娄丞相所说的一切。知道真相的金芝公主痛哭流涕，发誓要报杀父之仇。柴进这才将自己的真实身份和目的告诉金芝公主，金芝公主自然是嫁夫随夫，支持柴进和宋江共谋大事。

于是，有了柴进的真心相助，宋江终于可以发动对方腊巢穴最后的总攻。

由于神勇的柯驸马及云奉尉的突然倒戈，方腊猝不及防。方杰在关胜、花荣、朱仝、李应的夹击下又被柴进偷袭，喋血沙场。随后，柴进、燕青领着四将率先冲进帮源洞。之后，其余将领也在前面队伍的引领下，一齐杀入方腊皇宫。

最终，鲁智深生擒了方腊。方腊最后的巢穴也被付之一炬。

柴进事先找了个宫女，命其穿上金芝公主的衣服，然后当着花荣、关胜的面杀了那个替身。其实，真正的金芝公主早被柴进转移到了一个安全的去处。

燕青则不动声色地抢了两担子金银珠宝，自行藏了起来。

所有庆功事宜和处置俘虏的事情料理完毕后，柴进到了宋江的大帐，准备和宋江商议下一步的计划。

谁知，在宋江的大帐里等待柴进的是枢密使童贯大人和十余名身穿浅黄袍的大内高手。

童贯见到柴进，说道："奉圣旨，率乾龙营缉拿反贼柴进。"

柴进呆若木鸡，随即苦笑道："高唐州城内有'神犬营'，高唐州城外有'飞虎营'，这次又是'乾龙营'。看来，大内三大捕快营都和我有缘。"

童贯狞笑道："这次要怪就怪你那仗义的及时雨宋大哥吧。他为了自己的荣华富贵，亲自向圣上举报，本官还得亲自缉捕你，你面子大了去了，哈哈！"

水浒佐传

柴进虽说气得将要昏厥，但还是定定神，说道："童贯大人，您不懂困兽犹斗的道理？"说着，亮出了自己随身带着的两柄短枪，准备拼死一搏。

童贯笑道："你自以为你一个能抵得过乾龙营的十几位顶尖高手？"

"我家主人什么时候都不会是一个人。"随着一个声音响起，一位老者和几位江湖豪客打扮的人也进了营帐。

"朱叔叔！钱留兄弟！你们都还活着？"柴进简直不敢相信自己的眼睛。

童贯稍有吃惊，但还是说道："看来又多了几个不知死活的，动手！"

随着童贯的一声令下，柴进、朱大管家、钱留及其余几位豪客和十几名大内高手激烈搏斗起来。

片刻之后，已经有三位豪客和两名大内高手倒下，但柴进这边还是显得有些吃力。

毕竟童贯这边全是一等一的顶尖高手，柴进纵然武艺再高，也是好汉不抵人多。至于朱大管家和钱留带来的帮手，对付寻常高手还尚可，若论和顶尖大内高手过招，也还是力有不逮。

两拨人又斗了一阵，钱留腿上又受了伤，柴进这边更是情况不妙。

突然，一阵刺耳的笛声响起，大内高手们纷纷后退，开始运功抵抗，柴进这边的人倒是浑然不觉。

童贯一见，觉得有点蹊跷，叫道："谁在捣乱？"

"是本姑娘，狗官看打！"随着一声娇叱，竟然是金芝公主。

柴进上前道："贤妻，你居然能运用如此深厚的内功？"

金芝公主嫣然一笑，说道："夫唱妇随，你既然要和官军干，我只好跟着了。"

童贯不以为然道："你们可以止住大内高手的进攻，但外面的千军万马你们自信能闯出去？"

朱大管家说道："主人，高唐州我们都死过一回了，大不了再来一回！"

钱留也是丝毫不皱眉头，剩下的几个豪客则一声不吭，只是紧握武器。

柴进深情地看着妻子，又感激地看了看朱大管家和钱留等人，说道："人生如此，死亦何妨？来，我柴进今日就为荣耀而死！"说着，挥舞短枪，准备再次拼杀。

"呵呵，呵呵，《冲虚经》有云：'生为徭役，死为安息。柴大官人还有很多事要做，不要这么早就休息啊。"一位鹤发童颜的老道士倏然现身。

"啊？是你？"柴进惊呼。原来，此人就是在汴梁皇宫阻止柴进刺杀徽宗的那位老道士。

而金芝公主却惊喜地喊道："师父，您老还真来了！"

这下子柴进真的蒙了。

那老道士捻着胡须，微笑道："你这个小徒弟资质最好，我最疼你，你都那么诚心求我，我还能不出手？"

金芝公主对柴进说道："这位就是我师父道藏真人。"

童贯叫道："道藏国师，你可是皇上的国师，不至于和叛逆是一路的吧。"

道藏真人说道："童大人，我大宋开国皇帝可是明言，不得杀戮大周子孙，有铁券丹书为证。"

童贯的脸色非常难看，问道："难道，大周的子孙意图造反也不能杀吗？"

道藏真人慢慢说道："童大人，你虽说位高权重，但对于大衍之数却不甚了解。我大宋之所以得天下，那是符合大衍之数，所以开国太祖皇帝独自打遍天下军州起家而黄袍加身。时下虽说大宋四邻虎视眈眈，但按照定数，大宋国祚还有很长时间，不是一个柴进能改变的。可是，如果真杀了柴进，一来不合定数，二来坏了陈抟老祖和太祖皇帝的爱民之约。毕竟，柴进总归是大宋的子民，道君皇帝胸怀宽广，自然会赦免柴进的罪愆。"

童贯无奈地说道："既如此，圣上那边我可无法交代。"

道藏真人问道："那么，童大人是想让侍卫们和贫道过过招不成？"

童贯悻悻道："国师说笑了，都依国师还不行吗？"

柴进发现，道藏真人对童贯说话的声音不高，但极其威严，不容质疑，和对金芝公主说话时的语气简直判若两人。

接着，童贯气得拍了一下桌案，叫道："好了，好了，我们撤！"率领乾龙营的高手出了营帐。

三日后，海边。

十几艘大海船准备起锚。

码头上，柴进、金芝公主、朱大管家、钱留以及十几个手下准备登上其中的一艘。

柴进问道："朱叔叔，你和钱兄弟是如何在短时间内攒起这么大的产业？"

朱大管家笑道："大概是老夫水性好，所谓'水生财'，因此善于经商。而钱留乃是吴越王钱婆留的后人，在此地头熟，我二人搭帮，自然日进斗金，陶朱公也得甘拜下风。"

众人大笑。

柴进又问金芝公主："你师父不和我们一起走？"

金芝公主说道："唉，别提了。我死缠硬磨了三天，他就是不肯和我们一起去，也许是他那个铁笛弟子死于战乱，心里难受吧。"

柴进叹道："是啊，若不是铁笛仙马麟兄弟曾经指点过我笛子的韵律，我哪里能娶得如此贤妻？只可惜听说他死于乌龙岭，真是让人难受。"

金芝公主突然想起什么，对柴进说道："对了，师父让我告诉你，之所以救你，是因为他的先祖和大周开国皇帝柴王有些渊源。嗯，还有呢，希望你最好顺应天道，不要再盘算着推翻大宋。他老人家说：'治乱有道，存亡在天。'"

柴进沉默了一下，问金芝公主："你觉得我会罢手吗？"

金芝公主笑道："师父就知道你不会罢手，所以又传授我几招本事，关键时好再救你！"

柴进叹道："道藏真人，简直是神仙！"

又传来一阵水手的吆喝声。

钱留说道："主人，我们得上船了。"

金芝公主问道："我们真的要去大金国？听说那地方冷得要命，我可有点害怕。"

朱大管家说道:"侄女不必担心,那地方有的是人参鹿茸乌拉草,包你暖和又养颜。"

钱留附和道:"就是,凭着我们这十几船货物,我们没准还能受到老狼主完颜阿骨打的亲自接待呢。然后呢,嘿嘿,我家主人的复周大业必定有成功的指望了!"

波涛滚滚,一排海船,向着北边而去。

有道是:

柴王子孙志,直挂沧海时;
天涯频借力,心苦何人知?

附录：为晁盖及一百单八将赋诗

"三顾频烦天下计，两朝开济老臣心"，每当看到这句诗，诸葛亮鞠躬尽瘁死而后已的形象就跃然纸上。这句诗出自杜甫缅怀诸葛亮的七律《蜀相》，个人认为，这首诗可堪绝唱。还有一首南宋人胡铨的《吊岳飞》，其中"张皇貔貅三千士，撑拄乾坤十六年"更是把岳飞独木支撑宋朝大厦的情景描写得十分生动。

上述一文一武两位历史人物，可谓公认的人杰。

在自己儿时的印象中，梁山好汉当然也都是豪杰，识字以后读《水浒传》小人书，每每读到晁盖中毒箭而死，就觉得不胜可惜，更为晁盖鸣不平，这么豪爽的一位大哥大级好汉咋就没有走到头呢？因此，心目中一直将晁盖和其余一百单八将看成一个整体。

随着年龄增长，对于《水浒传》的看法自然更全面。同时，对于好汉们原本敬仰的眼神似乎又加上了一把放大镜甚至是一台显微镜，将他们的缺点也开始看在眼里。但是，这并不妨碍自己的一个想法，那就是想为每一位梁山好汉写一首诗。

在创作《水浒谣传》的过程中，这个想法也逐步变成了现实。可以说，为每一位好汉所写的诗都不比写一篇文章轻松。因为，有些好汉们出场不多，性格又没有什么特别，不是很好把握。但无论如何，总算都完成了。考虑到王伦的差劲表现，没有为白衣秀士写。除此之外，晁盖加上一百单八将，就是一百零九首诗。

根据自己对于近体诗的一些点滴领悟，认为五律诗最不好写，所以就用五律体裁。

需要说明，之所以弄上这个附录，纯粹是想和同样喜欢《水浒传》、感兴趣梁山好汉的读者们分享。

下面，以晁盖为首，此后按照最后的梁山座次顺序，将这些诗罗列如下。至于每首诗后面的人物点评，更是一家之见，望高人方家们不要较真。

晁盖

虎踞郓城池，悠游保正村；
神奇能顶塔，义气可还魂；
啸聚石碣水，开牙聚义门；
呜呼千里马，只剩骨骼存。

【点评】晁盖者，绿林天王也。胸中怀浩然义气，腹内有赤诚良谋。然为一"照夜玉狮子"千里马，中毒箭而丧于头市，不亦惜哉？正所谓"呜呼千里马，只剩骨骼存"。风骨也。

宋江

出身刀笔吏，解忧乃堪奇；
保义谁人呼，及时雨不惜；
成名出法场，得意入京畿；
鹰犬投官府，难留酒一滴。

【点评】宋公明，刀笔小吏却能解官司，乡野鄙人可闻达四海。为求咸鱼翻身，脱离王室靡鹽之纷扰，求得紫色绶金印之荣华，不惜落草为寇，知法犯法，实乃千古第一赌徒是也！

水浒佐传

卢俊义

逍遥居冀北，自在有大名；
冒昧求天命，疏忽问道情；
传扬龙华寺，无奈智多星；
狩猎麒麟去，朝纲并未清。

【点评】卢俊义，本无衣食之忧，更有金银之喜；身负惊人艺业，心存敬畏玄机；枪棒足以自保，财帛可堪无敌。然听信无妄阴阳之谶语，遭遇蓄谋拙劣之反诗。听命差遣在水泊，任凭驱驰于军前。感恩得一微官，水银终结性命，不亦悲哉？

吴用

蹉跎非所幸，无奈爱浮名；
歃血合三阮，结盟聚众星；
难酬晁盖志，却助宋江行；
兔死狐悲后，洼边魄断情。

【点评】智多星，徒有天机之名，难酬天命之敬；本当尊圣贤教诲，陋巷瓢饮；晓阴阳变数，云淡风轻。无奈金银动心志，利禄锁脖颈；不惜妄立杏黄旗之无名，更换聚义厅之门庭！于水洼边，作妇人泣！

公孙胜

赳赳有大郎，赫赫水泊星；
黑发明八卦，白身号一清；
单人投保正，两度却公明；
勉强全忠义，决然啸傲行。

【点评】天闲星,自得天地之精。治世修身养性,乱世东西打听;机缘寻同伙,气数聚七星;一见如故即有歃血之义,众人同心乃有取财之行。发觉公明有投靠朝廷之意,立即打点遂拜别聚义之厅;虽遭呼保义用忠义之枷锁套回,然难挡入云龙怀赤松子潇洒豪情!

关胜

演义名声震,缘由武圣人;
青龙实仿造,赤兔亦传神;
凤眼承忠义,长须秉见闻;
空凭先祖志,坠马不留痕。

【点评】绿林也拜忠义楷模,好汉更需千秋形象;纵《吕览》早有引婴投江,然《水浒传》依旧美名传扬;关公英气,十足铿锵;云长余威,子孙激昂;虽武艺未及豹子头,却座次恰恰居其上。呜呼!门阀之见,自古相当。

林冲

武艺有绝招,包羞忍辱熬;
牢城人事满,料场火舌高;
护体长缨穗,剜心短柄刀;
威名传四海,后世谬英豪。

【点评】何来豹子头?指望觅封侯?然即使求燕尔之惬意,却无奈遭衙内之缠斗;无通天之关节,有陆谦之佞友;水泊促兄弟大聚首,阵前俘高俅于海鳅;为成全招安念想,就放下血海深仇;南征北讨随大溜儿,染病客死谁人收?愁,愁,愁!

水浒佐传

秦明

无名霹雳火，只为宋江出；
铁棒徒神力，良谋却泪哭；
人妻成祭祀，弟妹续江湖；
暗算随长戟，家人总不孤。

【点评】本以为宋星主多有奇谋，未曾想诸葛亮遗留妙计；瓦砾场依样画葫芦，天水关果真被学习；绝后计杀人家小，美人计再送娇妻；若想回身无归路，只好死心又塌地；论狠毒黑三郎如认第二，看天下哪个敢自称第一？

呼延灼

世代出良将，呼延美誉扬；
驱驰凭铁马，败阵叹金枪；
俘获豪气短，招安计议长；
垂老迎兀术，念之亦神伤。

【点评】双鞭有千钧之力，乌骓率四海之兵；河东多勇猛之士，朝廷用名将之星；连环马本应无敌，钩镰枪却来扫兴；忠臣本不事二主，招安来反复叮咛；从此后东征西讨，尽无数鹰犬之行；唯耄耋之年战金将，传千秋大义于汗青！

花荣

百步箭翎来，实为无尽灾；
豪情失禄位，义愤救兄台；
静气惊鸿落，凝神豹尾开；
佳人成贼去，大宋少雄才。

【点评】清风寨武将悠闲，小鳌山公明狂癫；重义气抛却所有，为兄弟官司株连；舍官位追随保义，露绝技一马当先；晁天王谓予不信，小李广回身射雁；前世似曾有亏欠，甘愿自缢于坟前。

柴进

鹰扬贵胄生，虎翼志得成；
有恃江湖客，无愁道义风；
丹书压例律，铁券引纷争；
入伙看粮秣，归田故友逢。

【点评】先祖无奈失九五，后生蓄意走江湖；散钱粮通英雄末路，摆酒肉救侠士穷途；抗王法慨然之语，收人心亡命之徒；交匪类自鸣得意，上梁山家世全无；随招安尽心尽力，得残生浊酒一壶。

李应

惬意独龙岗，生财借义方；
无仇晁盖寨，有隙祝家庄；
匕首除贼寇，钢枪震大王；
终归难入伙，诈病好回乡。

【点评】本为扑天雕，无争乐逍遥；飞刀有神出鬼没之能，钢枪多气定神闲之骄；奈何管家强出头，只好修书一肩挑；从此后与梁山有染，恨无奈被星主相邀；管钱粮闲职空度，随招安身世乱飘；总算见机回故里，躲过奸佞捅一刀。

朱仝

赤面入官厅，长须武圣形；

交情脱保正，仗义纵公明；

衙内无辜命，李逵有意行；

功成投保定，破金后人评。

【点评】原本无意上梁山，只因义气实不堪；东溪村虚与委蛇，宋家庄一力承担；解脱插翅虎，服刑寻公干；小衙内脾气相符，黑旋风分外凶残；无奈江湖闯荡，一样奋勇当先；到头来为国为民，总不负忠义两全。

鲁智深

侠心除恶霸，快意落天涯；

醉酒殴僧众，拔杨赶老鸦；

结交生闪电，聚义伴云霞；

应运擒方腊，随潮好探家。

【点评】本是寻常军汉，却喜骇浪惊涛；一路仗义行侠，沙门也佩戒刀；二龙山掌控天地，忠义堂却随鞭梢；立了奇功无数，招安内心煎熬；到头来为主除大患，独一人坐化钱江潮！

武松

孤身四海游，保义总强求；

打虎都头做，寻兄长嫂羞；

飘零磨岁月，鏖战度春秋；

武二今何在，英魂塔里求。

【点评】横海郡结缘宋江，寻胞兄大步昂扬；偏生路过阳谷县，无心打虎景阳冈；秉性耿直不假辞色，言语突兀妇人难当；激惨祸人伦不再，吃官司刑罚冗长；几番波折做假头陀，数次飘荡聚花和尚；再会公明实无意利禄，到头逗留在六和塔上。

董平

本为兵马首，威震护城楼；
谬赞双枪将，虚封万户侯；
只因求配偶，却敢忘公仇；
命丧独松关，休言覆水收。

【点评】井水自居东平府，怎奈河水梁山扑；棍打双煞威风在，鏖战金枪飞尘土；太守不知权变，少了擎天巨柱；良将只为妻室，绿林自然招呼；官身穿贼衣，自绝正路；回首再招安，稀里糊涂；只叹那火炮钢刀之后，如画饼功名全无。

张清

飞石震煞星，举手显身形；
做法云龙胜，凌波众将赢；
托名源没羽，借梦配琼英；
所幸妻茹苦，从军有壮丁。

【点评】奈何平明寻白羽，只因张清本不需；飞石如蝗破空响，天罡地煞也畏惧；神授绝技守东昌，无奈天星来相聚；只为排名走一遭，再披官袍命难续；总归结缘琼矢簇，麟儿张节挫金旅；可惜奇人不长留，神仙清泪化秋雨。

杨志

飘零宦海关，恶浪打官船；
气愤屠牛二，盲从拜黑三；
招安情无尽，啸聚意阑珊；
富贵丹徒断，黄粱一梦还。

【点评】花石纲时运不济，殿帅府前程分离；没毛大虫凑热闹，青面神兽上火急；教场鏖战急先锋，总算中书不弃；缜密巧运生辰纲，无奈不遂人意；二龙山自在落草，上梁山自投死地；任差遣四方走尽，受册封不存一息；功名如此难求，不若绿林嬉戏！

徐宁

安居汴梁地，度日若呼吸；
震慑金枪猛，失机铠甲奇；
鸡鸣勤算计，狗盗竟挪移；
力战遭毒箭，鸣呼一命西。

【点评】金枪教头与世无争，哪管水泊万马奔腾；怎奈表弟立功心切，内外算计制造重逢；梁上君子妙手空空，金钱豹子大功告成；可怜一个官身，忠义堂上空等；平方腊不由人意，东新桥了却此生。

索超

领饷北京城，青云伴大鹏；
天资随大帅，本性做先锋；
有意平州郡，无心落陷坑；
重归官府后，富贵化清风。

【点评】一柄金蘸斧，三声震天呼；教场大战青面兽，只因一口气未出；威名虽不大，响彻大名府；力战水泊大军，只为生性顽固；未曾料想落陷坑，忠义堂上有去处；若问本将归宿，杭州城外飞锤误！

戴宗

监牢自古同，勒索更从容；
讯棍逼行货，文书认长兄；
通风豪气满，报信命途穷；
驾起神行法，终老岳庙中。

【点评】江州院长长衫湿，只为音讯早得知；日行五百已瞠目，更有八百不觉迟；本来逍遥吃囹圄，不觉世间多少日；忽闻好友书信到，从此便与公明识；奈何刀兵点水工，恰巧要遂凌云志；上下打点为兄长，遭受牵连因反诗；总算法场捡一命，只好落草无归时；总算泰州保形骸，大笑一声皆休止！

刘唐

醉卧灵官庙，私商胆气高；
名头说赤发，武艺仗朴刀；
劫道金珠掠，分赃酒肉豪；
千斤闸板重，百战亦徒劳。

【点评】千里做贼只为财，流连啸聚不应该；只因为兄弟豪气，到头来轻如尘埃；生辰纲本是人参果，黄泥冈就等财神来；辛苦侍奉两代寨主，用命出阵遭逢大灾；杭州城月迷津渡，候潮门雾失楼台；终于一魂归水洼，依旧蹒跚投晁盖。

李逵

避难江州府，牢营勒索熟；
夺鱼酬义气，救主走穷途；
勇猛人皆赞，凶残鬼亦哭；
甘心喝鸩酒，板斧更呜呼。

【点评】何处刮来黑旋风，聚拢暴戾江州城；本来度日凭勾当，机缘到时兄长逢；铁牛入水非吉兆，一洼水泊乃陷坑；饿极竟然食人肉，斧劈幼童大功成；砍杏黄旗方显一丝豪气，饮夺命酒实乃愚蠢忠诚。

史进

自认拜师全，名家授艺专；
擒贼抢刀勇，纵盗把酒欢；
有意延安府，无心少华山；
依然侠客气，昱岭立雄关。

【点评】偌大家业勤挥霍，爷娘溺爱率性多；遍寻武师习枪棒，幸有王进共蹉跎；本是顶天立地汉，却怕闲言碎语说；竟然成全山大王，终究被迫成一窝；不改打抱不平气，只好求助上水泊；总算招安除贼名，连珠箭来命难活；可惜了一身九纹龙，成画饼轮回舞婆娑。

穆弘

闹市英雄汉，揭阳小镇缠；
行侠无阻碍，仗义没遮拦；
入伙烧豪院，结帮弃祖田；
江南多苦战，越地冷风寒。

【点评】逍遥快活揭阳镇，横行众人作狼奔；巧中巧病大虫卖艺，怪只怪宋公明招人；家有小郎苛刻，一味强求较真；浔阳江边呼艄公，方知追逐乃真神；从此抛家舍业，落草不求翻身；辛苦出力不少，杭州城里归尘！

雷横

纵使能插翅，难思落草时；
人情王法弱，道义律条失；
不忍家慈怨，无容戏子嗤；
残生捐战场，陨落有谁知？

【点评】谨守一口公门饭，虽无巨富亦解馋；点到为止公私顾，适度人事不贪婪；有意周全朋友，无心刺字上山；小小囊中羞涩，官司气数使然；说灵巧能纵晁盖，论勇猛可杀高廉；无奈瓦罐不离井口破，空留德清鏖战多幽怨。

李俊

立命揭阳岭，江河啸聚行；
神蛟合地煞，大蜃应天星；
赤胆勤征战，忠心苦练兵；
结缘识费保，诈病躲公明。

【点评】靠水吃水浔阳江，明为艄公暗豪强；揭阳三霸占其一，水鬼地保争传扬；几番解公明倒悬，多次助宋江激昂；水战陆战皆出色，大义小义全承担；虽不曾经史贯通，却也似范蠡一般；诈病不逊孙膑，暹罗立业谁堪？

阮小二

撒网石碣水，无鱼亦晚归；
寒心官府送，热血贵人追；
太岁忠心满，公明义气亏；
挠钩抓战将，自刎化灰飞。

【点评】石碣村别有洞天，无奈何军师上前；为重金兄弟眼热，触王法身背罪愆；随天王初登水泊，伴大哥征战万千；统水寨威风凛凛，挫王师官家黯淡；虽说只愿终老绿林，宿命所致听任招安；乌龙岭阴风怒号，横腰刀英魂不见！

张横

险取三郎命，凶神恶煞行；
扁舟飘鬼火，骇浪起魔星；
入伙光明意，搭帮坦荡情；
残躯拼死战，未敢负英灵。

【点评】开山立柜浔阳江，江州地界做强梁；船里乾坤大，水中日月长；巧遇公明当买卖，多亏李俊救慈航；一封家书承美意，白龙庙里敢担当；从此水洼坐交椅，鞍前马后徒奔忙；痛失手足涌金门，瞳仁喷血空神伤；病体交付温柔地，荡寇不领官家赏；贼出身来却剿贼，甚荒唐！

阮小五

潦倒林泉下，闲来弄铁叉；
寒心当赌鬼，热血货识家；
造化得红锦，命中伴黑鸦；
清溪难奏凯，玉碎落天涯。

【点评】 小鱼小虾勉度日，清汤寡水有谁知；金银不识七尺汉，抢得老娘头钗时；命中学究来撞筹，唯有残躯供驱驰；泼皮身乐在其中，杀贼胆凌云壮志；都说人物多奇谋，从来英雄不读诗；自无力，长卓识；总拼杀，他人事；到头来窝囊投落网，烽烟尽回首早已迟；有道是，为义气痴！

张顺

贵贱鱼牙问，江波伴浅痕；
白条衣蔽体，黑煞水淹身；
踏浪擒敌将，寻医救病人；
独行西子畔，舍命涌金门。

【点评】 江州鱼鲜过此君，行市歇罢望浮云；怎奈一封寻常信，白龙庙里人成群；潜水拿人最得手，涟漪半点无处寻；麒麟也曾遭俘获，休说海鳅助官军；风浪何惧猛，未曾有眩晕；只是柔情西湖水，郎情妾意好伴君。

阮小七

聚义全三阮，鱼翔守险关；
阎罗兴大浪，水将戏微澜；
御酒十瓶少，头领一饮全；
黄袍嬉戏后，故里尽余欢。

【点评】 也是热血卖识货，桀骜嗜杀煞气多；渔村里度日，期盼中蹉跎；星宿聚首端酒碗，义气大旗谋财帛；难成枭雄业，只愿逍遥活；纵使星主喜薄名，依然丢官更洒脱；大鱼奉养老母乐，总算龙袍穿一遭。

杨雄

面貌如关索，功夫似曾多；
家门难紧守，丑话易纷说；
暴躁逐兄弟，凶残戮老婆；
安身来入伙，恶病断蹉跎。

【点评】流落无业充刀手，屠宰人犯未觉愁；几个闲汉寻是非，一身武艺不伺候；通衢无路走，长街出石秀；从此恩义两不忘，孰料后院火上头；翠屏山破肚开膛，似杀猪恶气出透；从此刑狱变绿林，背疮才将此星收。

石秀

金陵勇士昂，用命有三郎；
怨嫂侠心广，辞兄傲骨强；
深山公案了，法场大名扬；
最喜江湖酒，夺关箭雨亡。

【点评】六朝文章锦绣地，却有豪客有生息；飘零冀北交兄长，护家心切恨别离；虽有那虎豹身量，却生就如发心细；翠屏山上助杀戮，事了入伙话一席；从此后冲锋陷阵，到头来矢志不移；马革裹尸昱岭关，获几分嘘唏！

解珍

紫面非良善，谋生野兽餐；
执着夺猛虎，被迫上梁山；
峭壁钢叉重，悬崖锦袄寒；
粉身全不怕，碎骨亦心甘。

【点评】本分当猎户，差错争猛虎；叵耐毛太公，贪心德有孤；关节花银两，意在做绝户；孰料顾大嫂，一呼百应出；从此命运随山寨，守关征战撞前途；官家诰命神通大，义无反顾奔呜呼；挠钩长，黄泉路；乌龙岭，无归处。

解宝

生来黑面皮，脚绣夜叉奇；
药箭随身带，窝弓更不离；
如狼刑法虐，似虎律条激；
命丧乌龙岭，黄泉剩叹息。

【点评】辛苦遭逢生计穷，豪强更比猛兽凶；早知猎物起争执，追悔鲁莽乱张弓；鬼使神差刑堂上，休将铁骨好汉充；屈打成招引颈处，关节不到苦海红；得蒙亲朋多骁勇，从此上道绿林中；兢兢业业勤卖力，竹篮打水难善终。

燕青

机灵称小乙，锦绣乃燕青；
禀赋多才艺，忠心重品行；
相扑轰岳庙，唱曲满东京；
自有陶朱意，飘然御风轻。

【点评】知进退堪比张良，晓天命天巧最强；曾疑智多星蓄意蛊惑，更劝主人家谨守故乡；弩箭能穿大雁，笛子可吹吉祥；锦绣身引得花魁爱慕，金刚志结拜姐弟柔肠；为招安不辞劳苦，得御书后路坦荡；谏麒麟早归原野，傲穷途铁骨儿郎！

朱武

随缘学异术，落草号神机；

救虎原无意，逢龙自有期；

吹灰识怪阵，反掌破强敌；

座次尊吴用，军师让第一。

【点评】少华山上做强梁，兄弟失手为借粮；眉头一皱苦肉计；推杯换盏多激扬；大郎鲁莽且仗义，神机军师使激将；遇有官家难应付，水泊大寨聚刀枪；胸有韬略贼罕有，腹含良谋不张扬；点醒"遇宿重重喜"，六花阵前八卦狂；战罢方腊存残躯，卖命军饷武奕郎。

黄信

都监资历浅，斗胆镇三山；

暗算赢身后，功夫败阵前；

投军三斗米，落草一席言；

混事耗时日，官贼自两全。

【点评】三山虎踞龙盘，何敢大言不惭？只因黑白分明，倒也两下相安；不过派系倾轧，才设鸿门小宴；内耗勇不可当，鏖战谁愿当先？恩官慨然发话，公事即不相干；权衡得失利弊，还是早盼招安。

孙立

貌若尉迟恭，英雄亘古同；

龙骧骑劣马，虎翼展强弓；

弟妹须臾念，提辖转眼空；

筵席宾主尽，依旧自枯荣。

【点评】登州名声大，也难更荣华；蟊贼油水少，亲戚人情夸；被迫劫牢狱，官身弃王法；从此无出路，随波投水洼；卧底祝家庄，阵前空喊杀；从贼立奇功，啸聚多披挂；总算九死保天年，依旧孙提辖。

宣赞

绝学成郡马，貌丑少人夸；
黑面熬流水，黄须叹落花；
出言夸猛将，献策盼荣华；
变节寻出路，姑苏恨水洼。

【点评】连珠箭能取国戚身，无奈何取貌太认真；成鳏夫只好蹉跎过，混宦海唯有忍贪嗔；寻机会举荐武圣之后，打算盘跟随贵胄之人；谁曾想凶神聚首，哪里见一路烟尘；蒙公明招安旗帜大，求好运功成大名闻；命里沙场捐残躯，饮马桥下不留痕。

郝思文

六甲期神兽，平庸誓不休；
谈兵交挚友，论道盼王侯；
殿帅文书下，梁山索套收；
随波接圣旨，讨逆落人头。

【点评】处江湖之远喜谈兵道，盼庙堂之高衣冠操劳；慕武圣之后子期相待，入鹰犬之师变身英豪；功业发迹靠水泊草莽，利禄享用借征战波涛；狩麟传闻圣人撂笔，捕兽战利贼寇磨刀；东南乾坤，听闻英雄汉祷告；百越之地，空留井木犴哀号！

韩滔

陈州混小官，举荐剿梁山；
百胜虚名赞，一击笑料谈；
三言团练弃，两语水泊盘；
讨逆豪情热，常州冷箭寒。

【点评】武举名声远，为此动呼延；先锋需良才，陈州请团练；指挥连环马，冲杀水泊前；非为金枪将，梁山几失陷；百胜声威赫，大槊敌万千；忽成阶下囚，只为马腿断；慨然入伙随招安，常州一魂陈州见。

彭玘

世代将门人，交情有几分；
呼延多举荐，太尉少劳神；
勉力驰疆场，无心落土尘；
徒然天目在，未可保全身。

【点评】辛苦经营将门后，期盼高升也发愁；团练混迹熬岁月，谁人选才到颍州？亏了人脉到京师，提拔先锋为封侯；想当然托福连环马，谁曾想被俘锁套钩；思招安实乃终南径，随首领要取方腊头；孰料南军多恶煞，命丢魂失叹城楼。

单廷珪

传言圣水收，受命取贼头；
黑甲迎烽火，乌骓护箭楼；
擒敌围阵猛；落败绕指柔；
自愿行天道，寻坑陷歙州。

【点评】听闻《孙子》有《火攻》，不知圣水漫几重？太师提携青云志，一展神通气恢宏；阵前慷慨言辞利，落马胆气也稀松；穿插两军当说客，期待神火更从容；深明替天行道义，更晓招安见真龙；押宝无奈做鹰犬，长枪弓箭魂魄送。

魏定国

扬名神火将，武艺不觉强；
套索擒贼短，硫磺破阵长；
留心听片语，转念叛朝堂；
本为谋捷径，贪功中计亡。

【点评】军官难有腾达日，剿贼实为建功时；立威全凭火葫芦，未料梁山大水池；圣水做说客，大刀最相知；依附贼寇求坦途，暗自盘算青云志；勇猛马前卒陷坑殒命，宋先锋心道："何足挂齿？"

萧让

圣手乃捉刀，临摹助尔曹；
出门收润笔，入伙抵酬劳；
混世雕虫技，谋生狗盗招；
飘零归蔡府，代笔挫英豪。

【点评】一手好字吃一生，半路上山行半程；有模有样也有令，无职无权亦无争；蝌蚪文难脱干系，石碣墨可否写成？尸位素餐充人数，舞文弄墨少良朋；浑浑噩噩岁月过，迷迷茫茫招安等；命里结缘蔡太师，伪造代笔两相逢。

裴宣

孔目出官场，缘由铁面庞；
有心通六案，无奈奔三郎；
调遣公明意，分拨木偶忙；
征伐能保命，紧守主人旁。

【点评】孔目投靠押司，衙门谁写判词？山上研墨代笔，也算激扬文字；赏罚看似经手，实则不费心思；只需照猫画虎，无虑旁人挑刺；稀里糊涂一阵，封官何分彼此。

欧鹏

摩云神鸟落，好汉走卒多；
率众别山寨，合群聚水泊；
名声金翅起，座次铁枪托；
本意谋出路，连珠恐难活。

【点评】楚地豪杰难臣服，扯掉号衣江湖出；黄门山上酒肉满，绿林客里金翅呼；早知庙小难出头，劫道公明为一赌；果不其然及时雨，跪求诸位大业图；从此随行多辛劳，大小恶战作赌注；只待方腊受绳索，凯旋旌旗朝天竖；可惜未能如愿还，连珠箭射魂不孤。

邓飞

火眼因何故，传闻嗜血徒；
狻猊寻去处，猛兽断归途；
饮马山川秀，金沙水路熟；
诚心求聚义，南下一鸣呼。

【点评】襄阳一闲汉，享乐略贪婪；把盏豪气生，推杯义气缠；不喜居陋巷，最爱饮马川；买卖无本钱，豪杰总一般；啸聚率喽啰，求财靠铁链；听闻水泊威，即投山寨前；尽心供驱驰，勉力随征战；杭州北关门，皮囊成两段。

燕顺

贩马亏银两，劫财赛羬羊；
黄睛识货物，赤发震豪强；
索断英雄释，刀劈恶妇亡；
飞锤来势猛，虎魄自哀伤。

【点评】买卖蚀本无出路，清风山上闯一处；嶙峋怪石作喽啰，飞流瀑布多回护；敬重英雄释公明，诠释义气戮恶妇；会聚猛将助大哥，投奔梁山求永固；兢兢业业随首领，寻寻觅觅踏征途；强中更有强中手，收获本来无一物。

杨林

江湖锦豹传，本性慕梁山；
巧遇云龙喜，偏逢太保欢；
分金多叠嶂，领饷更层峦；
有恙辞沙场，归根饮马川。

【点评】生来做贼有神通，穷山恶水寻葱茏；眼光识得英雄客，脚力偶尔也恢宏；狻猊火眼能为友，孔目铁面亦称兄；祝家庄上绳索紧，曾头市前刀兵凶；生平实无大本领，甘心绿林度平庸；气数尚可能残喘，饮马川中命不穷。

水浒佐传

凌振

炮震众人称，名扬啸聚逢；
轰天雷化雨，撼地火生风；
子母千军碎，金轮万马腾；
归来食俸禄，散伙本无争。

【点评】大宋难得神炮手，为添草寇几多愁；怎奈风火偏入水，地煞喜将雷公收；飞石腾空如生翼，祝融肆虐似有头；原本开山立柜客，从此也将火药求；劫城略地更生威，星主踌躇觅封侯；筵席散尽凭绝技，安稳饮食自悠悠。

蒋敬

功名难入相，落草弃家乡；
蚁聚随金翅，乌合拜宋江；
才能凭算术，手段过钱粮；
更念潭州水，何惜武奕郎。

【点评】科举用功无善果，甘心劫掠耐蹉跎；惨淡经营黄门山，神算未可教喽啰；置身事外待良机，掐准及时雨飘过；江湖规矩打套路，为上水泊图快活；钱粮差事账目简，纵有差池无人说；历尽刀兵思故地，梦里依稀念烽火。

吕方

温侯多感叹，后辈乱评谈；
买卖山东地，吃喝对影山；
鏖兵如聚会，酣战似游玩；
首领当心腹，如何峻岭巅？

【点评】生药利薄苦商旅，对影山中来啸聚；怎奈多有蚀本客，也要打劫取所需；两杆画戟翻天舞，双色喽啰口哨嘘；红马将就当赤兔，不请伯乐鉴良驹；单打独斗难得胜，以多欺少莫自诩；乌龙岭上来角力，同坠深渊魂魄去。

郭盛

嘉陵商旅客，巨浪滚黄河；
画戟绒绦断，雕翎壮士合；
忠心仁贵赞，义气宋江得；
命断乌龙岭，无人唱挽歌。

【点评】本行贩水银，只为求黄金；风浪无美意，壮士有真心；鏖战十余日，缠斗何辛勤；想来造名声，呼啸震绿林；白袍白衣冠，寒戟寒蛟鳞；巧遇宋星主，一箭二人擒。

安道全

诸君盼地灵，妙手愈公明；
美玉消金印，良方救将星；
功夫凭药草，手段靠医经；
入伙成捷径，纷繁侧耳听。

【点评】再世华佗出建康，悬壶济世浔阳江；浪里白条曾留意，不辞劳苦救兄长；好汉拼杀多喋血，急需神医施良方；张顺杀人也嫁祸，却说师从武二郎；卿本佳人实无奈，绿林栖身意气昂；所幸天子多一语，妙手回春拜朝堂。

皇甫端

缘起没羽箭，自此少悠闲；
碧眼堪伯乐，重瞳若上仙；
鏖兵头领后，避战帝王前；
相马得恩宠，安心抚紫骅。

水浒佐传

【点评】东昌谋生自逍遥，偶遇张清成至交；随身绝学堪大用，水泊骐骥不桀骜；关胜炫耀小赤兔，呼延乌骓品性高；吕方如龙得呵护，郭盛玉兽少操劳；千军从此爱脚力，万马于斯乐陶陶；道君皇帝所好广，御马监里莫跳槽。

王英

车夫泯善良，舔血舞刀枪；
好色传山寨，贪财戮客商；
薄名王矮虎，艳遇扈三娘；
不抵魔君咒，清溪苦闷长。

【点评】本为车家勤待客，见财起意金银得；官法处置陷囹圄，越狱开山血酒喝；身量五短自凶狠，竟为刁妇拼大哥；若非公明多劝慰，二虎相争猛撕扯；水泊兄弟山寨聚，扈家千金婚房合；犬马效力慰招安，到头完事俱割舍。

扈三娘

策应祝家庄，驰驱拒虎狼；
双刀吞日月，套索捆强梁；
战火焚媒妁，心机送洞房；
金砖出鬼蜮，伉俪莫名亡。

【点评】扈家庄里有巾帼，阵前擒将苦战多；出手轻拿矮脚虎，两番又将地煞捉；头领本意青眼加，奈何李逵话啰唆；意外之喜王英谢，看似良缘宋江说；比翼驱驰拼沙场，连理闯荡越城垛；纵然魔君生善念，孑然一身亦难活。

鲍旭

逍遥枯树山，黑煞一席谈；
断路囚徒喜，攻城匪盗欢；
锋镝冲险阵，利剑据雄关；
对手刀光闪，孤魂自黯然。

【点评】江湖称号丧门神，命里喜欢聚烟尘；枯树怎比水洼美，孤身不及随众人；囚车路过赐良机，解救二位地煞身；凌州烈焰军粮毁，好汉昂然梁山奔；徒步砍杀敌破胆，相助李逵最认真；杭州城门实难破，两强恶战玉石焚。

樊瑞

混世生芒砀，魔王计较长；
穷山难展翅，僻壤怎翱翔？
斗胆激朱贵，存心拜宋江；
云游征战后，炼气免遭殃。

【点评】幼年学道小有成，江湖历练际会逢；黑马踏处乌云落，飞锤祭起金光生；手里宝剑能唤雨，口中咒语可呼风；左膀右臂团牌舞，芒砀山上千军腾；何足道哉九纹龙，天外有天公孙胜；良弓不待主人毁，效仿赤松无所争。

孔明

霸道乡民厌，横行父老烦；
偷袭捉武二；误打撞呼延；
斗狠伤人命，求援上盗船；
交情能凑数，染病不得还。

【点评】本是膏粱子弟，衣食无忧如意；怎奈师从宋江，处处卖弄杂技；聚众擒得醉武松，单人难敌双鞭力；下山头欲救叔父，入囹圄徒然面壁；败坏家业愧对父老，斡旋救兵人马尽弃；知否杭州冷风凄凄，绝命人病榻抽泣。

孔亮

悠游在野村，叱咤武松闻；
酒肉多挥霍，家私少储存；
穷途求故友，末路拜师尊；
再聚山头饮，昆山水断魂。

【点评】寻常本色少年郎，自守田园米满仓；无意巧遇头陀过，有缘拳头揍面庞；兄长乘虚擒祸首，师尊说和气未伤；斗狠草菅人命后，白虎山中岁月长；双鞭威风青州震，早夺生路好逃亡；聚会水泊难出息，征战方腊眠沙场。

项充

百步飞刀甩，威名赫赫来；
神通堪哪吒，绝技舞团牌；
破阵无奇略，冲杀有妙才；
清溪风景秀，殒命早投胎。

【点评】沛县出奇人，飞刀如有神；标枪冲阵脚，团牌舞征尘；绝活唬史进，刺马退杨春；头领另眼看，军师做法门；被俘劝魔王，道士遇全真；护持黑旋风，李逵添凶狠；不离瓦罐破，名利徒耳闻。

李衮

地煞出邳县，魔星自聚全；
标枪飞似电，铁剑猛如鞭；
大纛飘身后，蛮牌滚阵前；
捐躯酬义气，转世恨弓弦。

【点评】徐州自古多事地，豪杰丛生有气息；八臂哪吒何其似，混世魔王竖旌旗；芒砀山中天地窄，水泊寨里人心齐；少华好汉难抵挡，势头震撼呼保义；公孙军师出水洼，石阵乾坤显奇技；劝降樊瑞随众星，步将冲杀为羽翼；原想青云好乘龙，孰料南柯坠清溪。

金大坚

玉臂称神匠，军师自考量；
开碑声望起，刻玉美名扬；
假意沾交椅，虚衔掌印章；
石碣镌凤篆，揣测恐心凉。

【点评】匠人原本为糊口，神行太保入济州；白银托出做诱饵，行程安排放钓钩；些许枪棒微末技，难抵强人纠缠斗；纵有泾渭分明意，奈何家小成隐忧；鬼斧神工勤卖弄，依旧危及宋江头；落草少用篆刻技，喜得道君恩宠收；江南烽火杀气重，御宝监里自悠悠。

马麟

深山奏铁笛，算计探消息；

玉屑刀光闪，琼花曲调怡；

征讨得首肯，唱和亦称奇；

莫怪乌龙岭，徒然武艺低。

【点评】闲汉无门市井出，黄门山里熬江湖；早有会聚水洼意，虚言劫道找路途；自报仰慕公明词，只需滚鞍一声呼；双刀大战一丈青，单箫协奏词牌曲；重阳细品《满江红》，有幸容光衣锦绿；只叹标枪无情面，身首异处寻归宿。

童威

俯首混江龙，私盐莫走空；

浔阳摇斗舰，水泊驾艨艟；

聚众凭声望，结伙借酒盅；

逍遥投化外，早在太湖中。

【点评】大号出洞蛟，命中朋友邀；拜服英雄胆，私商走官道；闻讯公明危，结义白龙庙；浔阳到水泊，皆因义气高；守寨无旁骛，破敌起波涛；秉承豪侠意，践诺寻费保。

童猛

快意乐浔阳，刀头舐血忙；

求财龙倒海，得志蜃翻江；

聚拢归山寨，分离走太仓；

暹罗风物美，义气更流长。

【点评】私商衣食无忧，大江大河畅游；驾船逍遥风浪，潜水绝技莫愁；是非鲜有标准，大哥自去追究；歃血不可旁落，白龙庙外等候；守梁山西北寨，征方腊东南走；太湖随行奇遇，出洋男儿抖擞。

孟康

冀北玉幡竿，精巧善造船；

投缘居饮马，尽兴奔梁山；

用武舟楫去，扬威斗舰还；

辛劳征越地，火炮惹心酸。

【点评】子龙同乡真定府，却是水上真功夫；造船可比公输般，冲锋也能挽强弩；性如烈火多桀骜，杀戮上司断前途；打家劫舍饮马川，鲜有闲暇思去处；多蒙杨林巧牵线，亦是梁山无旱路；监督营造艨艟忙，难逃征战苦归宿。

侯健

学得缝纫技，弄棒可称奇；

走线绝通判，飞针绣战衣；

黄蜂蜇有意，绿锦赐无稽；

怒海狂风猛，实难扯大旗。

【点评】裁缝营生安稳饭，生性江湖喜纠缠；拜师求技病大虫，瓜葛恩怨自分担；引来貔貅啖雇主，一边扇风助火焰；枉顾律法为何来？只图拜山作引见；上山谋得美差事，期盼旌旗衣甲艳；大洋龙王青眼赏，比邻子胥惊魂断。

陈达

> 借道九纹龙，失机虎变虫；
> 军师行苦计，史进显尊容；
> 小寨磨年月，名山伴柏松；
> 人情星宿聚，乱箭掉头空。

【点评】郾城人氏混少华，猛虎跳涧绿林夸；其志可嘉打头阵，喽啰四散如落花；多蒙神机军师智，惹得大郎虚名挂；真心小本吃山川，无意会聚饮水洼；怎奈技穷空嗟叹，承担情面投托塔；偶露头脸充人数，箭如雨下徒悔煞。

杨春

> 关公桑梓客，落草号白蛇；
> 附和实数次，盲从又几何？
> 胸中乏妙策，腹内短兵车；
> 乱箭终戎马，无缘奏凯歌。

【点评】武艺精熟无用处，兄弟失陷徒高呼；听凭朱武下苦计，未必不忧性命误；劫牢州府缺气概，招呼同道颇有度；顺水推舟上梁山，寻常座次旱寨驻；曾见此君上战阵，飞刀险些绝生路；行事平庸求安稳，怎奈箭矢不袒护。

郑天寿

> 姑苏人物俊，软语赞郎君；
> 落魄阃间弃，搭帮盗匪闻；
> 金沙滩水浅，旱寨世情深；
> 磨扇宣州有，随风葬野魂。

【点评】银匠难糊口，郎君自发愁；白面习枪棒，赤手混贼头；未必识公明，亦敢一声吼；劫道拦囚车，尊兄为马首；守寨清闲事，冲杀无须有；故此攻宣城，一战即可休。

陶宗旺

壮汉得称谓，多能九尾龟；
扬名兵器舞，立万铁锹挥；
要塞城垣砌，雄关箭楼堆；
区区泥瓦匠，未必大军随。

【点评】田户辛劳酒肉少，难比啸聚秤砣高；两臂千斤农夫力，虎虎生风逞英豪；黄门山上金翅喜，聚义厅里公明招；建造筑城难下山，伺候雁台岁月熬；若是水军齐失手，九尾神龟亦徒劳；润州墙垛实险峻，首批好汉魂魄飘。

宋清

因何称铁扇？凑数不相干；
刺面长兄苦，传书小弟烦；
心惊差役扰，胆战大哥挽；
酒宴招呼好，归田避险关。

【点评】守得薄田度日，江湖不求人知；无奈兄长呼保义，所谓故旧相识；奉养老父守时，稼穑桑麻不迟；未料如此及时雨，逼成落草之势；手提朴刀陪兄长，足蹬麻鞋出城池；勉强随波冲恶浪，总算回乡续年齿。

宋万

入伙浮云里，金刚乃好奇；
天王轻取代，秀士叹别离；
莫道资格老，休嫌座次低；
身亡得祭拜，保义假嘘唏。

【点评】稀里糊涂聚山头，惨淡经营未曾愁；白衣秀士难伺
候，也亏自家欠身手；眼见林冲怒气壮，未敢仗义来缠斗；直至
公明重敲锣，聚义忠义怎知否？江州北京曾露脸，守关看寨心思
收；润州乱箭加战马，天星瓦解到时候。

杜迁

难提三尺剑，妄语敢摸天；
勉力听差遣，虚心慕圣贤；
厅堂多猛士，交椅少闲言；
命殒清溪县，尸横乱马间。

【点评】王伦少本领，宋万有交情；将就熬年月，凑数地煞
星；少语水洼地，无言断金亭；两度换寨主，三拜聚义厅；明理
让豪杰，识趣为保命；只叹福祉浅，未作凯旋行。

薛永

江湖潦倒中，卖药愧英雄；
受赠及时雨，羞称病大虫；
奔忙接老小，雇佣做长工；
昱岭绝龙虎，先锋锦绣红。

【点评】流落江湖打把式，怨恨祖宗升迁迟；枪棒技艺勉强

过，收得徒弟正逢时；若非公明凑巧见，只恐依旧卖药石；跟风奔赴白龙庙，众人激昂折七尺；同上水泊求大义，修葺城垣令箭持；飞蝗箭羽密密遮，南柯一梦有谁知？

施恩

家严持大印，畅饮快活林；
咽下门神气，结交壮士心；
豪情传百世，道义赛千金；
步将登船战，随风葬海滨。

【点评】求财孟州道，褫夺亦徒劳；莫道蒋忠霸，何妨武艺高？有心攀武二，壮士怒火烧；争利无公义，强弱凭拳脚；奈何权势大，靠山轰然倒；携家躲风头，飘零如枯草；水泊谋一席，从众吃大灶；常熟丰稔地，祭拜金眼彪。

李忠

自命英雄汉，谋生大力丸；
心疼出旅费，吝啬赠盘缠；
盗马黔驴困，求援道义堪；
早知淋箭雨，悔恨上梁山。

【点评】如何称打虎？只因壮筋骨；枪棒收束脩，药丸吃江湖；大郎开手师，授艺实有负；如此三脚猫，居然得去处；发市桃花山，也走绿林路；双鞭一声吼，颤抖难自顾；三山群英聚，滥竽亦充数；阵亡南征时，陪葬不孤独。

周通

受辱销金帐，何言小霸王？
轻松偷御马，勉强耍长枪；
首领投山寨，毫厘入太仓；
功成名就日，享祭义节郎。

【点评】看中良家女，依礼下聘娶；鲁达杀半路，老拳挨几许；折箭守誓言，绿林大规矩；钱财却吝啬，和尚自己取；遭遇狠角色，无奈三山聚；事了烧老巢，共投梁山去；驻扎鸭嘴滩，再将金兰续；魂断独松关，山林依然绿。

汤隆

出身凭铁匠，好赌落他乡；
闹市瓜锤舞，军营火灶忙；
合谋图宝甲，聚议赚金枪；
勇猛千军闯，难留性命长。

【点评】传扬金钱豹，只因铁匠劳；火星溅周身，面相堪英豪；抡锤遇黑煞，李逵膂力高；顺势得引荐，听命看鞭梢；浩荡连环马，亲戚有绝招；多年未谋面，登门送纷扰；命里少利禄，寥寥纸钱烧。

杜兴

容颜如鬼脸，莫怪众人嫌；
造化杨雄救，福泽李应怜；
知恩帮旧友，仗义为时迁；
侥幸灾星躲，悠然踏故园。

【点评】容貌本非己过，怎奈光阴蹉跎；蓟州打杀伙伴，多

蒙杨雄解脱；从此时运稍好，独龙冈里劳作；拜得主人恩义，钱
粮运筹帷幄；李大官人威名，上山亦无差错；大战居然生还，庄
上把酒高卧。

邹渊

好赌当闲汉，劫财据险山；

绸缪求后路，算计迫军官；

纵火贼心喜，杀人寇意欢；

旌旗征战去，乱马裹尸还。

【点评】登云山草木葱茏，灯火处出林恶龙；小尉迟义气相
邀，叔侄俩豪情恢宏；勤谋划突袭牢狱，多算计提辖叛公；随卧
底祝家庄里，合梁山内外相攻；拜宋江如此大礼，鸭嘴滩守寨轻
松；招安后全伙卖命，实难免疆场断送。

邹润

脑后肉瘤生，登云立马横；

劫牢豪爽气，索命快活风；

利禄无心取，侠名有意争；

功成身退后，小隐不相逢。

【点评】肉瘤当独角，撞树自逍遥；开山多率性，悠游赛渔
樵；只为侠义气，成全刎劲交；挚友一声喊，拼命敢劫牢；投缘
合星宿，把酒乐陶陶；所幸留全身，天年羡尔曹。

朱贵

酒保营生混，通风号箭闻；

三朝元老敬，四处店家存；

血战江州地，徘徊百丈村；

杭州瘟疫起，旧鬼伴新魂。

【点评】旱地何以有忽律？只因酒家绿林聚；报信头领观风潮，钱财性命取所需；好似寺庙知客僧，千里投缘总相遇；验明正身放号箭，芦苇丛中船只续；颇识大体容英雄，兢兢业业得赞许；抖擞越过艮山门，西子湖畔安魂曲。

朱富

店面开沂水，送往笑面垂；
排忧兄长喜，解难李云亏；
打理筵席满，操持酒醋堆；
随行徒染病，故里不得回。

【点评】店家为业安生饭，只是兄长义气沾；麻药放倒青眼虎，梁山才可旋风还；中规中矩少是非，任劳任怨备酒馔；曾管钱粮闲散差，营造酒醋未中断；打劫对阵不出头，功劳簿上难露脸；陪护兄长尽孝悌，昆仲同殒少呼唤。

蔡福

铁臂通刑狱，人情尽所需；
拿捏吃李固，打点贿中书；
止戮良言劝，息兵善念赎；
梁山刀斧手，受创断归途。

【点评】刽子手一等好手，人事收鬼神也收；霸行货按质论价，欺主顾有求不愁；心思缜密多算计，做法周全似抹油；收大钱上下打点，来麻烦推掉追究；小旋风多蒙提醒，保黎民宅心仁厚；破叛逆重伤身死，撇兄弟空自等候。

蔡庆

手段显牢房，囚徒背运长；
图财昆仲喜，保命弟兄忙；
避难凭人事，平安谢上苍；
辞官归故里，独自品炎凉。

【点评】押狱铁石心，敛财最辛勤；看惯冤枉事，唯独念金银；独喜一枝花，依稀存忠信；劝兄从大义，保全玉麒麟；上山领闲差，不需法场进；世态炎凉后，还乡杳无音。

李立

鬻酒揭阳岭，难得药力轻；
几夺星主命，险坏绿林情；
歃血白龙庙，分金聚义厅；
多时看店面，百越断魂行。

【点评】恶岭求衣食，面目怅鬼知；野店孑然立，残阳似血时；多蒙混江龙，出手并未迟；如若刀俎快，早断凌云志；判官自催命，水泊重更始；山下探消息，消磨有生日。

李云

威名青眼虎，弟子陷穷途；
算计果蔬敬，殷勤酒肉熟；
承情丢要犯，认命造房屋；
歙县贼兵乱，空闻鬼夜哭。

【点评】碧眼若番人，如虎轩昂身；奉令拿要犯，王法自认真；奈何收徒弟，笑面心计深；道边虚礼套，逃脱似狼奔；挺刀斗黑煞，难解亦难分；朱富一席话，梁山薄名闻；为平清溪乱，多舛别红尘。

焦挺

面目不相干，跤王美誉传；
劫囚脱将佐，定计入城关；
纵火凌州地，搬兵鲍旭山；
江南多战事，祭品伴名还。

【点评】相扑绝技强，李逵自心慌；苦于少名气，子羽貌相当；邀约枯树山，乌合众儿郎；官道囚车破，城池劫粮仓；入伙时机晚，座次难为上；捐躯却向前，润州野苍茫。

石勇

放赌银钱赚，官司大过天；
投名横海郡，寄信水泊边；
舔血江州闹，行商北地寒；
江南石匠猛，利禄化空谈。

【点评】以赌为生大名府，打杀人命钱不足；关节难通王法重，仓皇投靠柴庄主；听闻公明义气重，上门拜会乃寄书；村店口角凑巧遇，三郎哀恸捶胸哭；随众上山辞宋江，从此再寻绿林路；大号谬称石将军，不敌石匠王尚书。

孙新

守店江湖事，薄名小尉迟；
鞭枪方可赞，胆略正得时；
受命烽烟起，承恩雨露施；
阖家圆满退，伉俪饷银吃。

【点评】武艺几分似兄长，能谋善断敢担当；看破财势遮天盖，一腔热血慨而慷；妻家遭难勤筹划，说服提辖聚强梁；打破囹圄全情义，倏然卧底祝家庄；收拢能看小酒店，放任敢闯大城墙；烟火散尽无伤损，荣归登州自吉祥。

顾大嫂

秉性傲须眉，豪情日月追；
闻风糙手起，取命快刀挥；
勇力堪贲育，神通赛杜回；
封君徒幸运，战马自飔飚。

【点评】屠牛何惧官府问，设赌更需同道尊；小店营生亦热闹，天地虽小一乾坤；听闻兄弟吃官司，不虑劫牢刀头滚；略施计谋赚大伯，尚有邹渊并邹润；祝家庄里利刃猛，大名府中烈火昏；清溪城头旌旗展，东源县君美谈存。

张青

结缘耕菜地，放火众僧啼；
剪径泰山遇，劫财旅客稀；
机灵交好汉，勉力探消息；
纵有离群意，随波少契机。

【点评】寺院种菜当行善，奈何烧杀露凶残；比丘何故遭荼毒，小事口角起恶念；贼心天成难正业，居然打劫得泰山；茅草屋里刀锋快，孟州道上酒旗展；鲁达能聚青面兽，多亏及时出手拦；心机细密勤思忖，周全武松头陀扮；征战只为守规矩，乱军丢命非所愿。

孙二娘

下手孟州道，屠人用快刀；
依依魔女臂，款款夜叉袍；
险取提辖命，多亏武二饶；
夫妻前后脚，次第踏阴曹。

【点评】夜叉为女当美貌，孰料二娘凶相豪；气力可堪壮汉
有，手段亦能比夫高；人命草菅色不改，钱财轻取乐逍遥；只是
偶有失手处，翻身被制作猪嘴；心肠直爽无谋略，心思一般剪径
熬；若非水泊声势大，何至清溪吃飞刀。

王定六

足迹涉大江，卖酒看炎凉；
命里帮张顺，机缘助宋江；
身形如闪电，眼目似毒狼；
绝命宣州地，魂飞枉断肠。

【点评】江边活闪婆，自言拜师多；无奈资质差，岁月空蹉
跎；浪里白条求医路，江南地灵妙手活；适逢张顺遭劫难，挺身
而出详细说；周全赢信义，共投梁山泊；功劳徒少见，无缘再
重磨。

郁保四

青州贼火并，抢马挑群英；
进贡曾头市，执旗聚义厅；
开山无本领，占座靠身形；
纵然称长汉，飞刀灭煞星。

【点评】朝秦暮楚怎忠义？公明招揽为出奇；求得自保能残喘，劫道蠹贼少骨气；慷慨下书东平府，讯棍二十徒哭泣；一丈身量空躯壳，无事可做举大旗；强颜安坐头领位，忝列何来英雄气；乱军丛中飞刀闪，轻如鸿毛身倒地。

白胜

北斗白光闪，学究畅快谈；

狂歌军汉躁，把酒惰卒馋；

拷打难坚韧，签押已隐瞒；

辛劳实未少，病故不相干。

【点评】泼皮白日鼠，曾经落穷途；保正赍盘缠，梦里白光处；挑担黄泥冈，似有蹒跚步；有意唱民风，炎热如汤煮；好事成就后，分金亦有数；走漏陷图圄，酷刑徒叫苦；纵然出供状，军师仍赎出；末座留一席，杭州瘟疫误。

时迁

异禀轻如燕，流离自等闲；

偷鸡燃战火，盗甲破连环；

入质曾头市，吹烟冀北关；

班师突染病，地府可封官。

【点评】攘鸡走邪道，跳梁手段高；堪比孟尝客，末座随鞭梢；赞誉称人杰，毁谤实狗盗；盘算结伙混，翠屏热闹瞧；杨雄石秀勇，依然帮手少；从此水泊处，风闻鼓上蚤。

段景住

北地盗良驹，豪强取所需；
公明思片刻，保正命须臾；
力弱艰辛诉，福薄末座居；
金毛沾犬马，黑道叹龙鱼。

【点评】盗马蟊贼无归处，籍籍无名落江湖；独力难惹曾头市，自投梁山寻前途；扬言照夜玉狮子，原本公明囊中属；挑动两家起刀兵，断送天王阳间路；再度寻马仍遭劫，依旧败家来倾诉；实在枉称金毛犬，汪洋大海入鱼腹。

后记

宣和风物，东京梦里无数繁花；道君多才，汴梁城中几多风雅；洪信冒失，拜范文正先天之忧；嘉佑瘟疫，引龙虎山天师做法。

然仁宗政事，与赵佶何干？高俅发迹，乃端王所好。寻常碑碣一块，锁住魔星百颗；宛子城旌旗招展，蓼儿洼星主驾鹤。

纵览《水浒》，因奇石怪石事端不少，君不见：龙虎山碑倒魔君喜，花石纲沉底杨志慌，石碣村三阮谋宝石，排座次石碣派用场。

真可谓：小小石碣，虽不能伴女娲补天裂，却足以水泊里聚风云；区区小吏，纵无法科举取功名，然有术拨乱得金甲。

生辰纲消息众口相传，及时雨名头不胫而走；玉麒麟无端陷囹圄，金枪手莫名遭觊觎；霹雳火瓦砾场怒吼，美髯公沧州府苦楚。此等事端，可谓皆谣言之毒、算计之狠、心机之深。

英雄何以发端魔星？令人费解；清誉暗助好汉成名，可取之道。武松之莽撞，宋江之城府，青面兽之悲哉，豹子头之无奈，命数使然也；鲁达之潇洒，公孙之超脱，天王之侠肝，小乙之义胆，不亦君子乎？

座次看似天意，绰号暗藏玄机。

小旋风飞沙走石，及时雨徒然哭泣！

琐事纷扰之余，本书终于完成。"鲁达出逃记"是第一篇成文，原本只是对鲁达的一些看似反常的行为分析，从而确定此人做事周详却不乏真性情，行事果断但从不瞎冒险。也许是不愿意接受鲁达最后听着钱江潮而圆寂，所以相信他其实并未坐化，而是借此脱离宋江，再度奔向自由。

"公孙胜的幸福生活"、"我的青春我做主"、"青面兽的悲惨世界"、"我爱我的野蛮老婆"四篇多是根据原著的发展脉络而得出的推理。

"水浒座次之谜"和"梁山好汉绰号玄机"两篇更侧重分析。

"假如宋江不上梁山"完全是一种假设。

"生辰纲被劫之谜"和"晁盖就是那冤大头"两篇则有点接近案例分析。

"饭馆？拍板！"和"梁山爱乐乐团"两篇有些戏谑。

"宋江对扈三娘的那点企图"和"武大死于谁人之手"两篇有点八卦轶事一般的揣测。

"飘荡的豹子胆"和"荣耀"两篇是重头戏，但究竟是否真相，那可就是：假作真时真亦假。

就本书的完成，对于我的妻子要致以诚挚的感谢，书中很多关键的创意出自她的想法。有些篇目，笔者甚至可以说只是执笔而已。

2013 年 6 月　于北京程宅

水浒佐传

图书在版编目（CIP）数据

水浒佐传/程飞著 . —北京：经济管理出版社，2014.1
ISBN 978 – 7 – 5096 – 2684 – 9

Ⅰ.①水… Ⅱ.①程… Ⅲ.①《水浒》研究 Ⅳ.①I207.412

中国版本图书馆 CIP 数据核字（2013）第 245128 号

组稿编辑：杜 菲
责任编辑：杜 菲
责任印制：黄章平
责任校对：超 凡 王纪慧

出版发行：经济管理出版社
　　　　　（北京市海淀区北蜂窝 8 号中雅大厦 A 座 11 层 100038）
网　　址：www. E – mp. com. cn
电　　话：（010）51915602
印　　刷：北京银祥印刷厂
经　　销：新华书店
开　　本：720mm×1000mm/16
印　　张：17.25
字　　数：243 千字
版　　次：2014 年 5 月第 1 版 2014 年 5 月第 1 次印刷
书　　号：ISBN 978 – 7 – 5096 – 2684 – 9
定　　价：32.00 元